guomin
yuedu
jingdian

国民阅读经典

〔法〕都德 著 齐小艳 译

最后一课

中国言实出版社

图书在版编目（CIP）数据

　　最后一课 /(法) 都德著；齐小艳译. -- 北京：
中国言实出版社, 2015.2
　　ISBN 978-7-5171-1136-8

　　Ⅰ.①最… Ⅱ.①都… ②齐… Ⅲ.①短篇小说—小
说集—法国—近代 Ⅳ.①I565.44

　　中国版本图书馆CIP数据核字(2015)第040651号

责任编辑： 朱世滋

出版发行 　中国言实出版社
　　　　　地　　址：北京市朝阳区北苑路180号加利大厦5号楼105室
　　　　　邮　　编：100101
　　　　　编辑部：北京市西城区百万庄大街甲16号五层
　　　　　邮　　编：100037
　　　　　电　　话：64924853（总编室）64924716（发行部）
　　　　　网　　址：www.zgyscbs.cn
　　　　　E-mail：zgyscbs@263.net

经　　销 　新华书店
印　　刷 　三河市吉祥印务有限公司
版　　次 　2015年4月第1版　2015年4月第1次印刷
规　　格 　880毫米×1230毫米　1/32　10印张
字　　数 　256千字
定　　价 　19.00元　ISBN 978-7-5171-1136-8

译者序

  阿尔封斯·都德（1840—1897）是法国 19 世纪下半叶的著名小说家。他一生共写了 12 部长篇小说，一部剧本和 4 部短篇小说集。长篇中较著名的除《小东西》外，还有《达拉斯贡的戴达伦》和《小弗罗蒙与大里斯勒》。

  《最后一课》是都德的短篇小说集，精选了《磨坊文札》和《月曜日故事集》中不同主题的作品。其中同名作品《最后一课》是脍炙人口的名篇，它甚至可以作为都德的代名词，作为"爱国主义"的符号，堪称世界文学史上短篇小说中思想性与艺术性完美结合的典范。1912 年，《最后一课》被首次翻译介绍到中国，从此，在将近一个世纪的时间里，它被长期选入中学语文教材，超越了不同时期、不同意识形态的阻隔，成为中国家喻户晓、最具群众基础的法国文学名篇之一。

  《最后一课》写于普法战争第二年（1873），以沦陷了的法国阿尔萨斯省的一所小学校被迫改学德语的事件为题材，描写了最后一堂法语课的情景。篡夺了法国革命成果的路易·波拿巴在复辟帝制后，力图通过战争扩大法国在欧洲大陆的势力，以摆脱内部危机，巩固王朝统治。俾斯麦则打算通过战争，建立一个容克地主的德意志帝国，企图占领法国的阿尔萨斯和洛林。1870年7月，法国首先向普鲁士宣战，这个掠夺性的战争，正如马克思当时指出的，敲响了"第二帝国的丧钟"。9月，色当一役，法军大败，路易·波拿巴被俘，普鲁士军队长驱直入，占领了阿尔萨斯、洛林等法国三分之一以上的土地。这时，对法国来说，已经变成自卫战争。面对普鲁士军队的屠杀掠夺，法国人民同仇敌忾，抗击敌人。

文中用第一人称的口吻向我们展示了一个顽皮、不爱学习，也不知道什么是国家命运、民族尊严的男孩形象——小弗郎士，通过上最后一堂法语课，他认识到普鲁士军队不仅占领了他的家乡，还要剥夺他们学习本民族语言的权力实行奴化教育，这使得小弗郎士在心灵上、精神上受到了极大的震动。在最后一堂法语课上，小弗郎士有对自己的悔恨、有对侵略者的憎恨，心情久久不能平静。当韩麦尔先生翻开讲义又讲法语课时，小弗郎士对自己平时最厌烦的语法，居然"全都懂"，觉得韩麦尔老师"讲的似乎挺容易"。

面对始料不及的严酷现实，以及突如其来的打击，小弗郎士的思想一下子高度集中起来，他已经敏锐地感觉到，他不但会失去生养他的再熟悉不过的土地，而且也会失去一个民族赖以共同生存下去的纽带——本民族的语言。懊悔、愤恨、失落、茫然的复杂情绪，一股脑儿涌上了他的心头。小弗郎士突然感到祖国的一切都是那么美好，他悔恨自己没有好好学习，爱国之心在此时此刻也表现得那么强烈，他一下子成熟了，懂事了，过去讨厌的东西一下子变得那么可爱了，他眼里的一切都跟"祖国"两个字紧紧地连在一起不可分开了。这时的小弗郎士恨不得一下子把所有该学的祖国语言知识都学好。

《柏林之围》是都德的另一短篇名作。故事以1870年的普法战争为背景，叙述普鲁士军队围攻巴黎期间，一个法国普通军人儒弗上校的爱国故事，塑造了一个具有浓厚爱国主义精神的法兰西军人的悲壮形象。小说描写普鲁士军队围困巴黎的现实，表现巴黎被围和沦陷的悲剧色彩，反映了法国人民强烈的爱国感情。小说情节安排巧妙，构思新颖独特，风格委婉细腻，语言质朴无华。

都德是一个富有诗人气质的小说家，他在作品中描写自己感受的方式既柔和、又温存，他的作品具有美轮美奂的诗意。他不是记流水账般的记录人类的活动和无动于衷地描写社会现实，他的创作往往以自己熟悉的小人物为描写对象，善于从生活中挖掘有独特意味的东西，风格平易幽默，因此他的作品往往带有一种柔和的诗意和动人的魅力。都德以这种独特的写作风格、亲切动人的艺术力量博得了许多读者的喜爱。他的创作，真实与诗情、欢笑与泪痕、怒焰与悲苦，全部交汇并泻，构成他区别于同时代其他作家的独特风格。为此，编者特别精选都德最著名且不同主题的短篇小说，共45篇，重新编辑成集，让我们可以再次领略作者的妙笔，感受心灵的震撼。

齐小艳

2014 年 12 月

目录

CONTENTS

最后一课

这天早晨我去上学，去得很晚，还没来得及到学校，心里却很害怕韩麦尔先生骂我，更何况他说要考问我们分词，但我连一个字也说不上来。我突然想逃学算了，到野外去玩玩岂不更好？

天气是那么暖和，多么晴朗的好天气啊！

一路上可以听见乌鸦在林子边鸣叫，锯木厂后边的草地上，一群普鲁士士兵正在操练。这些景象，可比分词规则有趣多了，但是我还能管得住自己，提脚迅速向学校的方向跑去。

走过镇公所的时候，我看见许多人聚集在布告牌前面。这两年来，我们所有的坏消息几乎都是从那里传出来的：打了败仗啦，军事征用啦，司令部公布的各种命令啦。我虽然没有停下来，可是心里却不禁想：

"又出什么事情了？"

铁匠瓦赫特尔和他的学徒也挤在那里看着布告，当看见我从广场上跑过时，就朝着我大声嚷道：

"小家伙，不用那么快呀；今天去学校再晚，也不会迟到的！"

我一听就知道他在拿我开玩笑，于是上气不接下气地匆忙赶到韩麦尔先生的小院子里。

平日里，学校开始上课时，总会有一阵喧闹，有时甚至在街上也能听见。课桌有的打开着，有的关上了，怕吵大家就捂着耳朵大声地背书啦，还有就是老师拿着大铁戒尺在桌子上紧敲着：

"安静一点，安静一点……"

我本打算就趁着那一阵喧闹偷偷地溜到自己的座位上，但是出乎意料的是偏偏这一天一切都是那么的安静，如同是星期日的早晨一般。从开着的窗子望进去，只见同学们都整整齐齐地端坐在自己的座位上；平日里严肃的韩麦尔先生呢，腋下夹着那把可怕的大戒尺，来来回回地踱着步子。我只能无奈地推开教室的门，在众目睽睽下走过静悄悄的教室，你们可以想象一下，当时我的脸有多红，心里有多害怕！

但是很奇怪，一点儿也没有什么事儿。韩麦尔先生看见我，并没有想象中的生气，却是口气挺温和地对我说道：

"快点坐好，小弗郎士，你要是再不来的话，我们就要开始上课了。"

我从凳子上跨过，立刻在自己的课桌前坐下。等到心稍微平静了一点儿，我才注意到，韩麦尔老师今天穿上了他那件蛮帅气的绿色长礼服，还打着绉边的领结，头上也戴着那顶绣花的无边小黑丝帽。这一套衣帽，他只有在督学来视察及学校发奖的日子才穿戴出来。此外，我发觉整个教室里有一种不同寻常的庄严气氛。最令我吃惊的是，后面几排向来空着的长凳上坐着一些镇上的人们，他们和我们一样肃静。这中间有戴着三角帽的老奥赛，有以前的镇长，有从前的邮递员，另外还有一些其他的人。他们看上去一个个都面带愁容，而且老奥赛居然还带着本页边破损的旧识字课本，他将书打开，平放在膝头上，书上还横放着他那副大大的眼镜。

正当我对这一切感到无比诧异时，韩麦尔先生就登上了讲台，像刚才和我说话一样，他用柔和却又不失严肃的嗓音对我们说：

"亲爱的孩子们，这将会是我最后一次给你们上课。因为柏林刚来了命令，从今往后阿尔萨斯及洛林的学校一律只准许教授德语……新老师明天就会到这里了。今天将会是你们所上的最后一堂法语课了。我真心地希望你们都能认认真真听讲。"

这短短的几句话把我彻底震惊了。啊！那些坏家伙！原来张贴在镇政府门前的居然是这个坏消息！

这是我最后一堂法语课啊！……

但是我却连字都不会写！这么说来，我以后再也不能够学习法语了！我的法语也就到此为止了！……现在想来，我是如此后悔从前浪费了那么多时间，愧疚曾经逃课去掏鸟窝，去萨尔河上溜冰！我的那些课本——语法书啦，圣教史啦，就在刚刚还是那的令人厌恶，背在身上是如此沉重，但是此刻它们却像我的老朋友一样，让我觉得难舍难分。

还有我们亲爱的韩麦尔先生，一想到他将要离去，以后再也不能见到他了，我就顿时忘记了过去所受的所有处罚和手上所挨的戒尺。

多可怜的人啊！

原来，他是为了给我们上这最后一堂法语课，才穿上了这套漂亮的盛装。到现在，我终于明白了为什么镇上许多老人此刻都静静地坐在教室的后面。他们这样做的原因，似乎是在后悔过去没有能够经常到学校来上课；却也好像是在向这位为我们努力工作了整整四十个春秋的老师表示衷心的感谢，也在向离去的祖国表示自己的敬意……

我就在这样的课堂上胡思乱想着，忽然听见老师在叫我的名字。该轮到我背书了。但是假如我能从头至尾把这条大家都熟知的分词规则非常响亮清楚、不出一点点差错地背诵出来，真的，不管付出什么代价我都愿意！可糟糕的是，头几句我就搞乱了。站在凳子前，我的身体开始左右摇晃，心里极度难受，连头都不敢抬起来。却只听见韩麦尔先生如此对我说：

"我不会责怪你的，小弗郎士，你受到的处罚已经够多了……事情就是如此的。我们大家每天都在对自己说：'算了吧，我的时间多的是。明天再学也行。'现在你们看看所发生的事情……啊！对于我们阿尔萨斯来说，最大的不幸就是总把对孩子的教育拖延到明天。所以现在那些傲慢的人有权利对我们说：'怎么？你们声称自己是法国人？可是你们却连自己国家的语言都不会说、都不会写！'可怜的小弗郎士啊，在这所有的一切中，过失最大的却还不是你，我们每个人也都有很多该责备自己的地方。

"你们的父母大多数并不关心你们的教育。他们宁可选择把你们送到纱厂和地里干活，这样还可以帮他们挣几个钱。而至于我，难道就没有任何可以指责的地方吗？我不是也经常让你们丢掉学习，帮我在花园里浇灌花草树木吗？当我想要去钓鳟鱼的时候，难道我不是也毫不犹豫地给你们放假吗？……"

就这样，韩麦尔先生由一件事谈到另一件事，接着又开始对我们谈论法语。他说到法语是世界上最有魅力的语言，最清晰、最严谨，我们应该要好好掌握它，永远不要忘记它。这是因为，当一个民族沦为奴隶的时候，只要牢牢掌握好自己的语言，就等于掌握了打开自己牢房的钥匙……接着，他拿起一本语法书，开始为大家朗诵课文。可使我感到惊奇的是，我理解的是那么透彻，他讲的一切都让我觉得很容易、很简单。我不禁寻思，我感觉我从来没有如此专心地听过课，而他似乎也从未如此耐心地讲解过。简直可以这样说，这可怜的人似乎是想在他离开前，把他所知的学问都教授给我们，一股脑儿地灌进我们的脑子里。

语法课刚一结束，我们就开始上习字课。今天，韩麦尔先生特别给我们每人都准备了许多新字帖卡，卡上用漂亮的圆体字写着"法兰西，阿尔萨斯，法兰西，阿尔萨斯"。这些字贴卡被韩麦尔先生整齐地挂于课桌的横杆上面，如同一面面迎风招展的小国旗，在教室的每个角落里飘扬。每个人都是如此地全神贯注，教室里安静得可怕！除去笔尖在纸上摩擦所发出来的沙沙声，几乎其他什么声音都听不见。间或，会有几只金龟子从窗外飞进来；可是已经没有人再去注意它们了，甚至在我们中连年龄最小的学生也不例外，他们都在全神贯注地练习写"直杠"，那么认真，那么自觉，就好似这些笔画也都成了法语中不可或缺的一部分……教室的屋顶上，一大群鸽子正在低声咕咕地叫，我一边听一边想：

"他们应该不至于逼迫这群鸽子用德语来歌唱吧?"

我时不时地从书本中抬起双眼，只看见韩麦尔先生丝毫不动地坐在讲台后面，注视着周围的一切东西，似乎是要把学校这幢小房子里所有的东西都塞进自己的眼睛里一并带走似的……

请您试想一下，这四十年来，他一直都坐在这个位置上，在面前的是他的院子，还有一直一成不变的教室。只有教师里的凳子和课桌因为使用得太长太久，被磨得越发光亮了；院子里的胡桃树已经长高了，他亲手种下的啤酒花如今也已经爬满了窗户，不知不觉中已爬上了屋顶。这个可怜的人就要跟眼前所有的一切说再见了，听着他妹妹在楼上房间里来来回回走动、整理行李的声音，他是多么伤心多么难过啊！因为明天他们将要动身，永远地离开这个地方了！

可是他最终还是很有勇气地给我们上完了课。写字课结束以后，我们又上了一堂历史课；后来接着，年龄最小的孩子们开始一起唱着念"ba，be，bi，bo，bu"。就连教室后面的老奥赛也戴上了他的眼镜，双手捧着破旧的识字课本，同那些小孩子们一起诵读。可以看得出来他也是十分专心的；他的嗓音可能是因为激动的缘故显得有些颤抖，听起来让人觉得是那么怪异，使得我们每一个人都既想笑又想哭。啊！我将永远地记住这最后一课……

忽然，教堂里的钟声敲响了十二下，紧接着祈祷的钟声也响了起来。此时此刻，普鲁士士兵出操归来的军号声也一同在我们的窗外猛然吹响……韩麦尔先生从讲台后的凳子上站了起来，一瞬间脸色惨白。在我看来，他似乎从来没有显得如此高大过。

"我的朋友们，"他激动地说道，"我亲爱的朋友们，我……我……"

但是，他的喉咙好似被什么东西堵住了，没能再继续把未说完的话说完。

这时，他突然转身朝向黑板，顺手拿起一支粉笔，用尽全身的力气，尽可能大地写下了几个大字：

"法兰西万岁！"

随后，他斜着身子站立在那里，头靠着墙，静静地一言不发，最后只是向我们做了个手势：

"下课了……你们都可以走了。"

柏林之围

我和韦医生一起沿着香榭丽舍大街向上坡道走去。一路上我们向那些已被炮弹轰炸得千疮百孔的墙壁和被霰弹茶扫过的坑坑洼洼的人行道，探索巴黎在被围困时期那段让人难以忘怀的历史。

就在我们即将要到达星形广场时，医生突然停下了脚步，指着前面那些簇拥在凯旋门周围街角上的、显得富丽堂皇的高楼大厦中的一幢对我说：

"您看到有一个阳台上四扇窗户都关着吗？在去年八月的月初——就是那个令人可怕的八月，当时到处动荡不安、多灾多难，我则被请到那里去医治一个突然中风的病人。病人是一个叫儒弗的上校，他曾经是第一帝国的一名胸甲骑兵，同时也是一个视荣誉和爱国精神比生命还重的老顽固。战争刚一开始，他就搬到了香榭丽舍大街，还找了一套带有阳台的公寓住了下来……您猜猜这是为什么呢？他是为了要从阳台上亲眼目睹法国军队胜利凯旋的盛况……唉！可怜的老人呀！当维桑堡惨败的消息传来时，他才刚吃过饭离开餐桌。就在他看到战败公报上面拿破仑的名字时，如同遭了雷击般突然倒了下去。

"当我看到这位老兵时，他就直直地躺在房间的地毯上，满脸都是鲜血，一动也不动，好似头上挨了一棒。我想他站立起来的时候一定很高大；因为就是光躺在地上，他也显得很魁梧。他相貌英俊潇洒，一口牙齿整齐洁白，满头白发微微卷曲着，八十岁左右的年纪，看上去让人觉得似乎只有六十多岁……他孙女跪在他的身边，已经泣不成声。一眼看去她和她爷爷长得很像。他们两人如果站在一起，您一定会说他们就像是用同一个模子刻出来的两枚精致的希腊钱币，只是一枚年代比较久远些，色彩较为暗淡些，表面稍微有些磨损；而另一枚则是光彩夺目，纯净清晰，完完全全保持着刚从模子里冲出来时的光泽和平滑质感。

"那孩子的悲恸触动了我。她父辈和祖辈都是军人出身，父亲就在麦克马洪的参谋部任职。躺在她身侧的这位身材魁梧的老人，可能让她想到了另一幅可怕的画面。我尽力去安慰她，但是说实话，我并没有抱太大的希望。老人患的是比较典型的偏瘫症，一个八十岁的老人得了这种病是很难治愈的。实际上，就在接下来的三天时间里，老人一直都处在昏迷状态中，一动不动……

"就在这个时候，有关于雷舍芬战事的消息传到了巴黎。不知道您是否还记得那有多么离奇。一直到晚上，几乎我们所有人都相信打了胜仗，两万普鲁士士兵都被歼灭，王储被俘虏……我不清楚这举国欢腾的回声是用什么样的方式、怎么通过磁波电流，传到瘫痪病人的病榻、传到这位可怜的老人耳朵里的；可是不管怎么说，当那天晚上，我来到他床头时，却发现他与前日完全不同了。眼睛里闪烁着明亮的光芒，舌头也不再那么僵硬了。他甚至有力气朝着我微笑，并且结结巴巴地对我说了两遍：'胜——利——了！'

"'对呀，上校，我们打了一个大胜仗！……'

"我把麦克马洪取得的光辉胜利详详细细地讲给了他听，慢慢地，就看见他的眉头舒展开来，苍白的脸上也放出了光芒……

"当我从房间走出来时，那姑娘正站在门外等着我，她的脸看着如此苍白，并且不断抽泣着。

"可是他得救了！我握着她的手说道。

"可怜的姑娘几乎没有一丝勇气来回答我。人们刚得到雷舍芬的真实战事：麦克马洪在战场上落荒而逃，法国军队则是一败涂地……我俩面面相觑，沮丧无比。一想到她的父亲，她就悲痛欲绝。而我则是想到了这个老人，内心感到无比担忧。他一定经受不了这样沉重的打击……可是，又能怎么办呢？……现在可以做的只能是让他留住他的快乐，就是那些能让他重新活过来的幻觉！……可是这就意味着要对他有所欺骗……

"'好吧，就让我来对他撒这个谎！'勇敢的姑娘立马擦干眼泪，认真地对我说。

"紧接着，她神采奕奕地走进了爷爷的房间里。

"她肩上所承担的是一项非常艰巨的任务。刚开始的几天里她还能应付过去。那时候老人的脑子糊涂，就像孩子一样十分容易哄骗。可是随着身体的慢慢康复，他的思维也越来越正常。女孩必须要将双方军队的调动情况告诉他，为他制造一些战时报道。这位漂亮的姑娘真是令人钦佩不已，她日日夜夜伏身在德国地图前，用小旗子在上面插得满满的，竭尽全力编造一次次胜利的战役：一会儿巴赞在向柏林进军，一会儿弗罗萨尔在向巴伐利亚挺进，一会儿麦克马洪已经打到了波罗的海。她所有的'报道'都询问过我的意见，而我也尽可能地帮助了她。但是，在这个虚构进军的进程中，给我们帮助最大的，却还是她爷爷自己。在第一帝国期间他曾经多次征战过德国！他对所有的行动都能预先知道：'下一步他们将要攻打……他们会这样行动……'他的每一个预言都将成为现实，不可否认这使他感自豪。

"可是不幸的是，纵使我们攻城略地，战无不胜，都于事无补。这个老人简直是太急功近利了！每天到他家的时候，我总可以听到又一个新的战果：'……医生，我们已经占领了美因兹。'小姑娘伤心地笑着跑出来迎接我。

"这时我就听见一个高兴的声音隔着门传过来：'太棒了！太棒了！……再过八天，法军就要进攻柏林了。'

"戏剧性的却是，此时，普鲁士人离巴黎也就只有八天的路程……起先，我们想把他送到外省去是不是会更好一些；但是，一旦出去了，他就会立刻知晓法国的所有情况，我认为他目前还太虚弱，上一次的打击给他造成了相当严重的后果，所以绝对不能让他知道战役的真实情况。因此我们还是决定让他继续留在巴黎。

"我还清楚地记得，巴黎被围的第一天，我去他家帮他治疗。那时巴黎的所有城门都被关闭了，敌人早已经兵临城下，郊区成了我们的边界，这一切无不令我们感到焦虑不安。可是我却瞧见老人坐在床上，既兴奋无比，又骄傲自豪。

"'你瞧，'他对我说道，'攻城终于开始了！'

"我惊讶地望向他：'怎么，上校，您都知道了？……'

"他的孙女转过身朝向我，说：'对呀，医生……这可是一条十分了不起的消息呢……围攻柏林开始了。'

"她一边说，一边做着手里的针线活，神态是如此从容、如此平静……

"他怎可能会产生疑惑呢？轰轰隆隆的炮声，他是听不见的；阴森可怖、动荡不安的不幸巴黎，他也是看不见的。从床上他所能看见的，只是凯旋门的一个侧面罢了；他的卧室里，几乎全都是第一帝国时期的旧物，元帅的肖像画、一些描绘有战斗场面的版画、身着婴儿长袍的罗马王；还有一张张靠墙放着的并且有铜镂战利品饰的大条桌，桌上陈列着帝国时期的纪念品；还有一些勋章、青铜器；还有一块圣赫勒那岛上的石头，用玻璃罩精心罩着；一个女子的油画，她头发微微卷起，眼睛清澈明亮，上身穿着灯笼袖的舞会盛装，下身穿着黄色裙子。

"所有的这一切——元帅、罗马王、条桌和身着高腰黄裙、腰带高束的女子，同一八○六年被指为是时尚优雅的耸肩缩颈的呆板服饰……英勇无敌的上校呀！这胜利和征服的气氛，似乎比我们的话更具有力量，更让他这样天真地相信了柏林被围攻的谎言。

"从现在开始，我们的军事行动就变得简单多了。攻克柏林仅仅只是时间上的问题。有的时候，在老人感到孤独无聊之际，我们就会给他读一封儿子的来信，这信无可非议是编造出来的，因为现在任何东西都不可能进入巴黎；再说了，麦克马洪的副官——也就是老人的儿子，在色当战役结束后不久，就被押送到德国的一座要塞。您可以想象一下，可怜的女孩在失去父亲的音讯后，会是多么的伤心绝望；她知道父亲被俘虏了，就如同失去了一切，也许还在生病中，可是不得不让他在这欢庆的信中说话。信都很短，但同那些驰骋战场、乘胜追击的战士所写的短信一样。有的时候，她再也不想写信了，老人便好几个星期都没有儿子的消息。他就变得焦急起来，夜晚也不能好好睡觉。每当这时，从德国就会很快有一封信寄过来，她就会立刻去老人的床边，强忍着眼眶中的泪水，装作兴高采烈的样子把信念给他听。

"上校每次听得都很认真，总是会会心地微笑，有时他会表示赞同，有时会发表一下批评，对信上一些含糊的内容，还总向我们解释一番。在给儿子写回信的时候，他显得尤为高尚。'永远都不可以忘记你是一个法国人，'他总是这样教育儿子，'对那些可怜的人们你要以宽容的心来包容，不要让他们因为我们的占领而感到内心沉重……'接下去还是上校没完没了的嘱咐和令人敬畏的唠叨，什么要尊重财产啦，对待妇女要有礼貌啦，无疑这就是一部真真正正供征服者用的军人荣耀法典。在信中也包含有他对目前政治笼统的一些看法，还有强加在战败者头上的'和平条件'。可以说，在这个方面，他显得一点都不苛刻。

"'只要有战争赔偿就行了，其他的任何东西都不要……割占他们几个省又有什么作用？……难道我们就可以把德国变成法国吗？……'

"他口授的信件语气十分坚定，从他的言语中，我们可以感觉到他是如此真挚、如此爱国，因此在听他讲话的时候，您都会完全被他所打动。

"那时候，围攻一直不断在进展着，只可惜被围困的不是柏林！……在那段日子里，天气十分严寒，炮弹声隆隆作响，疾病到处流行，饥饿肆虐着整个城市。不过，在我们的精心照顾和不懈努力下，在我们对他不知倦怠、日复一日的体贴关怀下，老人宁静悠然的生活没有受到任何打扰。从头至尾，我们都是给他吃上等的白面包和新鲜的肉。而这些食物也只够他一个人食用。您简直无法想象会有什么比这位祖父吃饭的情景更加令人动容的了：可怜而自私的老人就坐在床头，容光焕发，面带笑容，用餐巾围在下巴底下；他的孙女因为缺乏食物营养，脸色显得有些苍白，女孩在他身旁，握着他的双手，轻轻地告诉他喝汤，请他食用所有这些在那个时候别人都吃不到的东西。吃完饭后，他显得异常活跃。屋里暖洋洋的非常舒适，窗外寒风凛冽，雪花飞舞，这些景象让这位老重骑兵想到以前在北方参加过的那些战争，他又说起已经讲了不知多少次的俄罗斯大撤退给我们听，那是一次艰难的大撤退，士兵们的粮食只有冻得坚硬的饼干和马肉！

"'孩子，你懂吗？我们只能吃冻得坚硬的马肉！'

"我相信她懂。这两个月以来，她其他什么东西都没有吃过！……然而，当老人的身体逐渐恢复，我们骗他的难度也就越来越艰巨了。他那瘫痪的四肢和麻痹的感觉器官曾经帮了我们很大的忙，但是现在它们却逐渐在恢复。有那么几次，可怕的大炮齐射声从马约门传来，这使得他很是吃惊地跳了起来，如同猎犬一样竖起了灵敏的耳朵；我们两人只能欺骗他道巴赞元帅在柏林城下又取得了新的大捷，人们正在残老军人院里鸣炮祝贺。

"终于有一天，我们将他的床挪到窗前——我记得那是个周四，同时就是打响布森瓦尔战役的那个日子！——他很是清楚地看到有不少国民自卫队的士兵在格兰特大街上集结。

"'这些军队是怎么回事？'老人很生气地问道。

"剩下的我们就只听见他从牙缝里低声挤出几句抱怨的话：'真是军容不整！军容不整！'

"那时他还没有想到别的方面去；可是我们却是明白的，从这以后，必须更加谨慎小心。可我们还是大意了，不幸的事情还是发生了。

"就在那天晚上，我刚到他家门口，姑娘就慌慌张张地跑了出来：

'他们明天就要进城了，这该怎么办呢。'她慌忙对我说。

"爷爷卧室的门是打开着的吗？直到后来我回忆起这段往事，才记起那天晚上他的表情很是特别。很可能是他听见了我们在门外的交谈。不过不同的是我们说的是普鲁士人，而他却自以为是法国军队的归来，是那个让他等待了很长时间的胜利凯旋的入城仪式：在鲜花的簇拥下、在嘹亮的军乐声中麦克马洪元帅沿街而行，他的儿子光荣地伴随在元帅的左右，而他这个老人呢，则是身着军礼服，站在高高的阳台上，如同在吕岑时那样，向满是弹孔的军旗和被弹药熏黑的鹰徽敬上崇敬的军礼……

"可怜的老儒弗！他一定认为我们不让他观看法国军队的进城仪式，是因为担心他情绪过于激动而影响病情。所以，他没有对任何人提起过这件事。可是，第二天，就当普鲁士军队畏畏缩缩地走在从马约门通往杜伊勒利宫的长街上时，老人房间的窗户被轻轻打开了，上校出现在阳台上，头上戴着头盔，身上佩着军刀，穿着在米罗手下当重骑兵时的一身旧军服。

"直至今日我还是很纳闷，到底是什么样的意志力、什么样突然爆发出来的生命力，支撑着他使他就这样一下子站了起来，并且穿戴得是如此整齐干净。不过毋庸置疑的是，他确确实实是站在那里，站在栏杆后面，惊讶地发现这条大街怎么会是如此空旷，却又这么的死寂；房屋的百叶窗紧紧关着，整个巴黎显得阴森森的，仿佛是一个巨大的检疫所；放眼望去到处都是奇异的白底红十字旗，士兵的两侧居然也没有欢迎的人群队伍。

"有那么一瞬间，他还以为是自己眼睛看错了……

"可事实上他并没有看错！在凯旋门的后面，隐隐约约传来一阵沙沙的脚步声，有一条黑线正在曙光中向前移动着……然后，普鲁士士兵头盔上的尖顶开始闪耀光芒，小耶拿起鼓开始敲响，在凯旋门下的星形广场，伴随着士兵沉重而整齐的脚步声和军刀的撞击声，奏起了舒伯特的《胜利进行曲》！……

"就在这时，在广场死一般的寂静中，传来一声愤怒的吼叫，一声可怕的叫喊：'赶快拿起武器！……赶快拿起武器！……普鲁士人来了。'走在先头部队最前面的四名普鲁士枪骑兵，便瞧见楼房上面的阳台上，一个身材魁梧的老人舞动着两条胳膊，身子一摇一晃，随后便直挺挺地倒下去了。而这一次，儒弗上校是真的离开了人世。"

一局台球

士兵们接连战斗了两天，并且背着沉重的背包在瓢泼大雨中度过了整个晚上，现在已经是筋疲力尽了。可是，紧接着还让他们拿着枪站立在大路的水坑里、泥泞不堪的田野里，他们已经苦苦等待了足足三小时了。疲惫不堪、熬夜，再加上军服被雨水浸透了，都让他们已经支持不住了，所以他们只能挤成一团，相互倚靠着以求获得温暖。有的士兵甚至还靠在旁人的背包上，站立着就睡着了；疲劳、饥饿和寒冷，很容易就可以从他们酣睡中松弛、舒展的脸上瞧见。到处都是雨水和泥浆，没有炉火，没有热汤，天空既低沉又黑暗，好像四周到处都埋伏着敌人。一切都显得是那么的凄凉……

他们在这儿干什么呢？究竟发生了什么事情？

大炮的炮口正对着不远处的树林，看上去好像在守候着什么。埋伏着的机枪死死地瞄准了远方的地平线。一切好像都已准备妥当，只等着接受命令后发起进攻。可是为什么他们还是迟迟不动呢？他们这是在等待什么呢？

原来他们是在等上级下达的命令，而这个时候命令还没有从司令部发出来。

然而司令部离这儿并不是很远。它就设在一座路易十三时期的漂亮、古老城堡里。城堡被半山腰的树丛所掩映着，鲜红色的砖墙经过雨水的洗礼，显得异常闪亮。这无疑是一座名副其实的王公豪邸，百分之一百足以悬挂一位法国元帅的旗帜。公路和草坪被一条宽沟和一道石栏杆给截然分开；宽沟和石栏杆的后面，是连成一片的嫩绿草坪，一直伸展到城堡门前的石头台阶，草坪周围摆满了盛开的鲜艳盆花。

而在城堡背面的一侧，明亮柔和的阳光透过千金榆的树荫散落在林荫小道上，池塘如同一面平放着的镜子，几只雪白的天鹅在里面浮游嬉戏，一个巨大的宝塔形鸟笼笼顶底下，孔雀正在开屏，锦鸡扑腾、拍打着自己的翅膀，绿叶丛中传出它们阵阵刺耳的尖叫。虽然城堡的主人很早以前就已经离开，但这里却丝毫让人感受不到战乱所带来的荒芜与凄凉。就算是草坪上那些小得不能再小的不起眼的花朵，统帅的军旗也给了它们安全的保护。一切都还是那样有条不紊，四处的花盆摆放得整整齐齐，林荫小道显得幽深而静谧。在距离战场如此近的地方，却能找到这样一个令人感觉宁静、舒适的地方，真是让人感到有点惊讶呀。

太阳渐渐爬下山坡去了，虽然已经失去了早晨的灿烂光芒，午日的辉煌耀眼，但依然还是妩媚地将自己的光和热洒向这片大地。这时，夕阳只能看见小半个，小草被娇艳的余晖照得金灿灿、黄澄澄的。小池塘清澈见底，蓝天、白云、绿草、鲜花都倒映其中，使得它格外美丽。"唧唧唧"，不知从哪儿飞来一群可爱的小麻雀，在霞光中展示着自己矫健的身姿，真像是在空中跳跃的一个个美妙的音符。

在士兵们那边，雨水在小路上搅拌着肮脏的烂泥，冲出道道深沟；而在这边，它摇身变成一种高雅、漂亮的骤雨，使红砖越发显得艳丽，使得草坪增添了更多翠绿的迷人色彩，使橙树的树叶有了幽幽的光泽，使湖里天鹅的羽毛更加洁白光亮。所有的一切都显得那么光洁，似乎是在和平的时代才会拥有的气氛。

说实在的，假如没有屋顶上迎风飘扬的那面军旗，没有栅栏边那两个敬业的站岗士兵，人们是万万不会想到这里居然是司令部。马儿们都在马厩里小憩着。四周围都能瞧见勤务兵和传令兵身着军便服，在厨房的周围四处奔走；几个身着红裤子的花匠们，拖着钉耙，正在不慌不忙地平整城堡大院的沙地。

餐厅的窗户面对的是大门的台阶，透过这扇窗户能够看见的是一张杯盘狼藉的饭桌，桌布被搓揉得皱皱巴巴，它上面摆着开过的酒瓶和污浊的用过的空酒杯，完完全全是一副人去席散的景象。

而隔壁的房间里，时不时传来响亮的说话声、笑声、台球滚动声和碰杯声。元帅正在里面打台球，这就是前面所说的军队在等候命令的缘由。只要元帅劲儿来了一打起台球，全世界没有任何事情能够让他停下手来，就算是天塌下来也一样！

台球！

就是这位伟大的军官最大的爱好。

他站在那里，表情十分严肃，就好像此刻置身在战场上；他身穿整齐的军礼服，胸前戴满了荣誉勋章，双眼闪烁着炯炯的光彩，脸颊红红的；宴会、台球、格罗格酒，这一切都使他处在无限的兴奋中。他的副官们将他团团围住，态度又殷勤又恭敬，大家对他所打出的每一个球都表现出目瞪口呆、钦佩至极的样子。只要元帅赢了一分，所有的人都会立马冲向记分牌；只要元帅一口渴，所有的人都会争抢着帮他调制格罗格酒。一瞬间，肩章与帽缨摩擦的沙沙声、勋章和绶带撞击的叮当声此起彼伏。

在这个面对花园和庭院并且装有橡木护墙板、高高的大厅里，看着那一张张可笑的迎合的脸、一个个恭维不止的部下，另外还有如此多精致的绣品和崭新的军装，让人不禁要想贡比涅的秋天，也无形中把那些正在等待命令的士兵暂时放在一旁不去管了；而此时此刻，那些身穿肮脏不堪的军大衣的士兵们，正在淅沥沥的雨中黑沉沉地挤作一团，于公路边苦苦焦急地等候着。

现在元帅的对手是一个参谋部的矮个子上尉，他留着一头微卷的头发，穿着一件紧裹腰身的军服，戴着一副浅色的手套。上尉的球技简直可以说是一流，可以把全世界所有厉害的元帅都打得一败涂地。可是他心知肚明，因为他必须对长官保持一种表示自己敬意的距离，他要做的是力求既不赢球，但是又不轻易地输掉。这样的人就是经常被大家称为前途无可限量的军官……

注意了，年轻人，好好打球。现在元帅已经得了十五分，而你只得了十分。你只需要把这种局面保持到这盘球结束，就可以比那些站在外面等待命令的士兵获得更多的提升机会，也就不用和他们一样承受下得天昏地暗的滂沱大雨，不用弄湿你帅气的军服，更不需要使你绶带上的金色变得暗淡无光，更不用苦苦守候那久久不能发出的命令。

这场比赛实在是太有意思了。台球滚动着，碰撞着，不同的颜色瞬间形成交叉。台球桌边沿的弹性十分好，桌面上的比赛也愈来愈激烈了……忽然，一颗炮弹的火光毫无预兆地划破天幕。沉闷的爆炸声使得玻璃窗不停地在颤抖。所有的人都被惊吓了一跳，大家面面相觑，焦虑不堪。可是好像只有元帅一个人什么都没有看到，什么都没有听到：他将身体伏向球台，正计算着如何打出一个漂亮的撮球。这是大家都知道的，元帅最擅长的就是撮球了！……

可是令人害怕的是，火光一道接着一道，没有停息。枪炮声连绵不绝，而且显得越来越密集。有些副官们惊恐地朝窗口跑去。难道普鲁士人真的在这时候发起攻击了？

"好吧，就让他们进攻吧！"元帅一面说，一面用白粉块擦拭着球杆头，"轮到你打了，我的上尉。"

参谋们对此刻元帅的镇静佩服得五体投地。和这位元帅比起来，头枕着炮架而睡的蒂雷纳算得了什么呢！我们的元帅在敌人发起猛烈进攻的时候，依旧可以站在台球桌前，慨然不动……

就在这时，枪炮声更加密集了。在响彻云霄的炮声中，夹杂着刺耳的机枪声和轰轰隆隆的排枪声。一片边缘为黑色的红色烟雾从草坪的尽头瞬间升起来了。整个花园的深处被这火光映衬得通红通红。孔雀和锦鸡惊恐万分，在大鸟笼里撕心裂肺地鸣叫；在马厩里闻到了火药味道的阿拉伯战马，激动得扬起了前蹄要奔出马厩。这时候司令部开始有阵阵骚动。前线的紧急报告接连不断地传来。传令的士兵们如离弦之箭疾驰而至。每个人都期望能够求见大家都想见的元帅。

但是此刻这些士兵是见不到元帅的。就如我所说过的那样，世界上没有任何事情能够阻挡他打完一局台球比赛。

"又该你了，上尉。"

上尉这时稍微有些分心。毕竟他还很年轻啊！他开始有些张皇失措，已经忘记了打球时该有的分寸，接二连三射出几个好球，差一点就能把这局台球赢下来了。这下可把元帅给惹恼了，他无比刚毅的脸上露出既惊讶、又愤恨的神情。就在这个时候，一匹飞奔而至的马摔倒在院子里。一名全身沾满泥渍的副官从层层阻拦中冲破而出，跳上石阶大叫道："元帅！元帅！……"就看着别人是怎样迎接他吧……元帅手里持着球杆，走到窗户边，明显露出怒气冲冲的表情，脸涨得通红通红的，就好似公鸡的鸡冠：

"怎么回事？……发生什么事情了？……站岗的哨兵都跑去哪儿了？"

"可是，元帅……"

"够了不要说了……等一下……让他们先等着我的命令吧，见鬼！……"窗户突然呼地一下被猛地关上了。

等他的命令！

那些可怜的士兵，他们此刻正在苦苦地等待着他的命令。狂风将雨水和霰弹劈头盖脸地向他们刮来。整营整营的士兵被歼灭，而此时此刻其他连队的士兵却只能干等着，因为他们只能手握武器，而且对自己按兵不动显然很是茫然不知所措。这是没有办法的，士兵们只能等着元帅的命令……

但是，死亡是不需要命令的，就这样成万上千的士兵倒下去了，倒在灌木丛后，倒在宽沟里，倒在寂静的大城堡门前面。甚至在他们倒下去之后，敌人机关枪射出的子弹仍旧穿透着他们倒下的尸体，法兰西高尚无比的鲜血，正在悄无声息地从他们迸裂的伤口中涌出……可是在上面的台球房里，比赛也一样进入了白热化的状态中：元帅已经重新领先；但是身材矮小的上尉还在像狮子一般顽强地抵抗……

十七分！十八分！十九分！……

最后甚至连分数都来不及记录了。枪炮声正在逐渐向司令部逼近。就只差一分元帅便可以赢得这次胜利了。而此时此刻炮弹早已经落入花园里。一颗炮弹在水池中爆炸了，炸碎了平坦如镜的水面；一只惊恐万分的白天鹅无助地扑腾着，四周飞飘着血迹斑斑的羽毛。这是敌人的最后一发炮弹……

突然，一切又归于平静。只有淅淅沥沥的雨点飘洒在幽幽的林荫小径上，山坡下传来一阵模糊的隆隆的车轮声，泥泞不堪的小路上，有踏步声匆匆传来，听上去像羊群赶路的声音……部队在全面溃散。就这样元帅赢了这局台球比赛。

小间谍

他的名字叫作斯坦纳，小斯坦纳。

他是一个在巴黎土生土长的孩子，身体枯瘦如柴，脸色略显得苍白，看上去大概只有十岁，也可能已经有十五岁了；当这样的一个孩子出现在您面前，您可能永远都无法猜出他们的实际年龄。他的母亲已经过世了；父亲原本是海军陆战队里的一名士兵，目前在圣殿旁边的小花园里做守门人。

所有匆匆忙忙来这个被人行道围绕的花园里躲避车辆的巴黎人们——无论小孩、女佣，还是带着帆布折凳的老妇人或者是贫穷人家的母亲——全都和斯坦纳老爹很熟悉，并且大家都很喜欢他。他的小胡子又粗又硬，让那些流浪狗和赖在花园长凳上长期不走的人看见了都感觉到害怕；可是一般熟悉的人都是知道的，在这个令人害怕的小胡子下面，潜藏着的是温柔的如同慈母般的微笑；如果您是想要看到他的微笑，只需要问问这个好心肠的人：

"您儿子现在还好吗？"

斯坦纳老爹可是相当喜欢他儿子的！每天傍晚一放学，小男孩也总是会到这个花园里来找他的父亲，这之后两个人就会在花园的小径上静静地漫步，每经过一张长凳，他们都会默契地停下脚步向熟悉的顾客们打招呼，并且回答他们热情的问候。每当这个时候，老人总是会感到无比的幸福和欣慰。

可不幸的是，紧随着城市被围困，一切都改变了。斯坦纳老爹看守的花园由于里面堆放了火油，不再对外开放了。这位让人觉得可怜的老人必须时时刻刻照看着它们。独自一人孤单地在这零乱的树丛里度日如年，可又不能抽烟，只能在每天很晚之后回家，才能看到自己的儿子。所以，当他提起普鲁士人的时候，他的小胡子倒真的是值得看一看……不过，小斯坦纳对这种新的生活却并不怎么抱怨。

围城！对于孩子们来说这实在是太好玩了！不用去上学，也不用再参加互助小组！每天都是假期，大街就好像集市广场一般热闹……

从早上到晚上，这个孩子都喜欢在外面跑来跑去。只要是驻扎在本区的部队去城墙边，他就会沿途一路跟着他们，特别喜欢跟着那些军乐演奏十分好听的部队；对于这方面，小斯坦纳可以说是个小内行了。他可以头头是道地告诉您，九十六营的军乐队还不算太好，而五十五营却有一支让人觉得十分了不起的军乐队。有的时候，国民别动队操练时他也会去看；此外还有排队……

冬天的清晨，没有提上煤气灯，在排着很长的队伍中间，他手上挎着一个小篮子，静静地守候在肉店或者是面包店栅栏门口。在那个地方，人们喜欢站立在一起，互相结识、相互谈论相关的时事政治。也许由于他是斯坦纳先生的儿子吧，几乎所有人都喜欢听他的意见。

然而，在这其中最有趣的就要算瓶塞赌了，这种游戏是由布列塔尼的国民别动队们在围城期间兴起来的一种游戏。如果你发现小斯坦纳不在城墙边、也不在面包店里，那么他一定就在水塔广场这个"加洛什"赌赛场地上玩耍。不过，由于这种游戏需要很多钱，所以一般来说他自己是从来不玩的。对于他来说就算只是看着别人玩，也能使他感到内心的满足！

再者其中有一个总穿蓝色工装裤的大个子，几乎每次他都用一百苏一个的硬币来下注，这样的大手笔总是让小斯坦纳羡慕不已。每当大个子跑起来的时候，人们都能听到他工装裤里硬币相互碰撞发出的叮当声……

有一天，当一枚硬币突然滚落到了小斯坦纳的脚下时，趁着拣硬币的机会，大个子缓缓压低声对他说：

"小家伙你眼红了，嗯？好吧，假如你愿意，我可以免费告诉你去哪儿弄一笔钱。"

一盘赌完之后，他就把小男孩悄悄领到广场上一个隐蔽的角落里，让他跟自己一起去给普鲁士人卖报纸：跑一趟他就可以轻松地得到三十法郎。刚一开始，小斯坦纳十分愤怒地拒绝了他的要求，紧接着他一连三天都没有再去广场看赌博。然而对小斯坦纳来说这是可怕的三天：小斯坦纳吃不好也睡不好。在夜里，他总会梦见成堆的瓶塞竖在他的床脚边上，一枚枚平放在上面的价值一百苏的硬币飞来飞去并且闪烁着耀眼的光芒。对他而言这诱惑实在太强烈了。第四天，小斯坦纳迫不及待地再次回到水塔广场，找到了那个引诱他的大个子，最终接受了他的引诱……

这是一个下着雪的早晨，他们两人肩上扛着一个布袋，把报纸藏匿在罩衫里面，就准备出发了。在他们来到弗朗德勒城门时，天才刚蒙蒙亮。大个子牵着小斯坦纳的手，慢慢地朝哨兵走近——这是一个长期驻扎在这里的守城士兵，脸上顶着一个大大的红鼻子，就这样看上去很是和善的样子。大个子用可怜巴巴的语气对他说道：

"先生，求求您行行好，就这样放我们过去吧……我们的爸爸早已经去世，妈妈现在正生病躺在床上。我和弟弟只是想去田里去捡点土豆充饥。"

说着说着他突然哭了起来。小斯坦纳感觉羞愧万分，不由得垂下了头。哨兵认真仔细地打量了他们一小会儿，同时又看了看荒无人烟、白雪皑皑的公路。

"快过去吧。"他一边闪开一边同情地对两人说。

这个时候他们已经走在通往奥贝维利埃的大路上了。大个子忽然笑出了声！小斯坦纳还仿佛置身于梦境里一般恍恍惚惚地不知所措。他瞧见了被敌人改作营房的工厂、空无一人的街垒，以及在那里晾着的湿淋淋的破衣服，还有伸向天空、划破晨雾的高耸的烟囱，那些烟囱全部都缺了口，而且没有一缕烟从里面冒出来。

每走一段距离他们就能看见一个站岗的哨兵，还有用望远镜瞭望着远方的戴着风帽的军官们。在火光微弱的篝火前，支着一个个小帐篷，而这些小帐篷早已经被融化的雪水浸透了。大个子认识路，他领着小男孩从广袤的田野里穿过，以此来避开岗哨。可是，他们最终还是走上了一条无法避开的道路，到了自由射手的前哨前。那些自由射手身穿短小的大衣，在苏瓦松铁路沿线的战壕里蜷缩着，而战壕中却满是积水。这一次，大个子又开始编他的故事了，可是不管他们怎么故技重演好像都没有用，这些士兵们不管他们怎么说也不让他们过去。就在他一把鼻涕一把泪诉说"凄惨"的时候，一位有点年纪的中士从哨所里走了出来，他头发花白，满脸都是皱纹，长得倒是有点像斯坦纳老爹。

"好了，小家伙们，别哭了！"他温和地对孩子们说，"放心，我们会让你们过去捡土豆的。但是在这以前，你们必须得先进屋里暖和暖和身子，看这孩子都快冻僵了！"

但是他却不知道，小斯坦纳浑身颤抖，并不是因为天气的寒冷，而是出于害怕和羞愧……在哨所里，他们看见几个士兵蹲坐在一堆微弱的火苗周围，火苗小得可怜；他们正在用尖锐的刺刀插进冻得发硬的饼干上，然后放在火上烤。大家向里挪了挪身体，给两个孩子腾出了一点空间，又给了他们两人几口烧酒和一些咖啡喝。正在他们喝的时候，一名军官突然来到门前，把一名中士叫了出去，悄声跟他说了几句话，然后就急匆匆地走了。

"小伙子们！"中士笑容满面地回到屋里，"今天晚上咱们可以跟敌人打个痛快仗了……普鲁士人的口令已经被我军截获了……我想，这一次我们总可以把这该死的布尔热从他们手中抢夺回来了！"紧接着屋里爆发出一阵阵欢呼声和笑声。士兵们唱起了欢快的歌，跳起了愉快的舞蹈，起劲儿地擦起了刺刀。而这个时候两个孩子却趁着这番喧闹的机会悄悄溜走了。

越过了壕沟，展现在眼前的是一片平原，一堵长长的白墙横在平原的尽头，它的上面布满了射击用的枪眼。他们两个人朝那堵墙走去，每走一步都要假装停一下，捡起地上的土豆。

"我们还是回去吧……别去了。"小斯坦纳内心害怕，不断对大个子说。

大个子不以为然地耸耸肩，接着继续朝前走。忽然，他们听到一支步枪上膛的声音。

"赶快卧倒！"大个子一边说一边扑倒在地上。

他一卧倒，就马上吹了一声口哨。雪地上也随后回了一声口哨。于是他们俩开始慢慢匍匐前进……就在贴近地面的墙角下，出现一顶破烂不堪的贝雷帽，两撇黄色的小胡子，不经意地从帽子下面露了出来。大个子跳进战壕，来到普鲁士人的身旁。

"他是我的弟弟。"大个子指着小男孩对那个人说道。

小斯坦纳，显得是那么的瘦小，惹得一群普鲁士人见到他就开始笑了起来，于是他们将他抱了起来，一直举到了白墙的缺口上。

在墙的另一面，是一个个大大的土堆和一棵棵横倒的大树，黑黝黝的洞布满了整片雪地；每个洞里都有同样肮脏的贝雷帽和一模一样的黄色小胡子，当孩子们经过时，他们发出嘻嘻的笑声。

在一个不起眼的角落里，有一幢原来是供园丁居住的房子，房子的周围用树干筑起了掩体。楼下挤满了好多士兵，有些在玩纸牌，有些在熊熊燃烧的火堆上煮汤。空气里到处飘荡着白菜和肥肉的香味。这里和自由射手的哨所比起来有太大的反差了！楼上是一些军官，在楼下都能够听见他们欢快的弹钢琴的声音，而且还在开香槟酒呢。当两个巴黎的孩子走进房间时，迎接他们的是一阵阵愉悦的欢呼声。他们把藏着的报纸递给普鲁士人；后者倒了点喝的给他们两人，而且开始引诱他们说话。这些军官看起来全部都既狂傲又凶恶，可是大个子却能够用巴黎郊区人特有的绘声绘色的谈吐和小流氓的切口逗他们开怀大笑。军官们边笑边跟着他学那些切口，而且对这些来自巴黎的下流话津津乐道的样子。

为了向他们证明自己并不傻，小斯坦纳也很想对他们说上几句话，但是不知为什么他开不了口。在他对面，有一个普鲁士军官单独坐着，和其他人相比，他年纪似乎大了些，而且他的神情也比旁边的人显得更为严肃。他在看报纸，也可以说他在假装读报纸，因为他的眼光从未从小斯坦纳身上离开过。他的目光里虽然有着慈爱，但是也有着责备，似乎这个军官在家乡也有一个同小斯坦纳年纪相当的孩子一样，与此同时他也似乎在内心里说道：

"我宁愿自己去死，也不愿意看到自己的儿子干这样无耻的勾当……"

从那一瞬间起，小斯坦纳就感觉似乎有一只手紧紧地压在他的胸口，使得他的心脏好像快要停止跳动。

为了摆脱这种焦虑不安的心情，他便开始和大个子一样喝起酒来。可是刚过一会儿，他就觉得天地开始旋转。模模糊糊之间，他似乎听到，在一阵粗浅的笑声中，他的伙伴正在嘲笑国民自卫军，嘲笑他们的操练方法，模仿他们在马雷举行的阅兵仪式，在城墙上发出的一次次晚间警报。紧接着，大个子压低了自己的嗓音，军官们立即都聚拢到一起，脸色突然变得凝重起来。这个无耻之徒正在向他们的敌人透露自由射手准备偷袭的情报……

而这一次，小斯坦纳激愤地站了起来，头脑立刻清醒了不少：

"不能说，大个子……我不想你说出来。"

可是，大个子仅仅是笑了笑，于是又准备继续讲下去。然而他还没有讲完，所有的军官全部都已经站了起来。其中一个军官指着屋门，对两个孩子不屑地吼道：

"赶快滚吧！"

紧接着，这些军官们开始用德语进行交谈，而且他们谈得很快。大个子就这样走出了房间，而且还把口袋里的钱币弄得叮当作响，就好像自己成了一个总督，骄傲得不得了。小斯坦纳耷拉着小脑袋，就这样跟在他身后走出去了。就在他经过刚才那个目光让他感到十分窘迫的普鲁士人身旁时，听见他以充满犹豫的声音并且还带着浓重的德国口音说道：

"这个不光彩，不光彩……"

泪水立刻涌到了他的眼睛里。

一回到平原上，两个孩子就开始快速地奔跑起来，返程的路总是比来时走得快。普鲁士人给了他们很多很多土豆，几乎装满了整整一布袋；靠着这些土豆，他们轻轻松松地通过了自由射手的战壕。而这些可怜的自由射手正在那里准备今晚的进攻呢。部队静静地开过来，在大墙后面集合。那个上了年纪的老中士也在那里，他正忙着安排手下的士兵，可以看得出来一脸的兴奋！两个孩子经过时，立刻被他认出来了，而且还向他们露出了一个亲切的微笑……

啊！这微笑让小斯坦纳内心感到更加难受！有那么一刻，他真恨不得朝着他们大吼一声：

"不要去那里……我们把你们给出卖了。"

可是大个子却对他说："如果你透露出去了，我们就会被抓起来枪毙。"害怕使他忍住了……

他们到了库尔纳夫镇，走进一幢废弃的房子里，在那里进行分赃。说实话，赃款的分配还算得上公平。小斯坦纳听着那些诱人的硬币在罩衫里碰撞所发出的动听的响声，想到今后他将有钱可以去参加洛什赌赛，心中的负罪感就稍微减轻了一点。

可是，在大个子走进城门、离这个可怜的孩子越来越远后，孤单的一个人，小斯坦纳的口袋似乎变得愈来愈沉重了，而胸口上那只压着他的手也按得更紧了。此刻在他看来，他感觉巴黎和从前不一样了。从前面走过的人都十分严厉地看着他，好像大家都知道他是从什么地方回来的。在滚滚的车轮声中，在运河沿线军鼓的打击声中，他到处都可以听到别人在叫"间谍"这两个字。最后，小斯坦纳终于回到了家，看见父亲还没有回来，他很是高兴，快速跑上楼走进卧室，把这些特别沉重的钱币藏在了枕头底下。

斯坦纳老爹从来没有像今天回家时那样慈祥、那样高兴过。原因是外省刚传来可靠消息：国家的局势已经开始有了好转。吃饭的时候，这位老兵望着在墙上挂着的长枪，和蔼可亲地笑着对孩子说道：

"嗯，孩子，要是你是个大人，现在就可以去参军攻打普鲁士人了！"

大约八点，他们突然听见一阵炮声响起。

"那是从奥贝维利埃传来的……布尔热在打仗！"老人说道，他对全部的堡垒都十分熟悉。小斯坦纳的脸色"唰"地一下就白了，他借口推说自己很累了，便上楼去睡了，可是无论怎样他也睡不着觉。炮声依旧在响着。他想象着那些原想借助夜色偷袭普鲁士人的自由射手，反而毫无预警地中了埋伏。他又想到那个冲他微笑的中士，就好似看见他痛苦地倒在雪地上，这其中还有很多跟他一样的士兵……

然而所有这些鲜血的代价都在他的枕头底下掩藏着，而他小斯坦纳就是那个无耻的告密者，老兵斯坦纳先生的儿子……泪水使得他的喉咙哽咽了。他听见父亲在隔壁房间里踱着步子，并且打开了窗户。窗下的广场上响起了集合的号令，国民别动队的一个营在报数，他们正准备奔赴战场。很显然，这是一场真真正正的战争。可怜的孩子禁不住哭出了声音。

"孩子你这是怎么了？"斯坦纳老爹赶紧走进来问。

小斯坦纳再也忍受不了了，飞快地跳下床来，跪在父亲的脚下。在他跳下床时，硬币也顺带着滚落在地上。

"这是什么？是你偷来的吗？"老人哆嗦着问孩子。

于是，小斯坦纳一口气把他和大个子一同去过普鲁士军营还有在那里做过的全部事情都告诉了父亲。他越说，就越感觉心里自在多了；因为坦白了罪过以后，他就轻松了许多……斯坦纳老爹静静地听着，脸色变得极其可怕。他神情严峻，一股从心里涌上来的痛苦爬上了他的嘴角。斯坦纳老爹的手指像秋风里枯萎的树叶般不停地颤抖着；他低下头去，没有说话，心灵突然感受到一种说不出的惆怅。一股苦涩的味道从心头涌了上来，就如同吞了一口难咽的苦药。就像一片乌云般，唰地罩上了明净碧蓝的天空，他那纯洁善良的心灵，立刻罩上了一片沉重的阴暗，儿子的话就像石头一般沉甸甸地砸在斯坦纳老爹的怀中，听完这些之后，他把头深深地埋进了自己的胳膊里，呜呜地哭了起来。

"爸爸，爸爸! ……"孩子想说些什么。

老人把他推开，没有再搭理，紧接着把钱一一捡起来。

"就这么多了吗?"他生气地问。

小脸上布满泪水，小斯坦纳点点头，表示全部的钱都在这里了。于是老人从墙上取下了长枪和子弹盒，把钱塞到口袋。

"好了，"他说，"我去把这些还给他们。"

于是他再也没有多说一句话，甚至连头也没有回，径直往楼下走去，加入到在夜色中开赴战场的国民别动队的战士中间去。从此以后，再也没有人见到过他了。

公社的阿尔及利亚步兵

他是当地一位步兵团的小个子鼓手，名字叫克多尔，来自德让泰尔部落，是仅有的几个随维诺瓦①将军的部队调入巴黎的阿尔及利亚步兵中的一个。他几乎参与了从维桑堡到尚比尼的所有战役，他随身总是带着铁质响板和阿拉伯战鼓，如暴风雨中的小鸟，在战场上穿梭；他是那么敏捷、那么迅速，就连子弹有时都不知道他在什么地方。

这个古铜色皮肤的小个子非洲人已经被机关枪喷出的火舌烤得通红，可是当冬天来临时，他却受不了在冰天雪地里站岗放哨、在漫漫长夜中一动不动的煎熬；终于，在一月的一个清晨，有人在马恩河边发现了他，他的双脚早已经冻僵，身体因为寒冷而蜷缩成一团。他在野战医院里住了很长一段时间，我就是在那里见到他的。

这名步兵就像一条生病的狗，既忧虑而又有耐心，他睁大眼睛观察着周围的一切。别人跟他说话时，他就轻轻一笑，露出他整齐洁白的牙齿。他所能做的就只有这些，因为他听不懂我们的语言，只能凑合着说几句萨比尔语，这种阿尔及利亚土语混合了普罗旺斯方言、意

---

① 维诺瓦（1800—1880），法国将军，曾在阿尔及利亚服役，在普法战争中任法军指挥官。战后，率凡尔赛政府镇压巴黎公社。

大利语、阿拉伯语等，五花八门的词语就好像是从拉丁语的海洋里拾来的贝壳一般。而对他而言只有阿拉伯战鼓才能给他带来一点点的娱乐。有的时候实在是太无聊了，人们就会把战鼓放到他的床上，答应他敲一会儿，但声音不能太大，只要不影响到其他的病人。

这时，原本在昏黄的日光下和冬季凄清的景色中变得有些暗淡无光的那张可怜的黑脸蛋，就会立刻变得活泼起来，扮着可爱的鬼脸，随着节拍自由地舞动。他一会儿敲起冲锋鼓，凶猛的笑声露出若隐若现的洁白牙齿；一会儿又敲起穆斯林的晨曲，而此刻，他的眼睛湿润了，鼻子也在不停地抽动着，在野战医院枯燥的气氛中，在药瓶和纱布堆里，他似乎又看到了结满橙子的布里达树林，以及刚洗浴出来、头上戴着白色面纱、全身散发着马鞭草芬芳的摩尔姑娘。

就这样过去了两个月。在这两个月的时间里，巴黎发生了许多事情；可是克多尔却对此全然不知情。他听见士兵拖着疲惫的脚步成群地从窗下经过，那些士兵是被解除了武装并且遣返回家的，不远处整天都传来大炮轮子被拖来拖去时的滚动声，丧钟的声音和大炮的射击声。

可是这一切他都不懂，他只知道外面依然在打仗，而且他的腿伤早已痊愈，可以重新回到战场了。因此他再次出发了，背着战鼓，去找寻他的部队。他没有花太长的时间，就遇到了一个路过的公社战士①，战士将他带到了广场。在长时间的审问过后，当天值班的将军没有人有办法从这个满腔土语的非洲兵嘴里获得任何一点东西，不得已只能给他十个法郎和一匹之前用来拉公共马车的马，将他留在了参谋部。

———————————

① 指巴黎公社的军事人员。

公社的参谋部里穿什么样衣服的都有：红色的马褂儿、波兰大衣、匈牙利紧身衣、水手的粗布工作服，以及金银、金属片、丝绒、装饰品之类的。我们的阿尔及利亚步兵身穿镶黄边的蓝上衣，扎着头巾，身上背战鼓，为参谋部增添了不少亮丽的色彩。这位掉队的士兵兴奋地加进了如此美妙的队伍之中，陶醉在阳光、炮声、大街的喧嚣和各种各样的武器、军服当中，他依旧坚信法国人还在同普鲁士人交战，而且战争正在一种无以言表的活跃及自由气氛中继续着。他突然间被卷入了巴黎这场盛大的狂欢中，一时间居然变成了名人。无论他走到哪里，公社战士们都会击掌欢呼，热情款待。公社因为有了这样一位成员而骄傲和自豪，并且将他当作帽徽一样到处展示、炫耀和佩戴。他从广场被派送到陆军部，之后又从陆军部被派到市政厅，一天总要来来回回几十次。说实在的，公社战士们早已经听了太多的传言，说什么他们的海军士兵是冒牌的，他们的炮手是假的！……

可是，至少可以确定的是这个阿尔及利亚步兵是真实的。假如想要证明这一点，你只要看一眼他那小猴子般机灵的脸蛋，看一眼他那野蛮而瘦小的身躯骑在高头大马上表演杂耍般惊险动作时的那份矫健就行了。但是，克多尔还是觉得有些美中不足。他期望有战斗，希望让火药来说话。然而可惜的是，公社和帝国的情况几乎差不多，参谋部只是偶尔上上战场。除了展示炫耀、来回奔波之外，这位可怜的阿尔及利亚士兵只能在陆军部的院子里或旺多姆广场上消磨时光，在他的四周到处是闹哄哄的兵营，里面有开了封的酒桶、被割得乱七八糟的大堆膘肉，还有裸露在风雨之中的美食佳肴，香气四溢。在所有这些散发出香味的食物之中，人们却还是能嗅到被围困期间巴黎的饥饿。

克多尔是个心地善良的穆斯林，他跟大家不一样，他不会去大吃大喝；只是安安静静地待在远处，躲在不远的角落里沐浴净身，然后用一小把粗面粉做着他的古斯饭；吃过饭之后，他就敲一会儿小鼓，这之后便裹在自己的呢大衣里，躺在石阶上，在营火的照耀下悄然睡去。

五月的一个清晨，一阵可怕的枪声把这个阿尔及利亚步兵给惊醒了。参谋部就好像炸开了锅，所有的人都在奔跑逃命。他也同其他人一样，稀里糊涂就跳上了马，跟着参谋部出发了。街道上处处是疯狂的军号声和溃败而逃的部队。人们匆忙地搬起铺路的石头，筑起高高的街垒。很显然，一定是发生了什么不同寻常的事情……越靠近河岸，枪声就越清晰，人声也就越嘈杂。在协和大桥上，克多尔与参谋部走散了。又走了一段路，他的马也被抢走了，抢走他马的人是一位头上戴着八条杠军帽的军官，他正着急到市政厅看到底发生了什么事情。克多尔气愤极了，于是他向战场跑去，一边跑着并且将步枪的子弹推上膛，一边用土话愤恨地说：

"快干掉该死的普鲁士人！……"

他还以为是普鲁士人进城了。子弹早已经在方尖碑四周和杜伊勒里花园的树丛中呼啸开来。

里沃利大街的街垒上，弗洛朗①的复仇者们向他高声呼唤着：

"呀！是阿尔及利亚兵！是阿尔及利亚步兵！……"

这时他们就只剩下大概十二个人了，而克多尔一人好似可以当一个军的士兵使。他傲然独立于街垒上，好像一面巨大的旗帜，是如此的显眼。在枪林弹雨中他一面战斗，一面跳跃、叫喊。间或，在炮击停歇时，地面上升起的烟雾散开了一些，他能够看见在香榭丽舍大街

---

① 古期塔夫·弗洛朗（1838—1870），法国教授，巴黎公社的活动家、军事指挥官。

上聚集的士兵穿着红裤子。这之后，一切又重新变得模糊不堪。他以为自己看走了眼，于是就更加猛烈地朝他们开枪射击。

突然之间，街垒沉寂了下来。就在最后一名炮手打完仅剩的几颗炮弹后，也溜之大吉了。阿尔及利亚步兵却依旧在那里岿然不动。他潜伏着，随时准备冲向敌人；他一边使劲儿将刺刀上好，一边等待着头戴尖顶钢盔的普鲁士士兵出现……

这时候过来一队士兵！……

在沉重的脚步声中，军官们高声呼喊：

"投降吧，投降吧！"

阿尔及利亚步兵一时惊呆了，然后他高举着步枪，一跃而起：

"好呀，好呀，法国人！……"

在他目前还是混沌不堪的脑子里，模模糊糊地觉得这应该就是巴黎人民盼望已久的法国军队了，是在弗达伯尔和尚奇将军指挥下到这里来解放巴黎的。因此，他是多么的高兴！他露出一口整齐的白牙朝他们微笑着！……转瞬间，敌人的士兵挤满了街垒。他们把他围得水泄不通，同时又不断推挤着他。

"把你的步枪给我们瞧瞧。"他的步枪依旧是滚烫的。

"然后把你的手伸出来给我们看看。"硝烟早已经熏黑了他的双手。这位英勇的阿尔及利亚步兵骄傲地伸出手来让他们"欣赏"，脸上还带着善良的微笑。

这时，士兵们把他推到墙边，砰！……

他就这样死了，可是他却不知道为什么而死……

拉雪兹神父公墓之战

守墓人微笑地说道："在这里打仗？……这儿怎么可能打过仗。那些都是报纸杜撰出来的……事情的经过只不过是这样子的：

"二十二日的夜晚，我们看到三十几名巴黎公社的炮手，带着一组七门大炮和一挺新式机枪，来到了这里。他们占领了公墓的最高点作为阵地。由于那个区域恰好是由我负责的，所以由我迎接了他们。他们将机枪架在离我的岗亭不远的小道旁边；大炮则是架在稍微低一点的土台上。他们一到，就命令我打开好几个小祭堂的门。我原来还以为他们会将里面的东西砸个粉碎然后再洗劫一空，可是他们的指挥官却有言在先，他站在战士们的中间，对大家说了这样一句简短的话：'哪个猪猡胆敢首先碰这里边的东西，我就打爆他的猪头……解散！……'

"指挥官是一个满头白发的老头，身上佩戴着克里米亚战争和意大利战役的勋章，看上去不太好说话的样子。指挥官的命令被战士们当作圣旨一样严格地遵守，因此，说句实话，墓地里的任何一样东西他们都没有拿走，就算是默尔尼公爵那价值两千法郎的十字架他们也动都没动过。

"要知道，这些公社的炮手们可是一群卑鄙无耻的浑蛋。他们都是些廉价品，每天就只想着如何用他们那三个半法郎的高额军饷买瓶酒一口气将它喝光……只要看一眼他们在公墓里过的日子你马上就能够明白了！他们就这样乱七八糟地躺在默尔尼或菲伏洛娜的墓室里，要知道菲伏洛娜的墓室里安睡的可是皇帝的奶妈呀。他们将葡萄酒放在尚波的墓室里冷冻，因为那儿有一眼泉水；之后，他们居然还找来了一些女人。他们就这样没日没夜地饮酒作乐。啊！我敢肯定，很多不堪入耳的话都已经被公墓里的那些死者听到了。

"可是，即使这些强盗都是些没有用的笨蛋，但是他们对巴黎的祸害也是不小的。阵地的位置对他们而言是十分有利的，他们不断接到命令：'向卢浮宫开炮……向王宫开炮。'

"所以，当老指挥官把大炮瞄准那里时，煤油燃烧弹就会极速地朝城市上空飞去。我们这里没有人知道，炮弹落下的地方究竟可能会发生什么事情。对我们而言只听见枪声逐渐在逼近；可是这些公社战士们却似乎一点都不着急。他们一直认为，在肖蒙高地、蒙马特高地和拉雪兹神父公墓交叉火力的打击之下，凡尔赛政府军是不可能再向前进攻的。就在海军士兵占领蒙马特高地后向我们发射了第一发炮弹，这令他们清醒了不少。

"他们或许做梦也不会想到！

"我本人也和他们在一起，靠在默尔尼的墓室旁边抽着烟斗。一听到炮弹飞过来，我就急忙扑倒在地。刚开始，炮手们还以为可能是炮弹打错了地方，或者不知道是哪个伙伴喝醉了酒在胡闹……可是原来不是的！五分钟后，蒙马特高地再一次闪起了炮火的光亮，又一发炮弹向我们袭来，和刚才那发一样准确。一时间，那些炮手们马上丢掉大炮和机枪，撒开双腿就跑了。对他们而言公墓太小了。他们一边奔逃一边叫喊着：'是谁出卖了我们……是谁出卖了我们……'就只剩下老指挥官一个人还留在弹雨之中，一个人在大炮中间来回奔跑、忙碌着。看着他的炮手们扔下他四下抱头逃窜，他满脸的气愤，甚至掉下了愤恨的眼泪。

"可是，到了傍晚发军饷的时候，有几个人又回到了他的身边。您瞧瞧，先生，看看我工作的岗亭上吧，那天晚上前来领饷的人的名字都刻在上面了。老指挥官边点名，边记录：'瑟丹，到；苏德拉，到；贝约，沃隆……'

"您也看见了，只剩下四五个人，而且他们居然还带了女人……啊！我一辈子都不会忘掉那个发饷的晚上。巴黎的市政厅、阿瑟那尔图书馆、满堆粮食的谷仓突然间都被大火包围了。从拉雪兹神父公墓看过去，远处的景象就如同白昼一般。公社战士们尝试着重新回到大炮那里去，可是他们人数不够，另外蒙马特高地的炮火也让他们感觉到害怕。因此，他们便溜进了一个墓室，和以前一样唱歌、喝酒。那些女人们看着火光冲天的巴黎，一时间显得十分害怕。老指挥官镇静地坐在菲伏洛娜墓室门前两个巨大的石像中间，似乎他早已经料到这将会是他生命中最后一个晚上。

"这之后发生了什么，我就记得不是很清楚了。因为我回家去了，您看见的那座小木棚就是我的家，就在树丛中间。我太疲惫了，没脱衣服就上了床，可是我却让油灯整整亮了一夜，就像是在暴风雨之夜做的那样……

"忽然，有人使劲地敲门。我的妻子吓得浑身颤抖但还是去开了门。我们原以为可能又是公社战士……可是来的居然是海军：几名尉官，一名少校，还有一个军医。他们对我说道：'起来……去煮一点咖啡给我们喝。'我起床给他们煮了些咖啡。我们听见公墓里传来隐隐约约的骚动声，还有窃窃的私语声，似乎所有的死者都已经醒了过来，准备站起来参加对冒犯者的审判。军官们全部都站着，他们快速

40

地喝完咖啡，然后带着我一起走了出去。

　　"外面到处都是士兵和水兵。他们想让我给一个班带路，我们开始挨个儿地搜查公墓。有的时候，士兵瞧见树叶有一丝动静，就会朝铁栅栏、半身人像、小径深处开枪。不久后我们便发现了几个躲在小祭堂角落里的倒霉鬼，他们都是躲在一些不同的地方，处置他们没有用很长的时间……而那些可怜的炮手们面临的也是同样的命运。我把他们全都揪了出来，男的、女的，统统都堆在我的岗亭前，那个戴着勋章的老指挥官站在最前面。

　　"在寒冷的早晨如果看到这种情形并不能让人感觉到愉快……唉……但是，最使我感到震惊的是一长队国民自卫军士兵，他们从拉罗格特监狱被押过来，在那里度过了一个夜晚。他们就好像是送葬的队伍，沿着大路缓缓而上。没有人敢说话，也没有人敢抱怨。这些不幸的人是那么疲惫、那么饥饿！有些人甚至疲惫到一边走路，一边睡觉，即使是知道死到临头了，他们还是不愿醒来。他们就这样被带到公墓的尽头，然后被枪杀掉了。一共是一百四十七个人。您可以想象一下，这需要花多长时间呀……这就是所谓的'拉雪兹神父公墓之战'……"

　　就在这个时候，守墓人看见了他的组长，便立刻将我抛开放在一边。我就单独一人待在那里，望着上面那些死去的人的名字，那些在巴黎的冲天火光中被刻于岗亭上的最后一次领饷人的名字，我的眼前忽然浮现出那个五月夜晚的情景：炮弹横飞，火光和鲜血映红了天空；偌大的公墓没有一个人，被火光照亮得如同节日的城市；大炮被遗弃在十字路口的中央，周围是墓门大开的墓室，墓穴里有很多人在喝酒；在不远处，被摇曳的火光照耀得栩栩如生的石像和杂乱无章的圆形坟顶、石柱之间，宽额大眼的巴尔扎克半身像正注视着眼前所发生的一切。

小馅饼

一

星期天一大早，杜莱那大街的糕点店老板苏洛就将他的小伙计叫过来说：

"这个是皮尼卡先生订的小馅饼……你把这个送过去给他，记得快去快回……据说凡尔赛的军队已经开进巴黎了。"

小伙计从来都不关心政治，他将热腾腾的小馅饼放到烘烤馅饼的模子里，将模子包在一条白色的毛巾里，然后再将毛巾稳稳地顶在无边软帽上，然后就一路小跑地朝圣·路易岛赶去，皮尼卡先生就住在那里。

早晨的天气十分好，五月的阳光洒满了水果店，店里堆满了成捆成捆的丁香和成束成束的樱桃。即使能听见大街拐角处传来的军号声和远处的枪声，可是整个古老的马莱区却依然保持着寂静的气氛。

空气中到处飘荡着节日的气氛，庭院深处孩子们欢快地跳着圆圈舞，门前的大姑娘们在玩着三毛球，还有一个瘦小的白色身影，带着热烘烘的馅饼的味道，奔跑在空荡荡的大街上，更为这个战斗的早晨添上了一点纯真和节日的气氛。

这个街区所有的热闹景象似乎都延伸到了里沃利大街上。有些人在拖大炮，有些人在筑造街垒；几乎每走一步，都可以碰到会集的人群和忙碌的国民自卫军士兵。但是，这位糕点店的小伙计却没有被弄昏头脑。因为这个孩子已经太习惯在喧闹的大街上和来来往往的人群中穿行了！其实每到节假日或封斋前的星期天，大街都会被挤得水泄不通，他们要跑的路最多；因此他们对革命的景象也已经习以为常了。

白色的小软帽在军帽和刺刀中间穿梭，他避开人群的冲撞，优美地晃动，一会儿走得飞快，一会儿又被迫缓下来，然而人们依然能够感觉到那渴望奔跑的强烈意愿。看着眼前这种景象真是令人心情愉悦呀！打仗和他又有什么关系呢！在十二点前赶到皮尼卡先生家里，然后麻利地从前厅搁板上取走等着他的小费才是至关重要的。

忽然，人群中发生一阵令人恐惧的拥挤：共和国收养的战争孤儿们一边唱着歌，一边列队跑过。他们全部都是十二至十五岁的孩子，背上背着步枪，腰上扎着红皮带，脚蹬着大皮靴，模样非常有趣；他们对自己的士兵打扮十分自豪，就好像是在封斋前的星期二，头上戴着纸帽、撑着形状怪异的粉红色破阳伞，在满是泥泞的大街上奔跑一样。而这一次，这群小家伙费可大的劲儿才在拥挤的人流中保持了平衡；他过去曾顶着的馅饼模子，无数次从头上滑落下来；以前他不知多少次在人行道上玩过造房子的游戏，因此小馅饼们顶多只是受到一点点惊吓而已。可是糟糕的是，这欢乐的场景、这愉悦的歌声、这舞动的红皮带，还有内心里不住涌动的羡慕和好奇，所有的这一切都让这个小伙计产生了跟着这支有趣的队伍走上一段的愿望。他跟随着风尘仆仆、疯狂奔跑的人潮，不知不觉地已经走过了市政厅和通往圣·路易岛的桥，居然不知道被人流带到了什么地方。春天是如此美丽，柔和的微风，清新的空气，暖和的阳光，田野里的麦苗如同一大片宽广的海洋，星罗棋布的村庄在这中间就好像是不沉没的小舟，河边的柳枝吐出了新的嫩芽，大自然的色彩把一切都打扮得翠翠绿绿的。

二

每个星期天都要吃小馅饼是皮尼卡一家的习惯，而这个习惯至少已经保持了二十五年。每当十二点整，一家老小就会聚集在客厅里，就只听见一阵活跃而欢快的门铃声响起，大家便会同时说道：

"啊！送馅饼的来啦。"

然后，在移动椅子的声音中，在节日服装的窸窣声中，在立于摆放好餐具的桌前的孩子们的欢笑声中，这个资产阶级家庭所有成员都会围着堆放有整齐小馅饼的银烤炉，幸福地坐下来。

可是这一天，门铃却哑然无声。皮尼卡先生愤怒地看着那台上面放着一只鹭鸟标本的旧座钟，它一向都走得很准的，从来没有快过，也从来没有慢过。孩子们一边朝着玻璃窗打哈欠，一边斜着眼睛看着小伙计平日里会出现的大街拐角。谈话显得愈来愈没有力气；桌上的座钟接连敲打了十二下，这让一家人更加觉得饥饿；即使古色古香的银餐具在缎纹桌布上发出闪闪的光芒，周围的餐巾已经被叠成笔直挺拔的白色小锥角，但是整个餐厅却显得如此的空旷，如此的凄凉！老女佣已经不止一次在主人的耳边打报告……烤肉烤糊了……豌豆煮过了头……

可是固执的皮尼卡先生没有小馅饼就是不开饭。他对苏洛十分恼怒，决定要亲自去看一看到底发生了什么事情，以前从来都没有迟到过，这次究竟是怎么回事。看见舞动着手杖并且怒发冲冠地走出门的他，邻居们都好心地提醒道："皮尼卡先生，小心……听说凡尔赛的军队已经开进城了。"

在这个时候他什么都听不进去，即使是从讷伊方向的水面上传来的枪声，即使是从市政区发出的可以把整个街区玻璃都震碎的预警大炮声，这些都不能阻止他。

"噢！这个苏洛……这个苏洛！"

他一边怒气横冲地跑着，一边喃喃自语，好像已经看见自己站在糕点店里，用手杖敲打着地砖，震得玻璃窗和装罗姆酒水果蛋糕的碟子不断地颤抖着。可是，路易·菲利普桥上的街垒却让他更加气愤。那里有几个凶神恶煞的公社战士，他们正懒洋洋地躺在已经除去了铺路石的地上晒着太阳。

"你要去哪儿，公民？"

皮尼卡先生向他们解释其中的缘由。但是小馅饼的故事显得是如此的可疑，况且皮尼卡先生身着漂亮的节日礼服，戴着金丝边眼镜，完全一副老反动派的样子。

"他肯定是个奸细，"战士们说道，"必须把他送到里戈那里去。"

说着，并不因为自己离开街垒而生气的四名战士——自告奋勇地跟在这个表现得十分愤怒的可怜人背后，用枪托推搡着他，把他押走了。

我不知道他们到底做了一些什么，总之半小时后，他们就已经被前线的军队缴了械，归入一队长长的囚犯队伍并且准备出发去凡尔赛。一路上皮尼卡先生不停地抗议，挥舞着手杖，一次又一次地讲述着他的故事。可是倒霉的是，在这个混乱不堪的年代里，有关小馅饼的谎言是那样荒谬、那样让人难以置信，以至于军官们听了只是一笑了之。

"好了，老家伙……去凡尔赛解释吧。"

囚犯队伍就这样，夹杂在两队轻装士兵中间，通过依旧弥漫着硝烟战火的香榭丽舍大街，出发了。

三

囚犯们排成一队紧紧地走着。为了不让队伍散得太开，士兵们迫使他们相互挽着胳膊；长长的队伍就像牲口那样走在公路中间，激起了漫天灰尘，并爆发出雷雨般的脚步声。可怜的皮尼卡感觉自己好像是在做梦。他已经累得气喘吁吁、汗流浃背，疲劳和恐惧让他呆若木鸡；他早已经落在队伍的最后面，在两个浑身散发着汽油味和烧酒味的老妖婆中间走着。四周的人听见他一直不断地诅咒"糕点师傅，小馅饼"，大家都以为他疯了。

事实上，这个可怜的人神智已经不太清醒了。每当上下坡、队伍慢慢散开的时候，他不是总认为自己在远方满天飞舞的灰尘之间，看到了苏洛糕点店那个戴软帽、穿白褂的小伙计了吗？这种幻想在路途中已经出现过好几十次了！那矮小的白色身影在他面前一闪而逝，就如同是在戏弄他一样，这之后又突然消失在军装、工装和破烂衣衫的人群之中。

终于，长长的队伍在太阳落山时到达了凡尔赛。人们看到这个资产阶级老头戴着眼镜、衣冠不整、惊恐不安、满身尘土的样子，都很是一致地认为他是一个坏蛋。他们说道：

"他的名字叫菲里克斯·比亚……不！是德·来克吕茨。"

押解囚犯的士兵用了九牛二虎之力才把他安全地送到橙园的院子里。到了那儿，可怜的队伍获得解散的允许，可以躺在地上喘一口气。有些人在睡觉，有些人在咒骂，有些人在咳嗽，还有一些人在悲惨地哭泣。然而皮尼卡却不睡也不哭，他独自坐在石阶上，双手抱着头，因为饥饿、羞耻和疲劳，他再也撑不下去了。他把这倒霉的一天在脑子里重新回忆了一遍：离开家，依旧在饭桌旁的家人们肯定还在担心他，餐具也一定一直摆放到了晚上，甚至可能现在还在等着他，以及侮辱、谩骂、枪托的殴打，这所有的一切都只是因为那个糕点店小伙计的不守时。

"皮尼卡先生，您的小馅饼！……"

突然他身边响起一个熟悉的声音。老人赶紧抬起头，惊讶地发现苏洛糕点店的小伙计正拿出藏在白围裙下的馅饼模子递给他。原来他和那些共和国的孤儿们是被一起抓来的。结果，虽然发生了一点骚乱，皮尼卡先生也受到了牢狱之苦，但是他这个星期天和以往一样，吃到了小馅饼。

圣诞故事

马莱区的圣诞晚餐

玛吉斯泰先生是一位汽水制造商，他住在马莱区，刚从王家广场的朋友那里出来。他在他家吃完了圣诞晚餐，这时正哼着小曲往家里走……这时圣保罗教堂敲响了凌晨两点的钟声。

"时间真是不早了！"

这位正直的人心里这样想着，加快了脚步。然而，石板路却很滑，街上黑漆漆的一片，很难看清楚，再加上在马车还极其少见的时候这糟糕的老街区就已经建造起来了，因此处处都是拐弯、墙角以及门前用来拴马的石桩。这些都影响了他加快速度，并且他的双腿就好像是被灌上了铅块一样的沉重，双眼也因为圣诞晚餐上的祝酒而逐渐变得模糊……

终于，玛吉斯泰先生还是回到了家。他停在一扇装修得富丽堂皇的大门前，门上有一块古老的盾形纹章，在月光下发出闪耀的光芒；纹章被维修一新，还镀了一层金，还让他当成了工厂的标志，上面写着：

前贵族德·奈西蒙公馆

玛吉斯泰少爷

汽水制造商

这古老而又熠熠生辉的奈西蒙家族纹章，被刻在工厂所有的虹吸瓶、账单票据和信纸抬头上。

一进大门，就是一个宽敞、明亮、通风的院子。若是在白天，打开院子的大门，整条街都会因为它而变得明亮起来。在院子的尽头，是一幢很老旧的建筑，做工精细的黑色墙壁上雕刻着花；圆形的阳台上装饰着铁质的栏杆，而其他阳台则安着石柱子；高高的窗户，上面的三角门楣和柱头一直伸到房子的顶层，就好像是大屋顶下面的众多小屋顶；屋脊上面的石板瓦中间，是圆形的四周镶花的阁楼天窗，就好似镜子一般，十分别致。

除此以外，屋前还有一条宽大石阶，已经在雨水的侵蚀下长出了许多青苔；一根细瘦的葡萄藤爬上了墙壁，同顶楼的滑轮上不停来回摆荡的绳子一样黑，而且还在使劲扭曲着。整座房子透漏出一种说不出来的破败与凄凉的气息……这就是以前的德·奈西蒙公馆。

而在白天，公馆的样子就完完全全不一样了。墙上到处都用金色的字写着财务室、仓库、工厂入口等字样，在太阳下闪闪发光，古老的墙壁青春焕发、生机勃勃。铁路公司的卡车晃动着大门，伙计们在石阶上上上下下，耳朵上夹着羽毛笔，忙着接收货物。箱子、篮子、稻草和包装布将整个院子堆得满满的，让您仿佛置身于工厂之中……

一旦夜幕降临，一切又归于平静，冬日的月亮照射在凌乱而复杂的屋顶之间，投下重重的影子，古老的奈西蒙公馆在这一刻又恢复了贵族的气派。阳台镶上了花边，使得中央大院显得更加空阔，在忽明忽暗的光线照耀下，破损的楼梯就好像是教堂的黑暗处，带着空空的壁龛和残破的阶梯，就好像是一座座祭台。

特别是在那天夜里，玛吉斯泰先生感觉他的房子看上去尤为高大。当他穿过空荡荡的院子时，他所发出的脚步声连自己都感到十分惊讶。楼梯突然之间好像变得巨大无比，并且他爬起来似乎特别吃力，也许可能是因为刚刚吃了圣诞晚餐的原因……

来到二层，他喘了一口气停了下来，慢慢走近一扇窗户。这就是在古老的历史建筑里住着的滋味！可以肯定的是玛吉斯泰先生不是个诗人，噢！远远不是；但是，当他看见这漂亮气派的贵族庭院被月亮蒙上幽幽的蓝色光芒的幔帐，这老旧的贵族府邸和它麻木的屋顶一起被白雪的斗篷覆盖在下面，他不禁产生了一种置身世外的感觉：

"嗯……话说回来，假如要是奈西蒙家族卷土重来的话……"

就在这时，一声清脆的门铃声忽然响起。两扇大门立刻被迅速地打开了，路灯都为此熄灭了；几分钟内，在大门的阴暗处发出一阵阵模模糊糊的摩擦声和嘀咕声。有人在争吵、有人在拥挤，还有人要抢先进来。是仆人，很多仆人；以及几辆四轮马车，车上的玻璃窗被月光照得闪闪发光；还有几顶轿子在火把之间摇晃着，在大门前火把被风一吹，烧得更旺了。一转眼的工夫，院子里人就挤得满满的。可是人群到了台阶下面，就不再混乱了。人们从车上下来，他们互相致意，而且边说话边走进房子，似乎对这里十分熟悉。丝绸的摩擦声和佩剑的碰撞声从石阶上传来。到处是白色的发套，并且上面还扑了一层厚厚的粉，没有一点光泽；四周到处都是细小而又微微颤抖的嗓音、低沉而又平淡的笑声，还有轻柔的脚步声。

所有的人看上去都感觉很古老、很古老。他们的目光暗淡，首饰也显得很暗淡，刺绣的旧丝绸衣服上不断泛出变化的朦胧的色彩，并且在火把的照耀下闪烁着柔和的光芒；在所有这些人和东西上面，浮起薄薄的一层扑粉，它们从盘得高高的并且卷曲的头发上立起来，然后一直升到每一个美丽的大人身边，这些大人却因为他们的佩剑和庞大的裙环而变得似乎是在演戏……

没过多久整幢房子就好像成了鬼屋。火把在一扇又一扇的窗户里亮了起来，在曲折的楼梯里上上下下，最后照亮了阁楼的天窗，闪烁着节日和生命的火花。整个奈西蒙公馆被照得灯火通明，就好像一缕强烈的夕阳点燃了这里所有的窗户。

"啊！上帝！他们居然要放火烧房子！……"

玛吉斯泰先生思考着。从惊恐中回过神来，他试着挪动了一下发麻的双腿，急忙跑下院子里。在那里，仆人们刚刚点起一堆熊熊大火。玛吉斯泰先生试着靠近他们，和他们说话。仆人们并不搭理他，依旧继续相互低声地交谈着，可是，在这冰天雪地的黑夜里，很奇怪的是从他们的嘴唇里却没有冒出一丝热气。玛吉斯泰先生极其不高兴，可是有一件事却让他安下了心，因为这烧得又高又旺的大火特别奇怪，它虽然发出光亮，可是却没有一丝热量，根本不会灼烧人。在这件事情上他便放下了心，下了石阶，走进仓库。

这些仓库都在底楼层，过去这里一定是十分美丽的会客大厅。在大厅的角落里，有一部分褪了色的金片还在闪烁着暗淡的光泽。在天花板上、门楣上方、镜子周围，都画着一些神话题材的油画，颜色模糊而暗淡，好像是遥远年代的记忆。可惜的是，仓库里的窗帘和家具都已经没有了，就只剩下一些墙纸和装满锡头虹吸瓶的箱子，一棵老丁香树的干枯枝丫爬在窗户外面，黑乎乎的。

玛吉斯泰先生一走进仓库，就能瞧见里面灯火通明，人头涌动。他和他们打招呼，可是没有人注意他。身着缎袄的女人们挽着骑士的胳膊，仍然合乎礼仪地做着娇媚的姿态，大家来来回回地走着，并且交头接耳，一时间又向四处散开。这些苍老的侯爵们就好像在他们自己的家里一样。一个小巧的身影，在壁炉上方挂着的油画前面停下来，用颤抖的声音说：

"这就是我，这就是我！"

她脸上带着微笑，看着画中的月亮女神升起到护墙板的上方，女神身体修长，脸颊红润，还有一轮新月挂在额头上。

"奈西蒙，赶紧来瞧瞧您家的纹章！"

一看到包装纸上印着奈西蒙家族的纹章，下边还写有玛吉斯泰的名字，大家都大笑起来。

"啊！啊！啊！……玛吉斯泰！……难道在法国也有姓玛吉斯泰的人吗？"

这之后便是无尽的欢乐，满屋子里弥漫着笛声般清脆的笑声，还有举起的手指，撒娇的嘴唇……

突然，就有人叫喊道："香槟！香槟！"

"噢，不是！"

"是的！……是的，香槟就在那里……赶快来吧，伯爵夫人，就让我们一起吃一顿愉快的圣诞晚餐吧。"

玛吉斯泰先生的汽水让他们当作了香槟。即使它微微有些跑气，但是没有任何关系，大家还是照喝不误。这些可怜的小影子似乎酒量不大，汽水的味道使他们慢慢地变得活跃起来、兴奋起来，更让他们有了跳舞的希望。因此他们跳起了小步舞。奈西蒙请来了四个小提琴手，他们演奏起拉莫的一首悠长的曲子，曲子全部都是由三连音组成，纤细、幽怨，却又不失活泼。这些漂亮的老妇人们都慢慢地旋转着，跟随着节拍端庄地向舞伴致敬。她们的首饰、金背心、织锦上衣，以及钻石扣环的皮鞋，似乎都变得年轻了许多。连护墙板听到了这以往的乐曲，也瞬间恢复了生机。挂在墙上两百多年的旧镜子似乎也认出了这些人，即使它已经被划得满是伤痕，镜角也有些发黑，但是它们仍然慢慢地闪亮起来，照映出人们翩翩起舞的形象，这些形象有些模糊，就好像是带着一丝柔和的遗憾。玛吉斯泰先生站在这优雅的舞曲之中，感觉有点难堪。他悄悄地躲在一个箱子背后，悄悄地看着……可是，白昼逐渐到来了。透过仓库的玻璃门，能够看到院子开始变白，接着是窗户的上方，最后是客厅的整个这一面墙。随着阳光的到来，那些人影渐渐变得模糊了。

没过多久，玛吉斯泰先生就只看见两把遗忘在墙角的小提琴，它们一被阳光照射到，就突然间蒸发得无影无踪了。在院子里，他依旧可以模糊地认出一顶轿子的轮廓、一个扑满发粉并且用绿宝石装饰的人头，这还包括仆人们丢在铺路石上的火把所迸发出来的最后一点火星；一辆运货的马车快速驶过敞开的大门，轰隆隆地进入院子，车轮就这样碾过街石，迸出点点火星，和火把交相辉映……

三场小弥撒

（一）

"两只块菰火鸡，加里古？"

"对啊，神甫大人，两只肥胖的火鸡，被块菰塞得满满的。我太清楚了，因为是我替他们往火鸡肚子里塞的块菰。火鸡的皮绷得尤其紧，烤的时候几乎都要爆开来……"

"圣母玛丽亚！我太喜欢吃块菰了……快把我的法衣拿给我，加

53

里古……除了块菰，你在厨房里还看到了什么?"

"噢! 全部都是好东西……从中午开始，我们就一直在为野鸡、榛鸡、鸡冠鸟、大松鸡拔毛，鸡毛飞得到处都是……还有，他们还从池塘里捉来了鳗鱼、金鲤鱼、鳟鱼，还有……"

"那些鳟鱼到底有多大，加里古?"

"有这么大，神甫大人……大得不行!"

"噢! 上帝，我就好像是亲眼看到它们了! ……你把葡萄酒倒入细颈瓶了吗?"

"对啊，神甫大人，我早已经把葡萄酒倒进细颈瓶了……当然啦，这个和过会儿您做完午夜弥撒后要喝的葡萄酒相比较的话，那可差远了。要是您能在城堡的餐厅里，亲眼见到所有五彩缤纷的装满葡萄酒的玻璃酒瓶的话那该多好……还有漂亮的银餐具、雕镂器物、鲜花、大烛台! ……

我还从来没有见过这样丰盛的圣诞晚餐……侯爵先生邀请了周围全部的贵族，因此在餐桌上至少会有四十个人，这还不算大法官和公证人……啊! 作为贵客中的一个，您肯定是很高兴的吧，神甫大人……我仅仅是闻了闻那些肥美的火鸡，身上就好像是飘满了块菰的气味……真是太香了!"

"好了，好了，我的孩子。小心犯了贪吃戒，特别是在耶稣诞生之夜……赶紧去点亮蜡烛，然后去敲响弥撒的第一声钟声。午夜就快到了，我们可千万不可以迟到……"

上面的对话就发生在公元十六世纪某一年的圣诞之夜，谈话的双方是让人尊敬的巴里格尔神甫和他的小教士加里古。巴里格尔神甫在以前是巴尔纳伯会隐修院的院长，现在已经是小教堂的管理神甫，他从特兰格拉格的领主们那里得到薪水；他一直以为是小教士加里古在和他讲话，其实不久您便会知道，这天夜晚恶魔为了勾起神甫的欲望，伪装成一个长着圆脸、犹豫不决的年轻教徒的模样，来引诱他触犯可怕的贪吃戒。

因此，当所谓的加里古甩开膀子敲击着领主小教堂的大钟时，在城堡的圣器室里，尊敬的神甫穿上了祭披，他的脑袋里已经被那些关于美食的描述弄得晕晕乎乎了，所以他一边穿衣服，一边不停地喃喃自语："烤火鸡……金鲤鱼……这么大的鳟鱼！……"

屋外，钟声被晚风吹散，缓缓地，在旺都山山腰的阴暗处灯光悄悄地亮了起来，古老悠久的特兰格拉格城楼就建在旺都山的山顶上。来城堡倾听午夜弥撒的全部都是些不富有的佃农家庭。他们或者五个一群，或者六个一组，一边爬山，一边唱歌，男人们走在前面手里提着灯笼，女人们则是裹着棕色的大斗篷，而孩子们则是簇拥着妇女躲在大斗篷里面。

即使天气严寒、夜色深沉，但是这些正直的老百姓们却都高兴地走着。因为他们坚信，做完弥撒出来以后，山下的厨房里就会和平时一样，有一大桌饭菜在等待着他们。有的时候，崎岖不平的上山路上，会过来一辆贵族的四轮马车，打着灯笼的仆人们走在马车前面，车窗户上的玻璃在月光的照耀下闪着晶亮的光彩；或者是一头骡子，一边小跑，一边晃荡着系在脖子上的铃铛，趁着风灯雾蒙蒙的光亮，佃农们看出了这是大法官，于是便会在经过他面前时纷纷致意：

"晚上好，奥尔诺顿法官，晚上好。"

"孩子们，晚上好，晚上好。"

夜色皎洁，因为寒冷，星星更加活跃；寒风刺骨，衣服上落下一阵细微的雪，却没有被它们打湿，圣诞节一贯都是白雪皑皑的。他的主要目的地就是山上的城堡，它展现出城楼和山墙那巨大而结实的身影，小教堂的钟楼矗立在暗蓝色的天空中，一群弱小的亮光闪烁着，来来回回，在所有的窗前停下来，在昏暗的建筑物背景的衬托下，这些光亮就好似在烧焦的纸烬中飞动的燃烧的星星……走过吊桥和暗道之后，就得穿过第一个院子，然后才能抵达小教堂。院子里被四轮马车、仆役和轿子挤得满满的，火把与厨房的炉火将它照得如同白昼般明亮。人们可以听见用来烤肉的旋转铁叉在叮当作响、平底锅的撞击声、水晶器皿的碰撞声，还有在准备晚餐过程中银餐具的搅拌声；在这一切之外，空气中还飘荡着一股温热的蒸气，蒸气里还夹杂着烤肉的香味和各种辛香佐料的味道，好像是要让佃农、神甫、大法官，还有其他所有人说："弥撒结束后，我们将会吃到多么丰盛的圣诞晚餐呀！"

（二）

丁零！……丁零！……

午夜弥撒终于开始了。城堡的小教堂就好像是一座压缩的主教教堂，它里面的窗拱纵横交错，橡木护墙板足以与墙面比高，所有的烛台都被点得亮晶晶的，所有的挂毯都已经被打开了。好多人哪！如此多漂亮的衣服！一开始是德·特兰格拉格老爷，他坐在祭坛四周的雕刻祷告席上，身上穿着橙红色塔夫绸外衣，坐在他旁边的是他邀请而来的所有贵族。在他对面是包着天鹅绒的跪凳，凳子上面跪着老侯爵的遗孀和年轻的德·特兰格拉格夫人，前者穿着一条火红的锦缎裙子，后者则戴了一顶镶着轧制凹凸花边的塔形高帽子，这是当时最新流行的法国宫廷款式。

再往下一些的地方，就能够看到大法官托马斯·奥尔诺顿和公证人阿布罗瓦先生，他们一袭黑衣，硕大的尖形假发戴在头顶，脸上的胡子刮得很干净，好像是两个夹在鲜艳丝绸和花纹锦缎中的沉重音符。在这之后就是管家、书童、乐工、总管，我的天哪，这些钥匙几乎全部都挂在腰上一个细银打制的钥匙圈上。在教堂深处的长凳上，坐着职位比较低的神职人员、佃农、仆人，还有他们的家属；最后，在那里，厨房的学徒先生们偷偷地把教堂的门稍微推开，然后马上又把它关了起来，他们倚靠在那里，然后利用准备两道菜之间的空闲来听听弥撒曲，同时也弥漫着节日气氛；被这么多明亮的蜡烛照得暖烘烘的教堂带来圣诞晚餐的热闹氛围。

令主祭分神的，是那些白色的小厨师帽，亦或是加里古的摇铃声。这疯狂的摇铃声在祭台脚下又如暴风雨般地响起，好像是在不停地说：

"快点，快点……越早结束，就越早开饭。"

事实上，只要魔鬼一将摇铃摇响，神甫就会忘掉他的弥撒，心中就只挂念着圣诞晚餐了。他想象着嘈杂的厨房，烧得旺旺的炉子，还有从半开的锅盖上冒出来的水汽，水汽中有两只肚子里塞满了块菰的肥美火鸡，它们皮肤很紧绷，呈现出大理石般的花纹。

或许，他还会看见一队手里托着笼罩在诱人蒸气之中的菜盘；小书童从眼前经过，他跟着他们，走进了大厅，那里早已经做好了盛餐的准备。噢！如此美味的菜肴！在明亮的烛光照耀下，已经被满满地摆在巨大的餐桌上；孔雀披着羽毛，野鸡伸开了金褐色的翅膀，玻璃瓶呈现出红宝石的颜色，在绿色枝杈间水果堆成金字塔的形状，加里古——是呀，这个加里古——先前提到的美味的鱼已经被放在茴香垫层上，鱼鳞散发出珍珠般的光泽，就如同刚刚从水里捞出来的一样，怪兽一样的鼻孔里还插着一束味道浓郁的绿草。这些美味的幻觉是如此的强烈，以至于让巴里格尔神甫以为，所有那些美妙的菜肴全部都来到了他的面前，而且还被放在了祭台的刺绣台布上；有那么几次，他应该说"愿主与我们同在"，可他却惊讶地发觉自己说的是餐前的祷告语。

不看这些小小的失误，这位尊贵的神甫念弥撒时还是很专心的，既没跳过一行字，也没有漏掉一个跪拜礼，所有仪式都进行得很完美，这种情况一直持续到第一场弥撒结束。您知道，在圣诞夜，主祭必须要连续主持三场弥撒。

"第一场结束了！"神甫轻松地吸了一口气，自言自语道；接着，他一分钟都不耽搁，向小教士——或者说是他以为的小教士——打了一个手势，于是……

丁零！……丁零！……

第二场弥撒开始了，就在这个时候，巴里格尔神甫开始了自己的罪恶。

"快，快，赶快结束！"

加里古摇着铃，用尖锐刺耳的声音对他叫道。这一次，可怜的主祭完完全全被贪吃的恶魔给控制住了，他突然扑向弥撒经书，非常贪婪而且又激动地一页又一页将祷文念完。他疯狂地弯下腰，然后直起身，画着十字，行跪拜礼，对于所做的每一个动作都偷工减料，就是为了要早点结束。在读到弥撒的福音节时，他应付地张开了双臂；而读到悔罪经时，他则是胡乱地拍了拍自己的胸膛。他正在和教士之间进行着一场激烈的比赛，和他们比谁念得更快。经文和颂歌飞速地从嘴巴里挤出；因为是闭着嘴读的，单词只读了一半——不然就必须得花太时间——所以最后它们就都变成了听不懂的嘀咕声。

"请众同祈……祈……祈……捶胸认错……错……错……"

他俩就像是在酒桶里榨葡萄汁的葡萄收获者，如此的迫不及待，口水四溅地胡乱朗读着拉丁文弥撒。

"敬爱的……西科姆!……"巴里格尔说。

"……司徒图啊!……"加里古回应道。然而在这期间,这该死的小摇铃时刻都回响在他们的耳边,就好像挂在邮政驿马身上似的,为了马跑得更快的铃铛。您可以想象,以这样的速度,一场小弥撒是可以很快做完的。

"第二场结束了!"神甫上气不接下气地说;然后,他不顾气喘吁吁,满脸通红、大汗淋漓地向祭台的台阶跑去,然后……

丁零!……丁零!……

第三场弥撒又开始了。此时此刻距离餐厅只有几步之遥了。然而,不幸的是,越是接近圣诞晚餐,可怜的巴里格尔就越显得着急,而且越嘴馋,似乎感觉自己马上就要疯了。他的幻觉也越来越强烈:金鲤鱼、烤火鸡,它们全部都在这里。他伸出手去摸……他……噢!我的上帝……菜肴散发着诱人的热气,美酒飘出浓浓的香味;小铃铛疯狂地摇着,对他叫嚣道:

"快点,快点,再快点!……"

可是,他如何才能再快一点呢?他的嘴唇差不多都动不了了,而且也已经不能再诵读单词了……除非他完全欺瞒上帝,跳过这场弥撒。而且这个可怜虫现在正是在这么做!他在一个又一个诱惑的驱使下,首先是跳过一段经文,然后又跳过了两段;使徒的书信实在是太长了,他只念了一半;福音书就是一笔带过,信经也是念一漏万,最后索性不念经了,并且远远地绕过序祷。就这样,他连跳带跃地向永恒的地狱之罪冲去,无耻的加里古(滚回去吧,恶魔)在身后紧紧地跟着,后者还"心甘情愿"地帮助他,帮他卷起祭披,飞快地两页两页地翻弥撒经,推倒了书架,打翻了圣水壶,还不停地摇着铃铛,一下比一下响，一下比一下急。看看他的助手们惊恐万分的脸吧！

他们没有听到一个字，只能依据神甫的手势和表情继续这场弥撒，结果有的人站了起来；有的人却跪了下来；有的人依旧坐着；在长凳上、在神情异常的人群中，这场奇怪的弥撒将全部的话语都混合在了一起。圣诞之星在小马棚那边的天路上漫步，看到这样的一片混乱，也惧怕得脸色苍白……

"神甫念得太快了……我们都跟不上了。"老侯爵的遗孀一面喃喃自语，一面又糊里糊涂地挥舞着她的帽子。

奥尔诺顿先生那大大的钢丝边眼镜架在高高的鼻梁上，他正在祈祷书里寻找他们到底已经念到哪里了。可是，这些正直的人们也在心底里盼望着圣诞晚餐，因此对弥撒做得飞快并不感到恼怒；当巴里格尔神甫神采奕奕地转过身，用尽全部的力量朝着助手们高声呼喊"弥撒结束"时，整个教堂里只有一个声音在回答"感谢上帝"。这回答是那么的快乐、那么的动人，以至于让大家都感觉自己已经坐在餐桌旁，正在尽情地品尝第一杯圣诞祝酒呢。

（三）

五分钟之后，贵族们都在大客厅里入座了，神甫也和他们坐在一起。整个城堡里灯火通明，周围都回荡着歌声、笑声、叫声和嘈杂声。敬爱的巴里格尔神甫将餐叉插入榛鸡的翅膀上，把因为犯戒而引起的悔恨掩盖在了教皇的美味葡萄酒和肉汁里。这个可怜的信徒，吃了很多菜、喝了很多酒，以至于在当天夜里，他就心脏病突发死掉了，甚至都没有来得及忏悔。

早晨，他来到天国，那儿依旧洋溢着前一天夜里节日的喧嚣和热闹。大家可以想象一下，他受到了什么样的接待：

"赶快从我的面前消失吧，你这个失职的基督徒，"我们共同的主人、崇高的审判官说道，"你犯的错太大了，足以抵消你一生的美德……啊！你居然偷走了我一晚上的弥撒……好吧，你就用三百场弥撒作为这个错误的补偿吧，而且你只能在你自己的小教堂里，当着因你的错误而与你一起犯下罪孽的全部人的面，主持完这三百场圣诞弥撒，才能够进入天堂……"

巴里格尔神甫的传奇事情在橄榄树的故乡广为流传。现在，特兰格拉格城堡早已经不复存在了，可是小教堂依然高耸在旺都山的峰巅，被一片绿色的橡树丛所掩盖着。北风吹乱了它关不紧的大门，野草也掩盖了它的门槛；鸟儿在高大的窗洞里和祭台的角落里筑起了窝，而窗户的彩绘玻璃也早就已经没有了踪影。可是，据说每年圣诞，总有一缕超越自然的光线在废墟之间游动，当农民们去做弥撒和享用圣诞晚餐时，就会发现小教堂里的辉煌景象，可以照亮教堂的烛火却无踪无影，它在露天的环境里燃烧，就算风雪也无法将它熄灭。

您听了可能会觉得很可笑，随您的便吧！可是，当地有一个名叫加力格的葡萄农，也或许可能是加里古的后代，他跟我说，在一个圣诞节的夜晚，他喝醉了，在特兰格拉格附近的山里迷了路，然后就看到了这样的景象……

晚上十一点之前，周遭没有一点声音，万籁俱寂，也没有一丝光亮，所有的一切都是死气沉沉的。午夜时分，钟楼的上方忽然传来一阵阵钟声，那应该是一座很古老、很古老的钟，而且似乎离这里有十里远的样子。不一会儿，加力格就看见上山的路上有火光在颤动，并且有模糊的人影在晃动。小教堂的门廊下有人在走动，在低语：

"奥尔诺顿法官，晚上好。"

"晚上好，晚上好，孩子们。"

大家走入教堂之后，那位勇敢的葡萄农便轻手轻脚地走了进去，通过破损的大门，看到了一副特别的情景。那些所有经过他眼前的人现在都在大厅的废墟中，围坐在祭坛的旁边，就好像之前的长凳现在还存在。美丽的贵妇们穿着锦缎衣服，头上戴着花边女帽；老爷们从上到下一身精致的打扮；而佃农们却穿着绣花礼服，就好似我们祖父辈那样。所有人看上去都很苍老、很憔悴，而且满身尘土，劳累不堪。有的时候，小教堂的常客——鸟儿们被这里的光芒所惊醒，便绕着烛台游荡起来；烛火燃烧得又高又直，可是又模糊不清，外面又好像罩着一层薄薄的轻纱。而这其中最让加力格觉得好笑的，是一个戴着宽大钢丝边眼镜的人，他经常抖动着高高的黑假发，一只笨拙的小鸟笔直地站在假发上，无声地拍打着翅膀……

　　教堂的深处，一个身材瘦小得如同孩子一般的老人跪在祭坛中央，绝望地摇动着铃铛，铃铛上却没有铃，也没有发出任何声响；此时此刻，一个身穿破旧金缕衣的神甫在祭台上不停地来回走动着，口里念着祷告词，可是却没有发出一丁点声音……

　　无可置疑，这就是巴里格尔神甫，他正在做第三遍祈祷。

教皇之死

在外省的一座大城市里我度过了我的童年。那里一条河流穿城而过，河水奔流不息，河上千桅林立，所以在我很小的时候，就爱上了水上旅行和水上的生活。特别是在一座名叫圣凡尚的人行天桥附近，有一段沿河堤岸。即使是在今天，我一想起它就会按捺不住内心激动的心情。

那钉在木桩顶端的牌子再一次浮现在我的眼前，上面写着：奥尔奈，小船出租。一座小楼梯延伸进水中，因潮湿而变得又黑又滑；楼梯旁边的水面上停着一排小船，由于刚刷过油漆，色彩十分鲜亮夺目，它们紧靠在一起，轻轻地摇晃着，似乎陶醉在自己的名字中了。"海鸥号、燕子号……"这些美妙的名字，都用白色的字母，写在每一条船的船尾。

河岸的斜坡上，摆放着很多等待晒干的长桨，桨上的铅白油漆在太阳底下闪着耀眼的光芒。奥尔奈老爹提着油漆桶，握着油漆刷，在这些长桨中间走来走去；他有一张古铜色的脸，粗糙的皮肤上布满了深深的皱纹，就如同是夜晚被冷风吹皱的河面……

啊！这个奥尔奈老爹。他是我童年的恶魔，让我又爱又恨；他是我罪恶和悔恨的源泉。因为他的小船，我不知道犯过多少过错！逃学，卖掉课本……是啊，为了划一个下午的船，我有什么不能卖的呢？

　　我把所有的课堂练习本都扔在船底，脱掉外衣，帽子就歪在后脑勺上，任头发迎着河面上的微风飘舞。我使劲划着桨，皱着眉头，就好像一个历尽风浪的老水手。在城区的河段上，船总是被我划到河的中央，与两岸保持同等的距离，因为要是离岸太近的话，久经风浪的老水手就可能被认出来。这么多舢板、筏子、木排、汽船，置身其间是多么神气的一件事情呀！

　　这些船擦肩而过，互相避让，船与船之间只隔着一条细细的水波！一些大船在河中央掉头，以便逆流泊岸，没想到掀起的波浪却推开了许多小船。忽然，在我附近一艘汽船转动起水轮，一个庞大的影子黑压压地罩过了我的头顶，原来是一艘运送土豆的货船。"小家伙，注意点！"一个沙哑的声音对我喊道。

　　我累得全身汗如雨下，奋力挣扎，在这船来船往、热闹非凡的河面上显得如此狼狈不堪。街上的场面，通过河面上的桥梁和人行步道，不时地穿插而过，把公共马车的倒影映射在船桨下的河水中。桥拱附近的水流是如此湍急：逆流、旋涡，一个又一个笑里藏刀的死亡之洞就这样构成了！可是要知道，一个十二岁的孩子，在没有任何人帮他掌舵的情况下，要在这样的河面上凭着自己的双臂劈波斩浪，可不是一件简单的事。

　　有的时候要是运气好的话，我会碰上拖船。我就会赶紧搭在这长长船队的尾巴上，任凭它拖着行驶。我放下桨，它们就好像是张开了滑翔的翅膀，一动也不动地伸在水面上；放任自己静静地快速滑行，将河面划出一道道深深、长长的浪沟，岸边的树木和房屋飞快地往后退去。

　　在我前方很远的地方，传来螺旋桨乏味的盘旋声，拖船上有一条狗在汪汪直叫，一缕轻烟从船上低矮的烟囱里冒出。这样的场景使我仿佛置身于长途旅行之中，就好像过上了真正的水手生活。

可惜的是，碰上拖船的机会还是比较少的。一般，我都不得不顶着烈日不停地划船。啊！正午的太阳直直地照射在河面上，好像到现在还在灼烧着我的皮肤。河水如同在燃烧一般，射出粼粼的波光。炫目嘈杂的空气漂浮在波浪上面，跟随着每一个浪涛而颤动；在这样的空气中，每划一下木桨，每从水中拉起湿淋淋的纤绳，都会带出一片耀眼的银光。我闭着眼睛划船，有的时候，我估摸着自己所用的力气，依据船下水流的速度，还以为船走得很快，可是，当我抬起头来，瞧见的居然还是河岸上的那棵树、那堵墙。

费了很大的力气，我终于将船划出了城外，但是这个时候我已经累得大汗淋漓、热得满脸通红了。河中洗浴的吵闹声、洗衣船的喧闹声、上下客驳船的嘈杂声都渐渐减弱了。河面变得宽敞起来，河上的桥也越发的少了。几座城郊的花园、几根工厂的烟囱时不时地倒映在水面上。地平线上，闪动着一点点绿意盎然的小岛。

我实在累得不行了，于是把船停靠在近岸边嗡嗡作响的芦苇丛里。在那里，因为日晒、辛劳，还有从闪闪发光的黄色大河上蒸腾而上的暑气，久经风浪的老水手也是会头晕眼花的，鼻子会不停地流血。每一次我的水上旅行都是到这里就告终。您还想怎样？我感觉这已经是非常美妙的了。

可是，把船划回来也不是一件容易的事情。虽然我奋力划桨，但是还是无济于事，我回来得太晚了，放学的时间早已经过去很久了。夜幕逐渐来临，雾霭中一盏一盏的煤气灯亮了起来，兵营吹响了归营的号角，这一切都使我增添了一丝不安与愧疚。那些在我面前走过、可以安安心心回家的人们，真是令我羡慕；我拼命朝前跑去，脑子里面装满了阳光和河水，沉甸甸的，耳朵深处依旧回响着贝壳撞击时清脆好听的声音。一想到我将要编造的谎话，我的脸已经变得红红的。

每一回我都会编出一个谎言，来对付在门口等待我的令人恐惧的问题："你到哪里去了？"最令我害怕的就是这样的审讯。我迫不得已在楼梯的平台上，在抬脚进屋的一刹那做出回答；我必须随时准备好一个故事、一个借口，越是令人震惊、令人骇异就越好，这样他们就不可能再问我其他的问题了。而我呢，也能够趁这个机会溜回屋子里，喘一口气。我可以不费吹灰之力就做到这一点。我能够编造出灾难、革命，以及各种各样恐怖的事件，比如城市的哪个地区发生了火灾，哪一座铁路桥坍塌在河里了等。但是，我编造的最让人惊悚的谎话还属下面这一个：

那天晚上，我很晚才回家。母亲在楼梯上面已经等了我足足一个多小时。

"你去哪儿了？"她对我喊道。

谁也猜不到孩子的脑袋瓜里会编出怎样的调皮恶作剧！可是因为那天回家太过于匆忙所以我什么理由都没有编好，什么谎话都没有想到……

忽然，我的头脑里出现一个荒唐的念头。我清楚我亲爱的母亲十分的真诚，是一个如同罗马人一样的狂热的天主教徒，因此我激动得上气不接下气地说：

"噢，您不知道……妈妈……"

"怎么回事……出了什么事情……"

"教皇死了。"

"教皇死了！……"

可怜的母亲不断重复这样的话语。她倚靠在墙上，脸色显得尤为苍白。我赶紧趁机会溜到房间，让自己的胜利和如此大的谎话给吓坏了。可是，我依旧鼓足了勇气，要把这个谎话坚持到底。我还清楚地记得那个悲伤而温馨的夜晚，父亲脸色沉重，母亲惶恐不安……

大家围坐在餐桌旁低声地说着话。我不敢将眼睛抬起来。一家人陷入深深的悲痛中，我的逃学，已经没有任何人再提起了。

所有的人都开始争先恐后地怀念教皇庇乌九世的美德；这之后，话题渐渐地转移到了历代教皇的故事上面。罗斯姑妈讲起了庇古七世，她清楚地记得自己以前在南方见到过他，那个时候教皇坐着驿车，两边还有军警做护卫。大家也不禁忆起了教皇和皇帝那次著名的争吵："喜剧！……悲剧！……"这可怕的故事我已经听了无数遍了，而且每次讲总是那几种音调、那几个手势，那种世代相传并且一成不变的家庭传统继续着，显得既幼稚又土气，宛若修道院里的故事。但是没关系，这故事好像从未有这么有趣过。

我一边听一边叹着气，问着问题，装出一脸十分感兴趣的样子。可是我在心里却不住地说："明天早晨，当他们了解教皇还没有死，将会十分高兴，那样就不会再有人来责怪我了。"

想到这里，我的眼睛很自然地闭了起来，似乎是看见了一只只蓝色的小船，漂浮在索恩河暑气浓郁的水面上，银蛛张着长脚在那里爬来爬去，如同钻石尖一般，在光滑如镜的水面上划出一道道波痕。

红山鹬的感愤

　　您知道，山鹬一般是成群结队地飞翔，一起在田间低洼的犁沟里休息，有任何风吹草动就会一哄而散，直插入云霄，就像是一把撒出去的种子。我们这群山鹬数量众多，并且十分快乐，大家住在一片大树林的边上，树林两旁有猎物和舒服的栖身巢窝。所以，自从我羽毛丰满、学会奔跑之后，我就无牵无挂，生活得十分悠闲。可是，有一件事却一直令我有点担心，就是关于狩猎的开禁令，母亲们早就为这件事议论纷纷了。可是，我们山鹬家族有一位长辈经常安慰我说："不要害怕，小红鸟——因为我的嘴和脚都是红色的，大家都管我叫小红鸟——不要害怕，小红鸟。开禁的那一天，我会带你走的，我会保证你的安全。"

　　这是一只年长的精明的公山鹬，尽管他胸前早已经长出了马蹄形的红色羽毛，并且有的地方羽毛已经变成了白色，可是他依旧动作矫健。年轻的时候，他的翅膀被一颗铅弹打中，这样他活动起来比较笨拙，因此在起飞之前，他总是先看看自己的翅膀，才飞上天。他经常把我带到树林的入口处，那儿有一幢奇特的房子，搭在栗树林里，门总是关着的，寂静无声，没有人居住的迹象。

　　"认认真真看看这幢房子，小家伙，"老公山鹬对我说，"如果你看到屋顶上升起炊烟，门窗洞开，那么我们的灾难就来临了。"

我相信他说的话，我相信他一定看到过门窗打开的景象。

果然，一天早晨，天刚蒙蒙亮，我就听到一个声音在下面的犁沟里叫我……

"小红鸟！小红鸟！"

原来是我的朋友老公山鹑。他的眼神很是奇怪。

"快点，"他对我说，"快跟我走。"

我睡眼蒙眬地跟着他，就像是老鼠一样偷偷地行走在土块中，既不能飞也不能跳。我们朝着树林的方向走去；一路上，我看到小屋的烟囱里升起了炊烟，窗户里透出灯光，敞开的门前有几个全副武装的猎人，他们的身边有几只活蹦乱跳的猎狗。我们路过那里时，听到其中一个猎人说道：

"上午去平原上打猎，下午再到树林里打。"

我这才知道为什么我的老朋友要领我们来到大树底下。但是，一想起还在树林外的可怜的朋友们时，我的心就不能安定下来。不知道他们现在怎么样了？

当我们来到树林边的时候，猎狗突然向我们扑来……

"趴下！趴下！"老公山鹑一边朝我喊，一边趴下身子。

就在这个时候，在距离我们十步远的地方，一只鹌鹑惊惶失措地伸开翅膀，张大嘴巴，惊恐地一边尖叫，一边飞起来。一声巨响之后，我们接着便被笼罩在尘土之中；这尘土散发出一阵奇怪的气味，颜色是白的，温度很高，尽管太阳才刚刚升起。我非常害怕，跑也跑不动了。还好我们进了树林。我的老朋友坐在一棵小橡树背后，我向他跑去。我们就这样躲着，透过树叶观察外面。

这时，田野上响起了可怕的枪声。每次枪响，我都惊慌地闭上双眼；当我再次睁开双眼时，看到空旷的田野上，猎狗们来回奔跑着，像疯子一般绕着圈子，在干草间、草垛里到处搜索。在它们身后猎人们一边咒骂，一边叫喊；长枪在太阳下一闪一闪地发着光。有时候，我好像在硝烟之中看见树叶飘散着飞扬开去——虽然周围没有任何树木。我的老公山鹑朋友告诉我说那是羽毛；显然，在我们面前一百步远的地方，一只美丽的灰色山鹑全身被血染透，栽倒在犁沟里。

当太阳高高升起，并且天变得十分炎热时，枪声突然停止了。猎人们回到小屋，屋里传出火燃烧树枝的噼啪声。他们卸下枪，彼此聊着天，谈论着每一枪的得失；此时，猎狗们拉长了舌头，筋疲力尽地紧随在他们身后……

"他们要吃午饭了，"我的老朋友对我说，"我们也该去填饱肚子了。"

我们走进树林边上的一块荞麦田里，田地很大，黑白相间，荞麦已经开花结果了，散发出杏子的香味。有几只全身长着漂亮金色羽毛的野鸡也在那里寻找食物，它们低下红色的鸡冠，避免被猎人发现。啊！它们可没有平日里的神气了。它们边吃边向我们问消息，问是否有我们的同伴被打死。这时候，猎人们原本安静的午餐变得喧闹起来；我们听到酒杯相碰撞和酒瓶的瓶塞被打开的声音。老公山鹑建议我们应该回到藏身之处去了。

这个时候，树林安静极了。鹿们平时喝水的小水塘，此时却也静得可怕。欧百里香丛中也没有一只嚼食的兔子。唯一能感受到的是一阵阵神秘的抖动，好似每一片树叶、每一棵小草下都隐藏着一个受到威胁的生命。树林里猎物的藏身之处很多：洞穴、树丛、柴薪、荆棘以及沟渠，这些沟渠在雨后能蓄很长时间的水。说真的，我期望能躲在这样的一个洞穴里；可是我的老朋友却更希望待在露天的地方，因为那里天高地阔，可以看得更远，感受到眼前宽敞的空间。

我们真是走运，因为猎人们到树林里来了。噢！这第一声树林中的枪响，就像四月的冰雹刺穿树叶，在树皮上留下弹孔的枪弹，我一辈子也忘不掉的。一只兔子伸开爪子，抓起一绺小草，穿过小路逃走了。一只松鼠从栗树上溜了下来，青色的栗子掉落一地。两三只肥胖的野鸡笨拙地飞了起来。枪声惊醒了树林里所有的动物，让它们感到惊恐不安；枪响的同时，低矮的树枝间、枯萎的树叶里传来一阵凌乱的吵闹声。田鼠偷偷地溜向洞穴的深处。一只鹿角锹甲虫从我们躲避的大树凹缝里钻了出来，痴呆的大眼睛转动着，恐惧得一动也不动。还有蓝蜻蜓、大熊蜂、蝴蝶，这些可怜的昆虫都惊恐得四处乱飞……甚至有一只猩红色翅膀的小蝗虫，竟然停留在我的嘴边；而我也太惊慌了，没能抓住这胆小的猎物饱餐一顿。老公山鹑则总是这么冷静。他非常留意狗吠声和枪声，当它们临近时，他就会对我做一些手势，我们就躲得更远一点，避开猎狗的跟踪，潜藏在树叶丛中。

可是有一次，我真的认为我们完了。我们要穿过的那条小路两头各有一个猎人在埋伏着。一头是一个长着络腮胡子的高个子年轻人，他每动一下，工具就在身上发出叮当的响声：猎刀、子弹盒、火药盒，还有长及膝盖的高高的护腿甲；另一头是一个小老头，他靠在树上，安静地吸着烟斗，眨着眼睛，像是快要睡着的样子。我害怕的不是这个人，而是那边的大个子……

"你听见什么吗，小红鸟？"我的朋友笑着对我说。之后，他张开翅膀，镇静地从那个可怕的黑髯猎人两腿之间飞了过去。

其实，那可怜的人被他的打猎装备束缚住了，并且只顾着从头到脚自我欣赏，所以等他从肩上取下枪来，我们早已飞得很远了。哈！这些猎人，当他们认为在树林一角只有他们的时候，其实有无数双小眼睛在灌木丛里关注着他们，还有无数只尖尖的小嘴克制着，避免自己因他们的笨拙而笑出声来！……

我们不停地向前赶路。除了紧紧跟随我的老朋友之外，我没有别的办法；他张开翅膀，我也张开翅膀；他停下来，我也赶紧收拢翅膀，一动也不敢动。至今我还记得我们经过的所有地方：一片粉红色的欧石楠，满是洞穴的黄色树根；密密麻麻的橡树，我觉得里面四处都暗藏着杀机；还有那条幽深的小径，很多次我的山鹬母亲在五月的阳光下沐浴，带着孩子们在这里散步，我们跳来跳去，啄食着爬到我们脚上的红蚂蚁；我们常常遇到一些不可一世的小野鸡，它们的身体和母鸡一样笨重，只是不愿和我们一起玩耍。

我恍惚在梦中又来到了这条小径，一头母鹿正要经过，它个子很高，纤细纤细，眼睛大睁，随时准备跳跃。还有那水塘，我们经常三五成群到那里去欢聚，大家都从同一个家族来，只要一分钟就能从平原飞到这儿饮水，溅起的水珠顺着我们漂亮的羽毛往下滑落……

水塘中央，是一丛十分茂盛的小桤木，我们就在这个小岛上躲藏。猎狗要想来这里找我们，那得需要有十分灵敏的嗅觉才行。我们在那儿躲藏了好久，这时来了一头鹿，它的一条腿受伤了，红色的血迹染在了身后的青苔上。这景象真是悲惨，以至于我不忍心看，把头钻进了树叶丛中；可是我依然能听见受伤的鹿忍着剧痛，喘着粗气，在水塘中喝水……天渐渐黑了，枪声逐渐远离，稀疏下来。之后，一切又恢复了平静……

终于结束了。于是我们悄悄地回到平原，打听同伴们的消息。经过那幢木屋的时候，我看到了恐怖的一幕。

在一条沟渠边缘的突起处，并排地放着一只只红毛大野兔和白尾小灰兔的尸体。它们的小爪子紧扣在一起，好像是在祈求不要杀他们；它们的双眼朦胧暗淡，好像是在哭泣。还有红色的大山鹬，灰色的小山鹑，它们和老公山鹑一样，胸前也长着马蹄形的红羽毛；还有今年刚出生的幼山鹑，它们和我一样，羽毛下的绒毛还没有褪尽呢。您知道有什么能比这场景更悲惨吗？它们的翅膀以前是那么有活力！看到它们现在冰凉地合拢在一起，我不住地颤抖……

一头高大漂亮的鹿安静地躺着，仿佛睡着了似的，它的小舌头露出嘴巴，就像还在舔什么东西。猎人们在那儿，俯身看着这些被他们屠杀的猎物，他们边数边拖着还在滴血的爪子和破损的翅膀，把猎物装进口袋；他们毫不怜悯尸体上的伤口。猎狗已被戴上颈套，准备回家，可它们仍然像发现了猎物一样，在那里舔着嘴唇，好像随时准备冲进树林。

啊！一轮夕阳落下山头，猎人们拖着疲惫的身躯离开了，把他们长长的身影留在土堆上，留在被夜露打湿的小路上。此时，我咒骂他们，仇恨他们，这些可恶的猎人和猎狗！……

我和我的老朋友，都没有平时那样的勇气，面对这正在消逝的白日唱起离别的歌儿。在回家的路上，我们遇到很多不幸的小动物，他们被流弹打中，倒在那里，身上满是蚂蚁；田鼠的嘴巴上沾满了尘土；喜鹊和燕子在飞行时被打落，仰天躺着，僵硬的脚爪伸向夜空。夜色很快来临了，地上变得潮湿，就像秋天一样。然而最让人伤心的，还是从树林边、草地旁，以及小河的柳树丛中传来的焦躁、凄凉、凌乱的呼唤声，但是回答这呼唤的，只有寂静的夜色。

伯凯尔的驿车

这是我到达一天的事情了。

我乘坐着伯凯尔的驿车，那是一辆功能还不错的老式公共马车，它在回站之前根本没有很多路要走，一路上却东游西荡，一直挨到晚上，就像是从遥远的地方归来一样。如果不算车夫，车上总共才坐着我们五个人。第一个是一个来自卡玛尔格的看守，个子矮小，胖胖的，全身毛茸茸的，很粗鲁，大眼睛里满是血丝，耳朵上吊着双银耳环。然后是两个伯凯尔人，一个面包师和他的女婿，两个人都是通红的肤色，大口喘着粗气，不过从侧面看，他们却很英俊，就好像两枚刻着图利乌斯头像的罗马像章。还有一位坐在前边靠近车夫的地方，是一个男子……不！那简直是一顶帽子，一顶巨大的兔皮帽子，他不太喜欢说话，只是神情凝重地看着马路。

所有这些人都是熟人，他们无拘无束地大声议论着自己的事情。卡玛尔格人说他刚从尼姆归来，那是因为他用长柄叉戳了一个牧羊人而被诉讼法官传讯。卡玛尔格人都很容易激动……伯凯尔人也好不到哪儿去！车上这两位伯凯尔人正因为圣母的问题吵得不可开交。一直以来面包师好像一直属于信仰圣母玛丽亚的那个教区，这位被普罗旺斯人称作"仁慈的母亲"的圣母，怀里总是抱着小耶稣；可女婿却正好与他不同，去一座新教堂做礼拜，而在这座教堂供奉的是无玷始胎的圣母，在她美丽的画像上，圣母微笑垂下双臂，满手散发出灵光。争论就是从这里开始的。看看这两位虔诚的天主教徒是怎样待对方还有他们的圣母的：

"她真美丽，你的无玷始胎圣母！"

"你还是和你那位慈祥的母亲一起滚蛋吧！"

"你的那位在巴勒斯坦常见的灰头发的慈爱母亲！"

"你那位呢，嚯！败坏的女人！没有什么她还没有做过……不如去问问圣·约瑟夫吧。"

如果再有一些刀光剑影的话，您准会以为自己是在那不勒斯了！说真的，如果不是车夫介入的话，这一通有关神学的争论还真需要以拔刀相见来解决了。

"你们就让我们和你们的圣母都安宁一点吧。"他笑着对两个伯凯尔人说，"这是关于女人的话题，男人不应当介入。"

之后，他打了个响鞭，本来人们还都面带质疑，现在大家都赞同了他的看法。争论结束了；而正起劲的面包师感到意犹未尽，于是转过身去，对着躲在一边、沉默忧郁的可怜的大帽子，带着嘲讽的语气问：

"磨刀匠？你老婆……她是属于哪个教区的？"

这句话必然蕴含着非常滑稽的意味，因为车上的人全都哄堂大笑起来……磨刀匠却没有笑。他就像没有听见。见他这样，面包师又转身问我：

"您知道他老婆吗，先生？她可是教区里一个奇怪的女人！像她这类人在伯凯尔找不出第二个。"

大家笑得更起劲了。磨刀匠还是很沉静；他只是低着头，小声说：

"面包师，闭嘴。"

但是这讨厌的面包师不想闭嘴，反而变本加厉地说：

"蠢货！你就不要发牢骚了，谁让你娶了这样的老婆呢……跟她在一起，你是不会感到无聊的……你想想！一个漂亮女人，每半年就会被拐走一次，回家时肯定会有很多故事讲给你听……可是没关系，这小两口都不寻常……先生，您想想，他们结婚还不到一年，他老婆就和一个巧克力商私奔到西班牙去了。

"丈夫待在家里，一个人一边喝闷酒，一边哭……

"他就跟疯了似的。过些时间，他老婆回来了，身着西班牙衣服，还带来一只小铃铛鼓。我们大家都对她说：'快躲起来吧，他会杀了你的。'

"啊！是啊！他要杀了她……但他们却平静地重新在一起生活了，他甚至还跟她学会了敲巴斯克鼓呢。"

车上的人又大笑了起来。磨刀匠仍然躲在角落里，低着头小声地说："面包师，闭嘴。"

面包师不理他，接着说：

"先生，也许您认为，他老婆从西班牙回来后就平静了……哈！才不呢……她丈夫的忍耐力太好了！这让她有了再犯一次的想法。西班牙巧克力商之后，是一个军官；之后是一个罗讷河上的船员；接着又是一个音乐家；再后来是……我也记不清了。

"最奇妙的是，每次总是以喜剧收场。女人离开后，丈夫伤心欲绝；等她回来，他就得到安慰。每次别人从他身边拐走她，每次他都能把她再收回来……这个丈夫实在是太有耐心了！但是必须承认，磨刀匠他那个可爱的老婆确实很漂亮……简直就是一只名不虚传的云雀：活泼、可爱、苗条；而且她皮肤白净，眼睛是榛子颜色的，总是笑眯眯地看着男人……真的，巴黎人，要是有一天您从伯凯尔路过的话……"

"噢！面包师，不要再说了，我求求你了……"

可怜的磨刀匠，再一次用哀求的语调说。

这时，驿车停下来了。我们抵达了昂格洛尔农场。在这里那两位伯凯尔人下车了。我可以发誓，我对他们没有丝毫依恋的感觉……这个喜欢捉弄人的面包师！他已经走进了农场的大院，那里依然不时传来他的笑声。

这两人走了之后，驿车就像是空了一样。卡玛尔格人在阿尔勒下了车；车夫下车步行，和马儿并排走；车上只剩下磨刀匠和我，我们各自坐在位子上，谁也不说话。天气很炎热；马车的皮斗篷就像烧着了一样。有时，我感觉到眼皮很累，脑袋也越来越重，却怎么也睡不着。我的耳朵里总是萦绕着"住嘴，我求求你了"这句话，那么凄凉和软弱……那个可怜的男人也没有睡着。我从后面看见他宽大的肩膀在颤抖，他那苍白而笨拙的手在长凳的靠背上抖动，仿佛一只老人的手。他在哭……

"您该下车了，巴黎人！"

忽然车夫对我喊道，他用马鞭指着翠绿的山冈让我看，山冈上矗立着大蝴蝶一样的风车。

我赶紧下车……走过磨刀匠身边的时候，我试图去看帽子下的容颜！我希望在走之前看他一眼。这个可怜的人好像了解我的心思，猛地抬起头，看着我的眼睛：

"朋友，好好看看我吧。"

他用沉闷的声音对我说：

"如果有一天，您听说在伯凯尔发生了一件悲惨的事情，您应该能猜到那个行凶的人是谁。"

那是一张忧伤而没有神采的脸。眼睛里饱含着泪水，没有丝毫的光泽，但话语中却满是仇恨。仇恨，是弱者的愤怒！……如果我是磨刀匠的老婆，我应该会小心的……

科尔尼耶老板的秘密

    伏朗塞·玛玛依是一个上了年纪的短笛手,他经常到我家和我一起喝酒聊天,以此来打发漫漫长夜。一天晚上,他向我讲了村子里二十年前的一个小故事,并且我的磨坊恰好是故事的见证人。我被老人的故事深深地打动了。现在,我就把我听到的,完完整整地转述给您吧!

    亲爱的读者,现在请您想象一下,在您面前的是一壶醇香四溢的葡萄酒,一位上了年纪的短笛手在给您叙说故事。

    我亲爱的先生,我们这个地方从来没有像今天这样的枯燥乏味、死气沉沉,听不见丝毫歌声。从前,这里经营着规模宏大的磨坊业,方圆十法里之内农场里的人都把麦子送到我们这儿磨成面粉……村子周围的山坡上长满了风磨。放眼望去,磨坊的风翼迎着风,在松林上转个不停,驮着口袋的小毛驴一长串一长串地排着队,顺着山路上上下下。周一到周六,每天都能听见山坡上帆布风翼的噼啪声、磨坊帮工们赶牲口的"驾、驾,吁"的吆喝声、鞭子声交织成一片!一到星期天,我们就成群结队走到磨坊,在那儿,磨坊的男主人们用麝香葡萄酒招待大家,女主人们则胸佩金十字架,头披花边头巾,漂亮得跟皇后一样。而我,通常是带着我的短笛,人们跳着法兰多拉舞到深夜。您看看，这些磨坊那时可真是为我们这儿带来了欢声笑语。

可惜的是，那些巴黎的法国佬要在通往塔拉斯孔的公路上建造一家蒸气磨粉厂。通常来讲新的总是好的！人们渐渐习惯将麦子送到那家磨粉厂区加工，这些落后的风力磨坊因此没有了生意。刚开始，它们还试着抗争了一段时间，但蒸气磨粉厂占了上风。唉！磨坊一家接着一家倒闭，真是让人伤心啊！……再也见不到小毛驴一长串一长串上山的场面了……漂亮的磨坊女主人们卖掉了她们的金十字架……人们再也没有麝香葡萄酒了，也没有跳法兰多拉舞了！……风不管怎样吹都无济于事，磨坊的风翼依然纹丝不动……然后，有一天，乡政府让人把这些破房子全部推倒，在那里种上了油橄榄树和葡萄。

然而，在其他磨坊纷纷破产的时候，有一座磨坊却意外地坚持住了，在蒸气磨粉厂的眼皮子底下，风翼继续坚强地转动着。这就是科尔尼耶老板的磨坊，也是现在我们所在的这个秉烛夜谈的地方。

科尔尼耶老板是一个老磨坊主，与面粉已经打了六十年交道了，他偏执地热爱着他的这个行当。蒸气磨粉厂的兴建几乎害他到发疯。整整一星期，人们发现他跑遍了整个村子，把大家召集在他的周围，声嘶力竭地冲着大家喊道：有人要用蒸气磨粉厂的面粉毒害普罗旺斯。"别去那些磨粉厂，"他说，"这些坏蛋用蒸气磨面粉做面包，那是魔鬼的发明；但是我是靠特拉蒙塔纳风和密史脱拉风来磨面粉的，它们是仁慈天主的呼吸……"类似如此，他找出一大堆动听的话来颂扬风磨，却没人去理会他。

他恼羞成怒，这位老磨坊主将自己一个人关在磨坊里，过一个人的日子，犹如野兽一般。他甚至不愿意把他的小孙女维薇特带在身边。这孩子才十五岁，自从父母离世之后，她在这个世界上的亲人就只有祖父了。这个不幸的孩子只得自己去谋生，到所有农庄去帮工，要么帮人割麦、养蚕，要么采油橄榄。然而，她的祖父好像又很疼爱这个小孙女。他常常顶着毒辣的太阳，徒步走上四法里路，到她帮工的地方去看她，在她身边一连待上好几小时，一边流泪，一边看她……

村庄里的人都这么认为，是老磨坊主把维薇特赶走的，他就是出于吝啬：任由他的小孙女从一个农庄流浪到另一个农庄，让她小小的年纪就受尽年轻仆役的所有苦难和工头们的粗鲁对待，这并不能给他增光添彩。同样让人觉得无法接受的是，像科尔尼耶老板这样有声望，而且过去一直自尊自重的人，到现在却如同一个波西米亚人一样，戴着破帽子，系着破腰带，光着脚，走在大街上，看起来确实不像样子……事实上，每到星期天，人们注意到他还进教堂做弥撒，我们这些上了年纪的人都为他感到害臊；科尔尼耶老板也意识到了这一点，因此，他不再坐到前排贵人的坐席上。如今，他总是坐在教堂最后面靠近圣水缸的地方，同那些穷人们坐在一起。

在科尔尼耶老板的一生里，还有令人费解的地方。长久以来，村子里很早之前就没有人把麦子送到他那里磨了，而他磨坊的风翼却依旧像以前一样转个不停……每到夜幕降临的时候，人们往往会在路上碰到这位老磨坊主，他驾着毛驴，毛驴身上驮着的是大袋大袋的面粉。

"科尔尼耶老板，晚上好！"村里人大声向他问好，"磨坊的生意一直还好吧？"

"总是这么好，我的孩子们，"老人非常高兴地回答，"感谢上帝，活还真多。"

这时，假若有人问他从哪个鬼地方揽来如此多的活，他总会把一根手指压在嘴唇上，郑重其事地回答："别声张！我做的是出口生意……"再进一步问，他就再也不做任何回答了。

至于像要走进他的磨坊看看这种要求，那就想也别想。甚至小维薇特也进不去……

每当人们从磨坊前路过的时候，总是看见大门紧闭，大风翼一直在转，一头老驴在平地上吃着青草，一只瘦骨嶙峋的大猫在窗台上晒太阳，还恶狠狠地望着你。

所有一切都显得那么神秘，不得不让大家猜想纷纷。每个人都按自己的推断，猜测着科尔尼耶老板的秘密，然而大家却一致认为，在他的磨坊里，装埃居的口袋比装面粉的还多。

然而，时间一长，真相终于水落石出了。原来事情是这样的：

有一天，当我吹着短笛给年轻人跳舞和乐时，却察觉到我的大儿子和小维薇特恋爱了。事实上，我并不认为这样不好，毕竟，科尔尼耶这个名字在我们这儿还是很受尊敬的，更何况，要是见到维薇特这只美丽的小麻雀在我家欢快地蹦跳，也会使我感到高兴。只是这对恋人幽会的机会太多，我怕他们会出什么乱子，因此立刻想把这件事安排妥当。接着我上山去了磨坊，和她的祖父商量这事……啊！这个老巫师！您倒是看看他用什么态度接待我的！我们根本没有办法让他将门给打开。透过门上的锁洞，我才好不容易向他说明了来意；而在我说话的时候，那只该死的瘦猫，一直像个魔鬼似的待在我头顶上，凶狠地喘着气。

还没等我把话说完，老头就非常粗暴地朝我高声吼叫，让我滚回去吹我的短笛；还高喊说，要是我急着给儿子娶亲，上面粉厂去找那些姑娘……您可以猜到，听到这些荒唐的话，我真是气急败坏；不过还好，我依旧用强烈的理智在控制着自己，而后，把这个老疯子留给他的磨盘，回家把我的遭遇讲给了孩子们……这对可怜的小羊羔完全不能相信；他们求我发发慈悲，让他们两个一道去一趟磨坊，再去和祖父谈谈……我实在不想拒绝他们。于是，这对恋人便一同去了。

他们来到磨坊的时候，科尔尼耶老板刚好出去。门上挂着两把锁；然而出门的时候，老人却把梯子忘在了外面。接着，两个孩子马上想到可以从窗户钻进去，探探这所鼎鼎大名的磨坊里究竟有些什么特别的东西……

真是怪事！磨粉房是空的……没有一颗麦粒，没有一只口袋；墙上和蜘蛛网上，连一丁点面粉屑都没有……以往，磨坊里总是充斥着小麦碾碎后暖烘烘、香喷喷的气味，然而在这儿却也一点也闻不到。磨轴上蒙着一层灰尘，那只瘦骨嶙峋的大猫卧在上面睡觉。

楼下的房间也是一片凄凉的破败场景：几件破衣服，一张破床，楼梯台阶上放着一小块面包，三四个口袋堆在角落里，里面露出一些白黏土和石灰渣。

这就是科尔尼耶老板的秘密！为了拯救磨坊的声誉，让人们认为还有人在他那儿磨面粉，他每天傍晚用小毛驴在路上驮来驮去的，就是这些石灰渣……不幸的磨坊！悲惨的科尔尼耶！蒸气磨粉厂的老板们已经抢走了他最后的顾客。磨坊的风翼仍旧转动，可磨盘却是在空转。

孩子们满眼泪光地回来了，将他们看到的场景讲给我听。我的心都碎了……我马上跑到邻居们家中，长话短说地把真相讲给他们听，我们决定，应该立刻将各家所有的麦子，都运到科尔尼耶老板的磨坊去……说做就做。全村的人都来了，人们赶着毛驴来到山上，毛驴上驮着麦子——那可是实实在在的麦子！

磨坊的门开得大大的……科尔尼耶老板正坐在门前的一袋石灰渣上，双手抱着头放声痛哭。他刚回来，意识到他不在家的时候，有人进了他的磨坊，发现了他悲惨的秘密。

"我真是不幸啊！"他说，"如今，我只有一死了之……磨坊的名誉败坏了。"

他哭得极其伤心，还用亲热的名字叫他的磨坊，跟它说话，好像它是一个活人似的。

这时候，毛驴们来到了磨坊前的平地上，我们大家犹如从前来磨坊那样，放声大叫：

"嗨！科尔尼耶老板！……嗨！磨粉！"

只见一袋袋麦子被堆到了门前，到处都是撒在地上的漂亮的、金灿灿的麦粒……

科尔尼耶老板瞪圆了眼睛。他用苍老的双手捧起一把麦子，捧在手心，又笑又哭地说：

"老天爷啊！……这是麦子！……上等的麦子！我要看看它。"

接着，他转过身来对我们说：

"啊！我就猜到你们会再来我这儿的……那些磨粉厂主们，他们是一群强盗。"

我们想把他高高地抬起来，抬到村子里去欢庆。他却高叫着：

"我的孩子们，不要，不要；我要先去看看我的磨坊……你们瞧！它已经有很长时间没有吃过东西了！"

可怜的老头奔过来跑过去，手忙脚乱的，又是看磨盘，又是解口袋；随着麦子慢慢被碾碎，面粉纷纷扬起，一直洋溢到磨坊顶上。望着这一切，我们每个人的眼里都噙满了泪水。这就是我们给他的补偿：从那天起，我们再也没有让老磨坊主少活干。

后来，一天早晨，科尔尼耶老板突然离世了，因此，我们这儿最后一座磨坊的风翼也停止了转动，这次是真的永远停止了……科尔尼耶去世了，没有人来接手他这一行。这还能有什么办法呢，先生！……在这个世界上任何东西都是有个尽头的，应该承认，风磨就像罗讷河上的马拉驳船、大革命前的最高法院和贴着大花图案的礼服一般，它的时代已经一去不复返了。

散文诗

今天清早，一打开房门，我就发现磨坊四周有一层厚厚的白霜，宛如铺了一层地毯一般。草像玻璃一样闪闪发光，人走在地上踏着霜发出咯吱咯吱的声音；整个山冈都在瑟瑟发抖……最终还是有一天，我可怜的普罗旺斯被装点成了白色王国。我在一簇簇盛开着水晶花束的薰衣草丛中，在结满霜花的松露中，写下了这两篇颇具日耳曼浪漫风格的散文叙事诗；这时，霜花照耀的是闪烁的白光，万里晴空中，仙鹤是从亨利·海涅的故乡飞来的，排成三角形队伍，又向南方的卡玛尔格飞去，还不住地叫着："天冷了……天冷了……天冷了。"

王储之死

小王储病了，小王储已经快要病死了……王国里所有的教堂都不分昼夜地陈列着圣体，燃烧着大蜡烛，为王子祷告，希望他早日康复。古老王宫四周的大街变得异常忧郁而冷清，教堂的钟不再敲响，马车也轻轻慢行……好心的市民们在王宫周围聚集着，透过栅栏，看着院子里威严的御前卫士身披金甲，他们在低声交谈着。

整个王城都忙得乱成一团……总管们、侍从们顺着大理石台阶跑上跑下……走廊里站满了青年贵族和朝臣，他们身穿丝绸从这一群人跑到那一群人，悄悄打听着王储的消息……在宽阔的石阶上，哭成泪人的宫廷贵妇们一面行着屈膝大礼，一面用好看的绣花手帕擦着眼睛。

花园里有很多穿着长袍的御医。透过窗户，能够看见他们黑色的长袖在挥舞着，毕恭毕敬地低下戴着假发的脑袋……骑术老师和小王储的师傅在门前来回踱着步，恭候御医们的诊断。一帮小厨子从他们身边经过，也没向他们敬礼。骑术老师如同异教徒那样发誓赌咒，王储的老师则朗诵着贺拉斯的诗句……此时，一声悠长、悲哀的嘶鸣从远处的马厩里传来。那是小王储的栗色马在悲伤地呼唤着马夫，他已经忘记喂它，马槽里空无一物。

国王呢？国王陛下在何处呢？国王一个人，把自己锁在城堡尽头的一间房间里……君王们不愿意别人看见他们流泪……但是王后则另当别论……她坐在小王储的床前，漂亮的脸庞流满伤心的泪水，如同一个纺织女工，当着众人的面失声痛哭。小王储静静躺在镶着花边的床褥里，脸色比他身后的靠垫更加苍白，他闭着眼睛，正在长睡。人们认为他睡着了，实际上他没有。小王储没有睡着……他翻身朝向他的母亲，发现她在哭，就说：

"母后，您为什么哭？莫非您也以为我真的就要死了吗？"

王后准备回答，可她抽泣得说不出话。

"母后，不要哭；别忘了我是王子，王子是不会就这样死去的……"

王后哭得更伤心了，小王储开始有些害怕。

"哎呀，"他说，"我可不想被死神拉去，我可以阻止他来到这里……立即给我调四十个强悍的德国雇佣兵来，让他们守候在我的床周围！……再命令一百门大炮点燃引线，在窗下日夜守候！如果死神胆敢手持长槊靠近我们的话，他就倒霉了！……"

为了让王子开心，王后做了一个手势。院子里立刻传来大炮滚动的声音；四十个勇猛的德国雇佣兵排列在房间的四周，他们全部都是蓄着灰色小胡子的老兵。小王储看到他们，鼓起掌来。他认出了其中一个，便叫道："洛兰！洛兰！"

雇佣兵向床边迈了一步，小王储说：

"我很欣赏你，我的老兵洛兰……让我瞧瞧你的大马刀……如果死神想把我带走，你是会去杀死他的，对吗？"

洛兰回答：

"殿下，是的。"

两颗豆大的泪珠从他苍老的脸颊上流下。

这时，神甫来到小王储身旁，给他看一个钉着耶稣的十字架，还低声对他讲了很长时间。小王储一脸惊讶地听他说，突然打断了他的话：

"我完全清楚您的话，神甫先生；但是，假使我给我的小朋友贝波很多钱的话，他不就能取代我去死吗？"

神甫仍然对他低语着，小王储变得越发惊讶了。

神甫讲完之后，小王储长长地舒了一口气，说：

"您跟我讲的所谓那里的一切真是太令人悲伤了，神甫先生；然而，有一件事让我感到安心，那就是在星星的世界里，我依然是王储……我清楚上帝是我的亲戚，他会按照我的身份款待我的。"

然后，他朝母亲转过身，接着说：

"叫人把我最美丽的衣服拿来，我的天鹅绒鞋子和白鼬皮上衣！我要让天使看到我的勇敢，我要穿着王储的衣服去天堂。"

神甫第三次朝小王储俯下身去，小声对他说了好久……他只说了一半，小王储就愤怒地打断他说："如你所言，"他怒斥，"做王储什么意义都没有了！"

而后，小王储什么话也不想听，转身朝着墙壁，哭得十分痛苦。

专区区长下乡

区长先生到外面视察。前有车夫，后有随从，他被专区的马车载着，去出席仙女斜谷的地区竞赛。为了纪念这个值得写入历史的日子，区长先生特意穿上了他那件美丽的绣花外套，头戴高顶小礼帽，带着装饰有珍珠手柄的盛会宝剑，身着镶着银边的紧身短裤……他的膝盖上有一只大公文包轧着花革。

区长先生神情焦虑地望着那只轧花革的大公文包：他在思考着一会儿将在仙女斜谷居民们面前发表的非同一般的演说：

"女士们，先生们，亲爱的居民们……"

然而，他习惯地捻着如同是丝绸般润泽的棕色颊髯，接连着重复了二十多次：

"女士们，先生们，亲爱的居民们……"他老是说不上来演讲词的下文。

演讲词的下文衔接不上……马车里是如此的闷热！……去往仙女斜谷的公路一眼望不到尽头，在南方的烈日下飞尘满天……空气似乎在燃烧……白色的灰尘被路边的小榆树覆盖了，成千上万只知了在树丛中高声鸣唱，一切都此起彼伏……猛地，区长先生一阵战栗：他看见山丘脚下有一片绿色的小橡树林，好像正在给他打招呼。

绿色的小橡树林好像正在向他招手似的：

"区长先生，请到这儿来；在我的身体下，您能够更加舒服地思考您的演说词……"

区长先生禁不住诱惑，他跳下马车，命令他的随从原地待命，他要到绿色的小橡树林里思考演说词。

绿色的小橡树林里有紫罗兰、小鸟，以及在细草下的泉水潺潺流淌……看见穿着漂亮短裤、提着轧花革公文包的区长先生，小鸟吃了一惊，马上停止了鸣唱；泉水也不敢再笑出声音，紫罗兰也藏进了草地……这个小小的世界向来没有见过区长，大家都在窃窃私语，这位威武的身穿银边短裤、来这里散步的大人物到底是谁。

树叶下，大家都在相互询问着，这位身穿银边短裤的威武的大人物到底是谁……此时此刻，区长先生因树林里的荫凉和幽静而高兴不已，他撩起衣摆，把高顶礼帽放到草地上，坐在一棵小橡树脚下的青苔上；接着，他打开轧花革大公文包，从里面取出一大张公文纸。

"他可能是一个艺术家！"黄莺说。

"不，"灰雀答，"他不是艺术家，你看他穿着银边短裤；他更像是一个亲王。"

"他既不是亲王，也不是艺术家，"一只在专区政府的花园里唱了一季歌的老夜莺插话说，"我清楚他是谁，他是区长！"

整个树林都在回荡着："他是区长！他是区长！"

"他的头顶可真秃呀！"一只长着大羽冠的云雀笑道。

紫罗兰问："他厉害吗?"

老夜莺回答："一点脾气都没有！"

听到这番表扬的话，鸟儿再次开始高歌，泉水再次开始流淌，紫罗兰也再次开始散发出芳香，就仿佛区长先生不在一样……在这片美妙的喧闹声中，区长先生心情静了下来，他拿着笔，一边在心中祷告句农业诗神寻求灵感，一边用庆典演讲的语调高声宣读：

"女士们，先生们，亲爱的居民们……"

"女士们，先生们，亲爱的居民们。"区长用庆典演说的语调朗读……

一阵笑声将他打断了；他转过身时，发现一只肥大的啄木鸟站在他的礼帽上，笑嘻嘻地望着他。区长耸了耸肩，继续读他的演说词；但啄木鸟又一次打断了他，从远处对着他叫：

"何苦呀？"

"什么！何苦？"区长的脸涨得通红，他一边说，一边挥手驱逐这只无礼的畜生，更加激动地再次朗诵道：

"女士们，先生们，亲爱的居民们……"

"女士们，先生们，亲爱的居民们……"区长更加起劲地再次朗诵。

此刻，枝头的小紫罗兰向他直起身子，悄悄对他说：

"区长先生，您认为我们这样舒服吗？"

泉水为他在青苔下奏出一支美妙的乐曲；头顶的树枝上，一群群黄莺前来为他演唱最感人的歌曲：整个小树林都密切配合，不让他思考演讲词。

……

区长先生沉迷在花香中，沉迷在音乐里，他徒劳地想抵御向他袭来的诱惑。他脱下漂亮的外衣，用肘把自己支撑在草地上，嘟嘟囔囔地又说了几遍：

"女士们，先生们，亲爱的居民们……女士们，先生们，亲爱的居……女士们，先生们，亲爱的……"

而后，居民们就被他抛到了九霄云外；农业诗神也只有蒙上了面纱。

农业诗神，蒙上你的面纱吧！……

一小时过去了，区长的侍从们开始为主人着急，他们冲进树林，被眼前的情景吓到了……区长先生躺在草丛中，衣服乱七八糟的，如同波希米亚人一般。区长先生脱下了衣服……他一面在嚼紫罗兰，一面在作诗。

金脑人的传说

——献给想听开心故事的女士

夫人，在读您的信的时候，我简直可以说感到了内疚。我后悔自己的那些小故事里带有太多伤感的色彩，我决定今天一定送给您一些特别开心的东西。

另外，我为什么会闷闷不乐呢？我远离巴黎的雾霭，生活在长鼓和麝香葡萄酒之乡的一个阳光灿烂的山冈上。我所住的四周，只有音乐和阳光；我有白尾鸟的管弦乐队，山雀的合唱团；清早，杓鹬"咕哩！咕哩!"地欢唱着；中午，知了在歌唱；此外牧人吹起了短笛，有着一头棕发的美丽姑娘们从葡萄园里传来咯咯的笑声……

对发愁来说，确实选错了地方；我应该给夫人们寄去满满一篮子的爱情故事和一些玫瑰色的诗歌。

唉！不！我毕竟离巴黎太近太近。我每天都要被它把忧愁的苦水泼到身上，一直流到松树林里……就在写这封信的时候，我才得知夏尔·巴尔巴拉不幸惨死的消息；我的磨坊沉浸在哀痛之中。别了，杓鹬和知了！我再也写不出任何快乐的东西……因此，夫人，尽管我答应给您讲一个滑稽、美丽的故事，可是今天我依然要给您寄去一个令人伤感的传说。

从前，有一个金脑人；是的，夫人，整个脑袋全部是金的。他出生的时候，医生就断言这孩子活不了多久，因为他的头颅出奇的大，

93

而且脑袋过分地沉重。然而他竟然还是活下来了，并且像一棵漂亮的橄榄树苗，在阳光下渐渐成长；不过他的大脑袋总是向下拖他拽他，看到他走路时脑袋总是撞到家具上，真是叫人心疼……他经常摔跤，一天，他从楼梯上滚下来，额头撞在大理石台阶上，发出金属铸块一样的声音。大家都认为他死了，然而把他扶起来的时候，发现他却只是受了点擦伤，金色的头发中夹杂着两三粒凝固的金屑。他的父母才明白，孩子是长着一颗金脑袋的。

这一直是个秘密，连不幸的孩子自己都不知道。有时，他会在心里琢磨，为什么大人不让他和路上其他的孩子一起在门前玩呢？

"他们会把你抢走的，我的宝贝！"他母亲一直这样回答。

于是，孩子非常担心自己会被抢走；他什么也没有说，只是独自回家玩耍，拖着笨重的脑袋从一间屋子跑到另一间屋子……

等到他十八岁的时候，父母才把命运赐给他的这笔恐怖的财富告诉他。他一直被他们养育至今，所以他们要他把金子拿出一点来作为报答。孩子毫不犹豫，马上从头颅上抽下一块金子，如核桃般大小，骄傲地扔在母亲的膝盖上，至于是怎么取出金子的，用什么方法取出的，传说中没有这些说明……他脑袋里的财富使他得意忘形，他沉醉在自己的本领中，种种欲望让他发了狂，于是，他离开了父母的家，到社会上去挥霍财富。

他像国王那样过日子一般，挥金如土，看到他这个样子，人们都会说他的脑袋是取之不尽、用之不竭的……但是，随着时间的推移，这个脑袋在枯竭，人们看到他的眼睛在渐渐地暗淡，他的脸颊越发凹陷。终于，有一天早晨，在经过了一夜狂欢以后，不幸的人独自待在苍白的水晶吊灯和盛宴的残羹冷炙中间，可怕地看到自己的金脑袋上出现了一条很大的缺口：该是悬崖勒马的时候了。

以后，他过上了新的生活。金脑人走得很远很远，开始靠自己劳动的双手生活，他如同吝啬鬼一样小心翼翼、疑神疑鬼，逃避各种各样的诱惑，拼命地让自己忘掉那可怕的财富，再也不想碰它……不幸的是，在他的孤独生活中，有一位朋友继续跟随着他，这位朋友清楚这个秘密。

一天晚上，不幸的人突然惊醒，脑袋疼痛不已；他痛苦地直起身子，在月光下发现那位朋友在大衣里藏了一件什么东西，溜走了……

别人又夺走了他脑袋上的一大块金子！……

没过多久，金脑人恋爱了，这一次一切都完了……他从心底里爱着一个娇小的金发女子，那女子也爱他，可她更爱绒球、白羽毛，以及那些在靴子边儿来回摆动的漂亮金球。

在这个一半是娃娃、一半是小鸟的可爱女孩手里，金币一块一块地消失，这可真是一种赏心悦事。她欲望无穷，而他则从来不会拒绝她；因为他怕她难受，以至于他把关于自己财富的可怕秘密也都告诉了她。

"这么说，我们很有钱了？"她问。

不幸的人回答她：

"噢！是的，非常有钱！"

他充满爱意地对这只贪得无厌地啄食着他的头颅的小青鸟笑道。但是他也有感到恐惧的时候，禁不住想表现得吝啬一点；这时，年轻的女人便会欢快地走过来对他说：

"我的丈夫，你这么富裕！为我买一件贵重的东西吧……"

于是他就又为她买了一件非常贵重的东西。

这样的日子过了两年；然而，一天早晨，年轻女人莫名其妙地死了，如同一只小鸟一样飞走了……财富也被挥霍殆尽；鳏夫用仅剩的一点金子，为他可怜的亡妻举办了一个华丽的葬礼：钟使劲地敲着，四轮豪华马车披着象征死亡的黑纱，马儿装饰着羽毛，天鹅绒上装扮着银箔，在他看来，没有一样会显得过分美丽。如今金子对他来说已经丝毫没有用处了……他把金子施舍给教堂、抬灵柩的工人、卖不掉花的女商贩：他毫不犹豫地到处散发金子……因此，当他走出墓地的时候，神奇的脑袋上基本什么都不剩了，只不过一些碎金屑还黏在头颅的侧壁。

当人们发现他走在街上的时候，一副失魂落魄的样子，双手朝前伸着，就像喝醉了一样跟跟跄跄。夜里，当商店里灯火通明的时候，他停在一扇阔大的橱窗前；橱窗里摆满了衣料和饰物，被灯光照得闪闪发亮；他在那里等了很久，盯着一双镶有天鹅绒的蓝色绸缎靴子。"我知道这双靴子会让一个人非常的高兴。"他嘲笑地自言自语道；他竟然忘掉年轻女人已经去世，走进商店去买靴子。

在店铺后间的老板娘听到一声高叫，连忙跑来，却吓得直往后退：她看到一个男子站在那里，身子倚在柜台上，呆呆地痛苦地望着她。他一只手拿着天鹅绒装饰的蓝色绸缎靴子，另一只手鲜血淋淋地朝前伸着，一些金屑还在指缝间存留着。

夫人，这便是金脑人的传说。

尽管这个故事貌似很离奇，不过它却完全是真实的……这个世界上有一些人非常的可怜，他们的生计注定要靠出卖他们的脑子来维持，绞尽了脑汁，付出的都是上好的纯金，得到的却是生活中最最起码的东西。这对于他们来说是持久的痛苦；最终，在他们厌倦了这种苦难之后……

两家客栈

七月——炎热的月，烦躁的心———一日午时，我从尼姆起航归来。难以适应酷热的夏日。高挂在空中的烈日喷射着灼眼的光芒；亮堂的大路穿过一片小橡树园和橄榄园，无边无际，尘土飞扬，好像是被烧着了一样灼热滚烫。既没有一片绿荫，也没有一丝凉风；剩下的只有尖锐的蝉鸣和滚滚的热浪。这蝉鸣就像入魔的音乐一刻也不停歇，吵得人心里无比烦闷，在这让人无法忍受的天气里，好像在回应无边的烈日……

我漫无目的地游荡在荒无人烟的地里将近两小时，终于，一切似乎梦境般不现实的场景出现在我前方，在翻腾着滚滚尘土的大路中央，出现了一排白色的房屋。我的视线仿佛被黏住了一般，这就是人们所指的圣·凡尚驿站吗？那里有五六家农舍，红色屋顶的粮仓整齐地排成长排，一个干涸的饮水槽，隐藏在稀疏的无花果树丛中；驿站的旁边，在大路两旁面对面有两家大客栈。

相隔很近的两家客栈，变现的却是迥然不同的两种景象。一边，是崭新高大的房子矗立一端，生意兴隆：客栈的每扇门都敞开着，驿车停在前面，卸了套的驿马，依然气喘吁吁；从车里下来的旅客，赶快走到路边的墙荫处，直忙着解渴；院子里挤满了车辆和骡子；车夫们则躺在草棚下避暑。客栈里，咒骂声、叫喊声、拳头敲击桌子声、台球的撞击声、碰酒杯声、开柠檬汽水的声音，所有的声音在混乱中交织成一片；但是，有一个声音却盖过了一切喧嚣，它既欢快又嘹亮，就连窗玻璃也都能感觉到在震动了：

> "美丽玛格
> 黎明就动身
> 手提银水壶
> 到达清泉旁……"

对面的那家客栈却和这家客栈完全不同，一片死寂，如同被废弃一般。门口长满了野草，百叶窗残破不已，门上挂着一枝枯黄的枸骨叶冬青，就好像是一根老化的羽毛，门槛前的台阶居然是用路上的石块填塞的……

这种场面显得如此衰败可怜，假如有人肯进去哪怕只是喝一杯，那也可真是大发善心了。怀着好奇的心走进了客栈，我发现长长的大厅里却空无一人，显得死气沉沉的，灼人的阳光从三扇没挂窗帘的大窗户里照射进来，越发使大厅显得萧条和空寂。几张残缺的桌子上，凌乱地摆放着几只布满灰尘的酒杯；一张早就已经坏掉的台球桌上，挂着四只球袋，就好像是乞讨用的木碗；还有一个破旧的柜台、一张发黄的沙发，这些所有的东西都在浑浊闷热的酷暑中更加失去颜色。

居然还有苍蝇！这么多的苍蝇啊！感觉我好像从来都没有见过这么多的苍蝇，它们三五成群地停在窗玻璃上、天花板上、酒杯里……无处不在，一打开门，就传来一阵嗡嗡声，完全就像闯进了苍蝇堆里一样。

大厅里，有一个女人，站在一扇十字形的窗前，此刻她正靠着玻璃窗，全神贯注地盯着窗外。我对她叫了两声：

"嗨！老板娘！"

她这才缓缓地转过身。接着，让我印象深刻的是一张典型的被生活折磨得失去光彩的脸，皮肤干裂，满面皱纹，面黄肌瘦，脸颊淌满了泪水。她全身披满了镶着棕红色花边的长饰带，就好像我们那儿常见的老太婆一样。实际上，这个女人年龄并不大，是众多的无奈才让她瞧上去比真实年纪老得多。

"您要什么？"她擦了擦泪水，然后问我。

"我就是想坐一会儿，然后喝上点东西……"

她诧异万分地看着我，站在那儿一动也不动，就好像是没听懂我说的话一样。

"难道这里不是客栈吗？"

那个女人叹了口气："是的……这里是客栈，如果您愿意这样说的话……不过，您为什么不和其他人一样，到对面那家去呢？那里的氛围可比这边要欢快多了……"

"对我而言那儿实在是太嘈杂了……我更喜欢待在您这清静的地方。"

这之后，还没等她回答我，我就已经坐在一张桌子前面了。

直到这时，她才相信我的话是真的，随即又忙碌起来，她驱走苍蝇，打开抽屉，拿出酒瓶，把酒杯擦干净……我觉得对她来说，接待我这位旅客真是一件天大的事。偶尔，这个可怜的女人会停下来，捧着头，似乎仍旧在怀疑真有顾客愿意光顾或者自己长久以来已经生疏的待客之道会令这唯一的客人满意吗？

之后，她走进了内堂；我听到她抓了一大串钥匙，使劲地打开锁，在面包箱里不停地翻找某些东西，又是掸灰，又是吹气，又是洗刷盘碟。有的时候，还会传出一声长长的叹息，和一阵令人无法抑制的抽泣声……

经过差不多一刻钟的忙碌之后，我的桌前终于摆上了一块坚硬得好像沙岩一般的伯凯尔面包，一碟干涩的葡萄干，和一瓶带酸味的劣酒。

"您慢用。"这个可怜的女人一说完，立刻又回到了窗前，站在她先前一直待着的位置。

我一边喝酒，一边试着跟她说话。

"尊敬的老板娘，来您这儿的客人不多，是吗？"

"是的！先生，一直都没有什么人来……以前，这里只有我们一家客栈，那个时候情况可是大不一样的：我们有驿站，当捕猎海番鸭的季节来临时，猎人就都会来我们这家客栈歇息，所以说一年到头一般都是门庭若市，车水马龙的……可是自从对面开了家客栈，我们就失去了所有的一切……大家都喜欢去对面。因为他们总是感觉我们店里实在是太寂静了……而事实上，我们的客栈也确实不太让人愉快。我长得不算漂亮，而且又患了疟疾，我的两个女儿也死了……

但是对面却刚好相反，那儿很热闹很欢快。因为对面的老板娘是一个阿尔勒城的女人，长得确实是太美丽了，她的脖子上总是戴三圈金项链，身上也总是穿着带有花边的衣裙。马车夫是她的相好，而且总是把马车往她那里赶。另外，她那里还有一群美丽的女服务员……所以，顾客全都喜欢往她那里跑！雷德桑镇、贝汝斯镇、容基耶尔镇，几乎所有的年轻人都是她的常客。车夫们宁可专门绕远路，也要去她那儿休息……但是我，却一天到晚待在这儿，连一个客人也没有，进而容貌也渐渐老去。"

她跟我诉说着这一切，神情无动于衷，看似漫不经心，额头自始至终都靠在窗玻璃上，但显而易见的是，对面的客栈里有某种东西让她一直耿耿于怀……

一切都没有任何征兆，炎热的太阳似乎也在喘息的公路对面嘈杂起来。一如马车漫不经心地起程了，然后又扬起一片尘土。只留下马鞭的抽打声、车夫的吆喝声，以及姑娘们跑到门前的道别声：

"再见！……再见！……"在这热闹声中，刚才嘹亮的歌声再一次一浪高过一浪地响了起来：

> "手提银水壶
> 到达清泉边
> 只见三骑士
> 骑马来武装……"

这歌声传来，老板娘的整个身子都战栗了起来，她转过身对我说：

"您听到了吗，"她小声对我说，"他唱得真好……知道吗？那是我丈夫在唱。"

我死死地盯着她，诧异了：

"什么？您的丈夫！……他到对面那家客栈去了，他也去了？"

她一副可怜又无奈的模样，却十分温柔地轻声说：

"先生，您认为这会怎么样呢？男人都是这样，他们不希望老是看到别人哭哭啼啼的；可是我呢，自从两个女儿死了以后，眼泪就老是止不住……而且，我这幢破旧的大客栈再也没有什么顾客来光顾了，并且沦落到如今这般惨淡的地步……因此，在我那可怜的约瑟过于苦闷的时候，他就会跑到对面的客栈去喝酒，因为他有一副与生俱来的好嗓子，所以那边客栈的阿尔勒女人就让他唱歌。听！……他又在唱了。"

她晃悠悠地伸出干枯的双手，大粒大粒的泪珠使劲儿地往下落，这使她变得更加苍老。她默默地站在窗前，沉浸在他的歌声中，她的思念中，虽然她的约瑟是在为阿尔勒女人歌唱……

诗人米斯特拉尔

上个星期天我起床的时候，恍惚间以为自己是在福布尔蒙马特大街。天下着缠绵的雨，外面灰蒙蒙的，磨坊显得分外凄凉，一切都是灰的。我可不想独自在家里度过这个阴冷的雨天，于是马上萌发了去弗蕾特里克·米斯特拉尔那里取暖的念头，这位和蔼而了不起的诗人住在马雅纳小村里，距离我的松林才三法里远。于是我带上一本《蒙田小记》、一根香桃木棍、一条盖毯，就出发了！

田野里一望无际，更加显得空荡荡的……由于我们可爱的普罗旺斯信奉的是天主教，所以土地在星期天也可以得到休息……所有的农庄都紧闭着门，只有狗留在家里……远处，不时地会有一辆运货的马车匆匆路过，防雨布上还残留着水；一个老妇人头上戴着风帽，穿着用枯树叶做成的披风；骡子带着节日的盛装——蓝白相间的草编鞍褥，银制的铃铛，红色的绒球——载着一车农舍的居民，一路小跑着去教堂做祈祷；还有那一边，穿过轻雾，一条小船泊在河上，一个渔夫站在那里，正在捕鱼……

那天路上不适合看书。因为大雨倾盆，西北风顺势将发狂般的瓢泼雨水统统泼在我的脸上……我只能拼命地赶路，三小时过去了，终于望见了前面的柏树林，马雅纳村好似惧怕风雨一样就藏在树林中央。村子的大街上没有一只猫；全部人都应该是去做大弥撒了。我从教堂门前经过，蛇形风管正呼啦地演奏着音乐，转过彩色玻璃望去，我瞧见蜡烛在门外漏进的风中摇晃。

诗人的房子坐落在村庄的尽头，位于圣雷米大道，是左边最远的一幢房子，那是一幢两层楼高的小房子，房前有一个漂亮的小花园……我轻轻地走了进去……可是居然没有人！客厅的门是关着的，可我似乎听见门后面有人走动的声音，而且还在高声地说话……这嗓音和脚步都是我十分熟悉的……我在涂着石灰的小走廊里站了一会儿，手按在门铃上，心情特别激动。我的心怦怦直跳——他在家，而且似乎在工作……

我是不是应该等他把这一节诗写完呢？

不管了！还是进去吧。

啊！巴黎人，当这位马雅纳诗人来到你面前的时候，向他的米莱伊描绘巴黎的时候，要是你在客厅里碰到这位头上戴一顶跟他的荣誉一样令他十分不舒服的大帽子、身上穿直领外套、完全一副城里人打扮的夏格达斯时，你就可以判断这个人就是米斯特拉尔……

不，他不是。这个世界上只有一个米斯特拉尔，那就是上星期天我到村子里造访的那一个，在他的耳朵上顶着一顶毡帽，身上穿着礼服，没有穿背心，腰间扎着一条加泰罗尼亚的红色腰带，眼睛炯炯有神，脸上洋溢着灵感的红晕，脸上带着微笑，气宇轩昂，仿佛希腊牧人一般的绅士，手插进衣袋里，一面大步流星地走，一面创作诗歌……

"噢，怎么是你！"米斯特拉尔搂住我的脖子兴奋地叫喊着，"你会来这儿实在是一个极妙的决定！……今天恰好是马雅纳的节日。我们将能够品味到阿维尼翁的宗教队列、音乐、斗牛，以及法兰多拉舞，好看极了……妈妈去做弥撒很快就会回来的；我们一起吃饭，然后，我们就去看漂亮的姑娘跳舞。"

他与我交谈的时候，我兴奋不已地看着这间挂有浅色挂毯的小客厅，我曾经也在这里度过了那么多美妙的时光，而现在却有如此长的时间没能够再见到它了。这里的一切似乎都没有改变。依旧是黄色的方格长沙发，两张稻草做的扶手椅，壁炉上放着阿尔勒的断臂维纳斯雕像，以及埃贝尔为他画的肖像画，埃蒂安·卡尔雅给他拍的照片，窗边的角落里放着一张书桌———张税务员的小书桌——上面摆满了辞典和旧书。

我在书桌的正中央，找到一本翻开的大本子……原来是弗蕾特里克·米斯特拉尔的新作《克朗戴尔》，也许在今年年底圣诞节的时候就会问世了。米斯特拉尔在这部史诗上已经花费了大约七年的精力，早在半年前他就已经完成了最后的诗句，可是他仍旧不敢去投稿出版。您应该是清楚的，因为他总会有一节诗歌需要再次斟酌，有一个音韵需要继续推敲……虽然米斯特拉尔是用普罗旺斯语写诗的，可是他总是对自己的诗歌精雕细琢，就好像是所有的人都会用这种语言来阅读他的作品一样，噢，我们要感谢他这位优秀而认真的诗人为文学所付出的心血……

噢！忠实的诗人蒙田所说的这段话，一定就是在指米斯特拉尔：

"您知道有这个人吗？在别人问他为什么要煞费苦心地去钻研一门只有少数人才能够明白的艺术时，他就会告诉你：'只要有少数人能够明白我就安心了。只要有一个人懂我，我就满足了。即使没有人懂我，我也一样的满足。'"

手上捧着《克朗戴尔》的诗稿，我激动地翻阅着……突然间，窗前的大街上响起了短笛和手鼓奏出的音乐，我的米斯特拉尔立刻跑到柜子前面，将酒瓶和酒杯拿出来，把桌子拉到客厅中间，一边打开房门呼喊乐手们，一边跟我说：

"他们是到这里来为我演奏晨曲的……你别笑……我是市议会的议员。"

一时间里小客厅就人声鼎沸了。人们把破旧不堪的旗帜放在墙角边，将手鼓放在椅子上；然后，烫热的葡萄酒在手中传递开来。接着，大家为弗蕾特里克先生的健康干完了几瓶酒，还郑重地谈论了节日的场景：法兰多拉舞会是不是和去年一样吸引人，参加斗牛的公牛是不是一样健康强壮；这之后，乐手们便起身告别，到其他议员家里去演奏晨曲了。就在这个时候米斯特拉尔的母亲也赶回来了。

只一会儿的工夫，餐桌就摆放好了：两副餐具和一块漂亮的白色桌布。我清楚地知道主人家的习惯：当米斯特拉尔招待客人的时候，他的母亲是不上餐桌吃饭的……可敬的老妇人，她就只会讲她的普罗旺斯方言，假如让她同法国人说话，她会觉得拘束的……况且，厨房也需要她。

上帝呀！那天上午的饭实在是太美味了：山里自制的烤羊肉、奶酪、无花果、果汁酱，以及麝香葡萄。全部这些食品都佐以香醇的教皇新堡葡萄酒，这酒在酒杯里呈现出那么美丽的粉红色……尝甜点的时候，我拿出他的诗稿，把它放在米斯特拉尔面前的桌子上。

"我们约定好了出去的。"诗人微微一笑说道。

"《克朗戴尔》！《克朗戴尔》！不！……不！……"

米斯特拉尔听得入迷了，他一边用手打着节拍，一边用柔和悦耳的声音朗诵起诗歌的第一章来：

"我当前要讲述一个悲惨的遭遇/关于一名爱得发狂的少女/如果上帝愿意，我将为卡西的男孩唱上两曲/这个悲惨的小渔夫总是在打鳗鱼……"

屋外响起了晚祷的钟声，广场上鞭炮齐鸣，手鼓和短笛在街上来来回回响了好几遍。人们从卡玛尔格引进的奔牛也在哞哞地叫着。我双手支在桌布上，倾听着普罗旺斯小渔夫的传说，眼眶中满是热泪。

　　克朗戴尔不过是一名渔夫，可是爱情将他变成了一名英雄……为了得到情人——漂亮的爱丝黛蕾儿——的芳心，他做出了无数奇迹般的事迹，和他相比，赫拉克勒斯的十二大功完全不足挂齿。

　　突然有一天，他想要拥有更多的财富，于是便发明了一种怪异的捕鱼器械，海里的鱼通通被捕回了海港。还有一次，他要抓奥利乌尔峡谷一个凶残的强盗——塞维狼伯爵，最后他追到强盗的老巢，冲进他的姘妇和团伙中间……小克朗戴尔是一个如此勇敢的小伙子啊！一天，在圣波姆高原雅克师傅——那位为所罗门圣殿搭建屋架的普罗旺斯人——的坟旁，他碰到两伙人，计划来这里用大钳结束相互之间的矛盾。克朗戴尔冲进厮杀的人群，苦口婆心地劝解，平息了双方的斗争……

　　真是英雄的举动！在吕尔山上的岩石堆中，有一片没有人烟的雪松林，任何一个樵夫都不敢进到里面去。可是克朗戴尔去了，他一个人在那里住了三十天。就在这三十天的时间里，人们听见他的斧子斩断树干发出的声响。树林哀叹着；参天的古树一棵接着一棵倒下，落入深渊的底部；在克朗戴尔离开树林时，山上早已经没有一棵雪松了……

　　最后，因为建立了这么多的功勋，这位捕捉鳗鱼的渔夫终于赢得了爱丝黛蕾儿的芳心，并被卡西的居民推举为执政官。这就是克朗戴尔的传说……但是，克朗戴尔又有什么重要的呢？诗歌中最重要的，是普罗旺斯——普罗旺斯的山，普罗旺斯的海，以及它的风俗、它的历史、它的风光、它的传说、它的那些自由善良的人民，他们在有生之年，成就了自己伟大的诗人……现今，你们完全可以修建铁路，树立电报杆，在学校里封锁普罗旺斯语！但普罗旺斯将永远活在《克朗戴尔》和《米莱伊》之中。

"该去看节庆了。"米斯特拉尔一边说，一边合上诗稿，"诗歌讲得已经够多了！"

我们出了门，全村的村民都来到了街上；一阵大风将乌云吹散开去，天空又一次在被雨淋湿的红色屋顶上闪烁着欢快的光芒。我们到的时候，刚好看到宗教队伍回来。在一小时的时间里，身穿僧衣的修士队伍不停地从我们面前走过：有蓝衣修士、白衣修士、灰衣修士，还有蒙面女子善会、由四个人扛着装饰过的大圣木像、金花玫瑰色旗帜、手持大把花束如塑像一般的彩色陶质圣女像，以及圣体显供台、无袖长袍、绿色天鹅绒华盖、装饰着白色丝绸边框的十字架等。

所有的这一切，都沐浴在雨后的清风中，在阳光的映照下，在烛光的映衬下，和着圣诗、祈祷和用力撞响的钟声，如同波浪一般地起伏着。宗教队列过完了，圣像们再次被放回各自的祭台。我们去观看斗牛，之后又到打谷场看了比赛，有三跳障碍、男子角力、羊皮袋游戏、勒猫游戏，还有很多普罗旺斯节庆时好看热闹的活动……我们回到马雅纳的时候，夜幕已降临了。广场上的小咖啡馆前燃烧起了一团愉快的篝火，每天晚上，米斯特拉尔都会到这里来同他的朋友齐多尔下一盘棋……法兰多拉舞跳起来了。黑暗中到处都亮起了剪纸灯笼；年轻的人们自在地有说有笑。不久之后，随着一声手鼓，热情、疯狂的圆舞便绕着火堆开始了，舞蹈持续了一整个夜晚。

吃了晚饭，我们已经精疲力竭了，再也跑不动了，于是便上楼来到米斯特拉尔的卧房。那是一间简陋的乡村卧室，墙上没有贴壁纸，就摆着两张大床，屋顶上都能看到栅栏……四年前，当学院奖励给

《米莱伊》的作者三千法郎时，米斯特拉尔夫人就有过这样的念头。

"我们是不是能够为你的卧室贴上壁纸，然后装上天花板?"她对儿子说道。

"不! 不!"米斯特拉尔回答道，"这是给诗人的稿费，不能动的。"

因此虽然卧室依旧是徒有四壁；但是，如果诗人的钱还在，那些前来敲响米斯特拉尔家门的人就会发现他的钱袋总是敞开的……

我将《克朗戴尔》的诗稿带到了卧室，准备让诗人在我睡觉之前再给我朗读一段。米斯特拉尔特别挑选了有关彩陶的一段片段。内容大概是这样的：故事发生在一个盛宴上。餐桌上摆放着一套崭新的慕斯蒂耶彩陶餐具。所有的盘子底部，全部都用蓝釉画着一个普罗旺斯的故事，这个地区的一切历史都表现在这些故事里面了。因此，必须得看看彩陶的作者是怀着何样的情感来涂画这些漂亮的彩陶的；一切盘子都配了一段诗歌，这些精悍的诗歌都来源于纯朴智慧的劳动，如同忒奥克里托斯的小幅图画那样精致。

米斯特拉尔用动人的普罗旺斯方言给我朗读他的诗歌，这方言有百分之七十五是拉丁语，这可是当初王后们说的话语，可是现在，仅仅只有我们的牧人才能够了解。在他朗读的时候，我打从心底里尊敬这个人，想到他觉得自己的母语竟然落得如此悲哀的境地，想到他利用这种语言来进行的创作，我就幻想着那些遍及在阿尔卑斯山的波城亲王的古老宫殿：王宫没有屋顶，窗户没有玻璃，台阶没有栏杆，三叶尖拱早已经被打碎，门上的花纹也已经被青苔给吞噬了，母鸡在主院里寻食，驴子在满是野草的小教堂里吃草，猪在走廊华丽的柱子下打滚，乌鸦停在盛满雨水的大圣水坛边解渴。终于，在这座古老的宫殿旁边的废墟上，有农民搭起了两三个破旧的茅屋。

然后有一天，一个农夫的儿子爱上了这笔巨大的财富，为它遭受这般亵渎而愤怒不已，他立刻把牲畜赶出了主院；仙女们赶过来给他打点，他就单独一个人重新建造了大楼梯，给墙壁装上了护墙板，为窗户安装上了玻璃，御座大厅又给镀上了金色，塔楼被修复了，古老而巨大的宫殿重新矗立了起来，在那里从前居住过教皇和皇后。

　　普罗旺斯方言就如同是一座被重建的宫殿。

　　米斯特拉尔，就是这个农夫的儿子。

母亲

——围城回忆录

那天早晨，我去瓦莱利安山特洛胥看望我的画家朋友 B 某，他是塞纳河国民别动队的一名中尉。此时瓦莱利安山的天空一碧如洗，像颗用清水洗过的蓝宝石一样。一朵朵形态各异的白云飘浮在空中，就好像一群活泼可爱的孩子在游戏，放眼远眺，一座座连绵起伏的高山在蓝天下耸立，一山浓，一山淡，就像一幅优美的中国画。山脚下还有一排排神气的大树——舒展它们健壮的身姿，就像是这片山景的守护神。那天正好是这个正直的小伙子值勤，因此他一步也不能走开。他必须犹如一名恪尽职守的值班水手一样，待在工事坑道的人群前面，来回踱步，但同时也和我谈谈巴黎和战事，以及那些不在场的亲人……这位中尉虽然身着别动队军服，但依然保留着以前那敏锐的画家气质。忽然，他停住了话头，惊讶地停下脚步，拉着我的胳膊：

"噢！多尼埃的画是多么的精美呀。"他低声对我说。

他那灰色小眼睛如同猎犬般敏锐地亮了起来，他用眼角瞟了一下刚刚出现在瓦莱利安山平台上的两个令人肃然起敬的身影，示意我看一下。

这确实是一幅精美的多尼埃的画：那个男人身穿长长的栗色燕尾服，上面佩戴着绿色的天鹅绒大翻领，似乎是用树林里的老青苔做成的。他显得十分瘦削、矮小，脸色红润，前额扁平，两眼滚圆，鼻似鹰钩，小鸟般的头上布满皱纹，显得既庄重又有些愚笨。另外，他一条胳膊挎着一只绣花绒布提包，提包里隐约露出一只瓶子的瓶颈；一只罐头夹在另一条胳膊里——一成不变的白色铁皮罐头，巴黎人只要一看到它，马上就会想起那长达五个月的围城……再瞧一眼那个女人，冷眼望去，只见她戴着一顶极大的帽子带着撑边，她被一条旧披巾从头到脚裹得紧紧的，似乎是为了显现她的苦难；凝神再看，在褪了色的大衣的蜂窝状皱领之间，一截鼻尖以及几缕花白而干燥的头发显露了出来。

来到平台之后，男人立即停下脚步，喘着粗气，擦擦额头。当时已是十一月底，平台上雾气茫茫，一点也不热；然而，他是因为走得实在太快了……

女人却继续前行，她径直向坑道走去，犹豫地看了我们一分钟，好像想和我们说些什么；然而，她似乎是被军官的军衔条杠吓到了，宁愿去和哨兵说话。我听见她低下地要求要见她的儿子，她儿子是巴黎第三国民别动队第六支队的一名普通士兵。

"请您在这里稍微等一下，"哨兵说，"我让人去叫他。"

她长长地出了一口气，显得轻松了一些，转身向她的丈夫走去；两人坐在了稍远处的斜坡上。

他们在那里等了很长时间。这瓦莱利安山实在太大了，庭院、斜坡、堡垒、兵营、掩体都是那么繁冗复杂！要找到别动队第六支队的一个士兵哪有那么容易。这座迷宫般的城市悬于天地之间，好似飞岛拉比达一样在螺旋状似的在云雾之中飘浮。更何况那个时候，整个要塞里挤满了鼓手、号手、来回奔跑的士兵，并且到处都充斥着军用水壶发出的砰砰声。

还有正在换岗的士兵、勤务人员、配给人员、一个间谍被义勇军的枪托打得血肉横飞后被押回来、几个从楠泰尔匆忙赶来向将军诉冤的农民、疾驰而来的传令兵，以及被冻僵的人和气喘吁吁的牲口；从前线回来的伤员们坐在骡背的驮鞍上，像得病的羔羊似的一边摇晃，一边呻吟；水兵们和着笛声"嗨！哈！"的号子声，正在拖着一门崭新的大炮；一个身着红色军裤的牧人，手执长鞭，斜背着步枪，驱赶着牲口在要塞中慢行。他们都在庭院里来往穿梭、摩肩接踵，把坑道挤得水泄不通，这情景就如同是发生在一些东方国家沙漠旅行队客店的矮门下面一样。

"希望他们没忘记我的儿子吧！"此刻，这位母亲的可怜眼神似乎在这么说；每隔五分钟，她就要站起来，悄悄地走到坑道口，身体贴在墙上，朝前院里瞥上几眼；可是，她不敢询问任何事情，生怕给她的儿子带来不必要的麻烦。男人看起来似乎比她更加腼腆，他坐在那儿一动不动；每次当女人心情沉闷、垂头丧气地回到他身边坐下时，总能听到他责备她不够耐心的话语，并且他像傻瓜一样不懂装懂地打着手势，好像在向她解释服兵役的必要性。

我素来对这些默默而又平淡的小场景极其好奇，它们让我越看越想揣摩出其中的究竟；在街上漫步时，你也许经常会和这样的哑剧擦肩而过，但是它们往往在举手投足之间就能向你揭示整个人生。但是，在这里尤其吸引我的，是这两个人物的无知与天真；他们的手势灵活而清晰，犹如塞勒芬剧团两位演员的灵魂，通过这些手势，我满怀好奇地欣赏着一出当中充满所有的巨变和离奇的绝妙的家庭剧……

我仿佛听到某一天的大清早母亲抱怨道：

"那个特洛胥先生总是发号施令，真让我烦心……我都三个月没见到儿子了……我想去吻吻他。"

父亲胆子非常小，生活中总是非常谨慎，想到为了得到探亲批准而要办理那么复杂的手续，他就感到异常恐惧，所以他一开始就试图说服她：

"你就别妄想了，亲爱的。这瓦莱利安山离这远着呢……你没有车怎么去啊？再说，那里是一座要塞，女人是不可能进去的。"

"不管怎么样，我一定要进去。"母亲说。

父亲对母亲总是唯命是从，于是他只好上路了。虽然他胆小得直冒虚汗，冻得浑身打战，但还是坚持去了防御区、市政府、参谋部、警察局等地方；他四处碰壁，踏错了门槛，在一个办公室前排了两小时的队才发现又找错了地方。终于，晚上他揣着一张由军区司令签名的探亲许可证回来了……第二天，两口子便冒着严寒，一大早就点灯起了床。父亲随便吃了些东西暖暖身子，母亲却不饿，她宁可到那边和儿子一起去吃午饭。为了稍稍犒劳一下他们那令人怜悯的别动队士兵儿子，两人匆忙地往绒布提包里塞满了围城期间所能搞到的所有食物，如巧克力、果酱、美酒，就连罐头也带上了，那个罐头花了八个法郎才买到了一瓶，是他们一直珍藏着准备应付粮食紧缺时的食物。准备完毕后，两人立刻出发了。他们来到城墙边时，城门才刚刚打开。卫兵要求务必出示许可证。母亲好像有些担心……没关系，手续是齐全的。

"放行！"值班军士命令道。

这个时候，她才长长舒了一口气："这位军官，蛮有礼貌的。"

说着，她像一只敏捷的山鹑，一路小跑疾行，为的是赶时间。男人已然跟不上她匆忙的脚步。

"亲爱的，你走得太快了。"可她根本就不理他。好像在远处地平线的雾气氤氲之中，高高的瓦莱利安山正在热情地向她召唤："赶快过来吧……他就在这里。"

现在他们是来了，可又有了新的顾虑。假如找不到他怎么办？万一他不能来怎么办？……

突然，我看到她打起寒战，拍着老头的手臂，弹地而起……在坑道口的穹顶下面，远远地传出了她极其熟悉的脚步声。

是他！

他的出现，立刻使要塞的整个门面熠熠生辉。

他实实在在是一个英俊的小伙子！身材魁梧，肩上背着背包，手中紧握着步枪……他快步走到他们面前，一脸愉快，用男子汉铿锵有力的语气说：

"您好，妈妈。"

立刻，背包、被子、步枪，几乎是所有的东西都瞬间消失在巨大的撑边帽子里了。继而轮到的是父亲，但时间却不长。戴着撑边帽子的母亲妄想把所有的亲吻都据为己有，她有点贪得无厌了……

"你还好吗？穿得还暖和吗？你的床单现在怎么样了？"

我能够感受到，在斗篷的蜂窝状皱领下面，母亲正在用久长而满是爱意的眼光，把儿子从头到脚地紧裹起来；亲吻、泪水及微笑像雨点般纷纷落下。她亏欠了儿子长达三个月的母爱，现在要一次性地偿清。父亲也非常激动，但他并没有表露出来。他知道我们在盯着他，便对着我们眨了眨眼睛，好像是在说：

"原谅她……她只是个女人。"

我当然可以原谅她！

一阵突如其来的号声将沉浸在欢乐气氛中的人们给惊醒了。

"他们在叫我，"儿子说，"我得走了。"

"怎么？你不可以同我们一起吃饭吗？"

"绝对不能！我不可以这样……今天是我二十四小时值勤，是在要塞的上面值班的。"

"噢!"沮丧而又可怜的女人长叹了一口气。

她再也没有能够说出话来。

三个人站在那里,垂头丧气地相互凝视了一会儿。之后,父亲开口了:

"至少,把罐头带去吧。"他的声音令人心醉,面部的表情好像是一个没有了美食的贪吃者,有些动人,但又有一些滑稽。

可是,在这激动而混杂的告别仪式中,那该死的罐头却又找不到了;看着那些焦急抖动的手在四处搜寻、上下翻找,听着那些被泪水哽咽的声音在轻问:"罐头呢!罐头放到哪儿去了?"这景象着实令人感动。在这悲恸之中,包含着家庭的点滴琐事,可是对此他们并没有觉得羞耻。罐头最后终于找到了,一家人又一次长久而紧紧地拥抱着,然后孩子便快步跑着返回了要塞。

请您想象一下:他们大老远地赶来就是为了吃这顿团圆午饭,他们甚至是将这顿饭看作是一个节日盛宴,为此母亲激动得整夜没有睡着觉。你知道还有什么比这顿错过的午饭、这依稀可见却又忽然关闭的天堂一角更让人失望透顶的呢?

他们平静地站在原地,又等了一小会儿,眼睛注视着坑道的人们,刚才他们的儿子就是在那里逐渐消失的。终于,男人打起精神,勇敢地咳了两三声,他的声音极其坚定:

"好了!孩子他妈!一路顺风!"他大声说道。

说着,他朝我们行了一个大礼,之后就抓住他妻子的胳膊……我目送着他们一直走到公路的拐角处。父亲挥舞着绒布提包,动作因生气而显得有些僵硬……母亲则似乎很平静,她低着头,手臂无力地下垂,走在父亲的身边。可是有的时候,我隐约看见她的披巾在狭窄的肩上不停地颤动。

倒霉的佐科夫兵

圣玛丽奥米那的那个大个子铁匠洛利这天晚上很不高兴。

平时，只要是锻炉的炉火一灭、太阳一落山的时候，他就会出现在门前的长凳上，品味繁重的劳动和酷热的天气带给他的惬意的疲惫；在学徒们走之前，他还会和他们一起，一面看作坊的工人下班，一面喝上几大口冰镇啤酒。然而这天晚上，这个老好人在铁匠铺里一直等到晚饭的时候，好像很不愿意地出来吃饭。洛利大妈注视着她的丈夫，心想：

"他是怎么了？是不是部队传来了什么坏消息，却又不愿意和我说？也可能是大儿子生病了……"

可她什么都不敢问，净顾着让她三个年幼的孩子安静下来。这三个孩子都有一头金发，犹如烤焦的麦穗，他们趴在桌边笑闹着，正在享受奶油黑萝卜色拉的美味。

终于，铁匠愤怒地把盘子推到一边：

"啊，真是无赖！啊，流氓！……"

"我说，你生谁的气，洛利？"

他怒气冲冲地吼道：

"我在生那五六个怪人的气！从今天一大清早起来，我就看到他们穿着法国士兵的军服，和那些巴伐利亚人勾肩搭背地在城里到处逛荡……并且他们当中还有一些人……怎么说来着？选择加入了普鲁士国籍……居然天天都可以看到这些冒牌儿的阿尔萨斯人回到家乡来！……普鲁士人到底给他们下了什么迷魂药了？"

孩子的母亲企图为他们辩解：

"你要怎样，可怜的人？这也不能完全怪那些孩子啊……他们被发配到那么远的非洲阿尔及利亚！……在那里，他们会思念家乡；回家和退伍，这些诱惑对他们的吸引力实在太大了。"

洛利一拳砸在桌子上：

"闭嘴，老妈子！……你们这些妇人懂些什么。你们整天就知道和孩子们在一起，所有的事都围绕着他们转，时间一久，你们就把一切东西都看得只有孩子般大小了……好吧，我可以告诉你，他们是人渣、无赖、叛徒。要是我们家的克里斯迪安也敢做出这种卑鄙无耻的事情来，我肯定会把他的身体用马刀刺穿，正如我叫乔治·洛利，曾经当过七年的法国轻骑兵一样毫不犹豫！"

铁匠一脸严肃地半站起来，指着挂在墙上的长长的骑兵军刀；军刀上方是他儿子的一幅画像，画的是佐科夫兵在非洲的画面：他儿子长着的一副面孔俨然是诚实的阿尔萨斯人，被太阳晒得黝黑，在强烈阳光的照射下，鲜艳的色彩使画面显得有些苍白和模糊。一看到这幅画像，铁匠立刻平静了下来，笑着说道：

"我这么激动干吗……就像我们的克里斯迪安会真的想当普鲁士人一样！他在战场上打死了那么多普鲁士人！……"

想到这儿，老好人心情又恢复了，他愉快地吃完晚饭，而后就上斯特拉斯城堡酒馆喝啤酒去了。

现在只有洛利大妈一个人。她哄着三个金发小孩睡下，一边听着他们在隔壁屋里喃喃低语，像临睡前的一窝小鸟，一边拿起针线，在门前花园边做起缝缝补补的家务事儿来。她偶尔地叹口气，自言自语道：

"好吧，我同意。他们是叛徒、是懦夫……可是都一样！他们的母亲再见到他们会非常高兴的。"

她想起了儿子参军出征前的那些日子，那时候，他每天都会在这个时间精心照看这个小花园。她凝视着那口井，儿子就是在那里往喷水壶里注水的，他穿着罩衫，披着一头漂亮的长发；可在他参加佐科夫团的时候那长发被剪掉了……

忽然，她感到一阵战栗。有一个人轻轻地打开了花园尽头通往田野的小门。狗并没有叫，可开门进来的那个人却和小偷一样，紧靠着墙根，从蜂箱中间静悄悄地穿过来……

"你好，妈妈！"

站在面前的就是她的克里斯迪安，他军服不整，面带愧色，心里忐忑不安，说话也有些吞吞吐吐的。可怜的孩子是和其他士兵一道回来的，他已经在家附近逗留一个多小时了，直到父亲出去后才敢进来。她想怪罪他，可又不忍心。她已经没见到他有太长时间、很久没亲吻他了！更何况他回来的理由是那么的充分：他思念铁匠铺、思念家乡，难忍远离亲人的生活；另外，部队的纪律越来越严格，可同伴们却称他为"普鲁士人"，只是因为他的阿尔萨斯口音。

她对他所说的一切深信不疑。她只要看到他，就会相信。他们一面说话，一面走进底层的屋子。孩子们被吵醒了，跑过来亲吻他们的大哥哥，他们赤着脚，穿着睡衣。妈妈要给他做饭吃，可他不饿。他只是觉得口渴，常常感到渴；今天早晨起，他已经在小酒馆喝了好几轮啤酒和白葡萄酒了，可现在他仍然感到非常口渴。

正在这时，院子里传来了脚步声。铁匠回来了。

"你爸爸回来了，克里斯迪安，快躲起来，让我先跟他说，向他解释……"说着，他被藏到高大的釉陶炉子后面，而后又双手颤抖地重新做起针线活儿。不巧的是，佐科夫兵的小圆帽被留在了桌子上，洛利一进门就看到了它。再看到孩子母亲脸色苍白、神情不安……他立刻全明白了。

　　"克里斯迪安回来了！……"他用一种很可怕的声音说道。

　　他从墙上扯下马刀，冲向火炉，如疯子一般；火炉后面蜷缩着已吓得面无血色的佐科夫兵，他完全清醒过来，背靠墙壁，生怕倒下去。

　　母亲冲到他们两个人中间：

　　"洛利，洛利，别杀他……是我给他写信叫他回来的，我说你的铁匠铺需要他帮忙……"

　　她把他的手臂死死扯住，拖着他，哭喊着。孩子们在漆黑的房间里，听到这些充满愤怒和悲怜的说话声，全都放声大哭起来，因为这声音让他们觉得那么陌生，他们都辨认不出来了。铁匠停了下来，看着他的妻子说：

　　"啊！你让他回来的……那好吧，让他去睡觉吧。明天再说怎么办。"

　　第二天，当克里斯迪安熬过了一个恐慌的夜晚后，从熟睡中醒来时，他发现自己躺在幼时的床上。在映着盛开的啤酒花、镶着铅条框的小玻璃窗外，太阳已经挂在高空了。锤子敲打在铁砧上的声音从楼下传来……

　　妈妈她一整夜都守在床边，没有离开，因为她担心丈夫的愤怒。老铁匠也一夜没睡。他在房里叹气、踱步、落泪，一会儿开橱门，一会儿关橱门，就这样到天亮。现在，他进到儿子的房间，神情凝重，穿着高高的护腿套，戴着宽大的帽子，拿着结实的顶端包铁的登山杖，感觉是要远行一样。他径直走到床边说：

"好了，起来！……起床吧！"孩子有点迷糊，他准备穿上佐科夫团的军装。

"不，不要穿这个……"父亲严肃地说。

母亲惴惴地答道："但是，亲爱的，他已经没有别的衣服可穿了。"

"把我的衣服给他吧……我再也不穿它们了。"

孩子穿衣服的时候，洛利把军服——短小的上衣和宽大的红裤子——精心地折叠好；包裹打完之后，他把装着路条的白铁盒挂在了脖子上……

"走吧，下楼吧。"他接着说。

三个人默默地走下楼梯，来到铁匠铺……风箱喘着粗气；所有的人都在干活。佐科夫兵再次看到这敞开的铁匠棚，令他在部队日夜思念，他不由得想起了他小时候，曾经在铁匠铺闪烁的火星中，在骏黑的煤屑里，在这热浪滚滚的公路上，有他玩耍过的童年。他霎时感到一阵温馨，希望父亲能够谅解他；可是，每当他抬起眼睛，看到的总是父亲那冷峻的目光。

终于，铁匠开口说话了。

"儿子，"他说，"铁砧和其他工具全都在这……这些东西都交给你了……还有这儿的一切！"他站在被烟火熏黑的门框里，手指着小花园，说道。

花园深处的门敞开着，阳光很灿烂，蜜蜂在飞舞……

"这蜂箱、葡萄、房子，所有这一切都交给你了……既然你可以为了它们牺牲自己的荣誉，那么你最起码能把它们经营好……现在你就是这里的主人……我要走了……你欠了法国五年的债，我要替你偿还清楚。"

"洛利，洛利，你去哪儿?"可怜的妈妈叫道。

"爸爸! ……"儿子恳求道。

可是铁匠已经走了，他头也不回地走了……

在西迪贝勒阿巴斯的佐科夫兵第三团兵站，多了一名五十五岁的志愿兵。

守卫达拉斯贡

感谢上帝！我终于收到了达拉斯贡的消息。

五个月来，我着急万分，就好像是焦虑欲死一般！我深切知道这座美丽的城市狂热激昂的情绪，也明白那里剽悍、好斗的民风，于是我一直在想："谁知道达拉斯贡人会做些什么？他们会不会倾城而出，向野蛮的普鲁士人猛烈地扑过去呢？或者会像夏托登那样在大火中变为废墟？还是会像斯特拉斯堡那样饱受炮击、像巴黎那样被困挨饿，或者像里昂和它的城堡一样，在狂热的爱国主义鼓吹之下，将自己炸上了天？"所有的这一切似乎都没有发生，我的朋友们。达拉斯贡没有变为废墟，也没有将自己炸上天。

达拉斯贡依然在原地，静静地站立于葡萄园中间；灿烂的阳光洒满了大街，美味的麝香葡萄酒填满了酒窖，罗讷河还是如同以往一样从这个可爱的地方流淌出去，流入大海；整座城市好像是一幅迷人的图画：绿色的百叶窗反射着阳光，花园被修理得平整而洁净，穿着崭新军装的国民自卫队的士兵在沿河大道上操练。可是，您也别觉得达拉斯贡在战争中任何事情也没有做。然而恰恰相反，它的举动让人赞赏；我将会试着给您讲述这座城市所做出来的英勇不屈的顽强抵抗。

法国东北部莱茵省的首府，普法战争期间曾经受到普军猛烈地轰击。法国中部城市，普法战争期间曾经对普鲁士军队做过顽强地抵御，一八七〇年十月十八日城陷后被普军烧毁。法国东北部埃纳省首府，一八七〇年九月九日，法军的一名工兵在普鲁士军队入城的时候引爆了火药库。它将会被当作南方地区抗击外敌侵略的象征和地方抵抗运动的典型，因此在历史上占有一席之地。

合唱团

我可以对大家说，在色当大败以前，我们纯朴的达拉斯贡人一直都平安宁静地待在家里。对于阿尔卑斯山这帮傲气的孩子们来说，北方正在消失的并不是他们的祖国，只是皇帝的士兵，是帝国。可是，当到了九月四日共和国成立的时候，阿蒂拉兵临城下，情况就不一样了！达拉斯贡觉醒了，人们亲身感受到了什么是民族战争……这场战争就是从合唱团游行开始的。您知道南方人对音乐是如此的狂热，尤其是在达拉斯贡，人们对音乐的痴狂简直是不可言传的。只要在大街上走过，您就会听到所有的窗户里都缭绕着美妙的歌声，您头顶所有的阳台上都会传来让您神清气爽的浪漫曲调。

无论您走到哪家店铺，柜台上总是会有一把吉他在哀愁地低诉，药店的伙计一边为您拿药，一边在低声吟唱："夜莺——西班牙古琴——特拉拉——拉拉拉拉。"除了这些私人音乐会之外，达拉斯贡还有学校铜管乐队，市铜管乐队，和许许多多的合唱团。而推动这场民族运动高潮的，正是克里斯托夫合唱团及其令人钦佩的三声部合唱曲《拯救法兰西》。

"是的，是的，拯救法兰西！"达拉斯贡朴实的百姓们一面呐喊，一面在窗口舞动着手绢。男人们拍着手，女人们则是排成四列纵队，唱着动人的歌曲抛送飞吻；一位旗手走在方阵的最前面，自豪地踏着节拍前进。

人们的热情就这样被鼓动起来了。从那天开始，整个城市都变得完全不一样了：吉他和威尼斯船歌再也听不见了；无论在任何地方，《马赛曲》代替了西班牙古琴曲。人们一周两次会集在广场上，听中学生铜管乐队演奏《出征歌》。座位的票价十分的昂贵！

可是，达拉斯贡人对这个显然是不满足的。

马术表演

合唱团表演之后，是为伤员们举办的马术表演。没有任何场面比这个更吸引人了：一个阳光灿烂的星期天，达拉斯贡精力旺盛的年轻人们都会脚穿软靴，身着浅色紧身衣，挨家挨户地募集捐款；他们拿着捕捉蝴蝶用的网罩，手持长戟，骑着马在阳台下转圈、跳跃。

可是最精彩的，还应当是爱国主义题材的骑兵竞技表演——伏兰索瓦一世在帕维亚战役中的场面，马术俱乐部的先生们在广场上一下子就表演了三天。如果谁没看到这样的场面，那他真的是错过一场好戏了。演出的戏服是从马赛话剧院借来的：刺绣军旗、盾牌、头盔、金色丝绸、天鹅绒、马披、饰带、花结、小丝带结、长矛、盔甲，所有这一切都让广场如同捕鸟镜一样光彩照人，令人目不暇接。

更加奇妙的是，每当一阵狂风从广场上方吹过的时候，所有的光线就会变得斑斑驳驳。这简直是太漂亮了。但是十分的可惜，在一场恶战之后，由俱乐部经理庞泊尔先生饰演的伏兰索瓦一世让一群德国雇佣骑兵给死死围困住了，就在这位让人怜悯的庞泊尔先生弃械投降的时候，做了一个让人寻味的肩部动作，致使他传递的再也不是"一切都已经失去，唯有荣誉尚存"的理念，而是好像在用普罗旺斯方言说："叫他来吧，我的伙计！"但是，达拉斯贡的百姓们对这个并不是太在意的，所有人的眼眶里都闪烁着爱国的泪水。

突破口

表演、歌曲、阳光，以及罗讷河的气势磅礴，这所有的一切，就完全能够令人头脑发热了，但是政府的公告却让这种疯狂达到了极端。在广场上面，人们用威胁的神情彼此聊天，大家一个个都是咬牙切齿的，聊天的时候就好像是嘴巴里在吞咽子弹。谈论中满是火药味，空气中到处弥漫着硝烟的味道。特别值得一提的是，那些早晨在喜剧院咖啡馆里吃完早餐的情绪高昂的达拉斯贡人说的话：

"哎呀！这些巴黎人和他们那个应该被拉出去千刀万剐的特洛胥将军，他们到底在干些什么事情呀？他们不断地在退缩……浑蛋！要是在达拉斯贡！……嗒嗒嗒！……我们早就已经冲开突破口了！"

就在巴黎人被燕麦面包噎得喘不过气来的时候，这些先生们却在狼吞虎咽地喝着上等的教皇葡萄酒，油光满面，酒足饭饱，嚼着鲜美的山鹑，酱汁都快要流到耳朵边上了。他们敲着桌子，就好像是疯子一般大声叫嚷着："这个突破口，你们应该赶快去打开……"他们说得是很有道理的，真的！

保卫俱乐部

此时此刻，野蛮的普鲁士人正一步步地向南方挺进。第戎投降了，里昂危在旦夕，罗讷河谷鲜美的青草早已经让普鲁士枪骑兵的战马垂涎欲滴了。"一定要筑起我们的防御工事！"达拉斯贡的居民们认真地说。因此，城里所有的人都行动了起来。转眼之间，整个城市都已经布满了大大小小的工事、街垒和地堡，每座房屋都变成了要塞。在枪械商克森德卡尔德的店铺前，挖掘了一条不少于两米宽的堑壕，上面还架了一座吊桥，实在是太滑稽了。俱乐部的防御工事也极其浩大，好奇的人们赶过来观看，俱乐部的经理庞泊尔先生站在楼梯上面，手上端着一支步枪，给女士们做着示范：

"假如他们从这里进攻，砰砰砰！……要是他们从反方向上来，砰砰砰！……"除此之外，不管是在大街的任何角落里，都会有人拦下您，然后神秘地对您说："广场下面刚刚埋好了地雷！……"要么是："歌剧院咖啡馆固若金汤。"仅仅是这些就已经足够令那些野蛮人如同濒临深渊了。

义勇军

而就在这个时候，人们疯狂地建起了一支又一支的义勇军队伍。"纳博讷之豺"、"死亡兄弟"、"罗讷河枪手"：这些队伍的名字各自有各自的特点，军装的颜色也"五彩斑斓"，就好像燕麦地里的野菊花一般；还有各种各样的鸡毛、翎饰、宽阔的腰带、巨大的帽子！……

为了使自己看上去更加狰狞恐怖，每一个义勇军都蓄起了小胡子或络腮胡子，就是在散步的时候，人们也无法认出谁是谁。您远远地看见一个阿布鲁齐强盗两眼冒火、翘着胡子向您走来，身上的土耳其弯刀和军刀手枪晃动着；可是当他走近的时候，您才可能发现原来他是税务员布库拉德。

有时，您还会在楼梯上碰到鲁滨逊·克鲁索本人，他头上戴尖帽，两个肩膀上各扛着一支步枪，手上拿着锯刃大刀：原来是枪械商克森德卡尔德刚吃完饭从城里回来。但是可笑的是，由于所有的人都把自己弄得凶神恶煞，因此达拉斯贡人后来开始相互感到害怕，没过多长时间，就再也没有人敢出门了。

散养兔和家养兔

　　有关建设国民自卫队的波尔多法令结束了这种令人不堪忍耐的局面。在国防政府三巨头强有力的扫荡下，鸡毛全都哗啦啦地飞走了，达拉斯贡全部义勇军——不管是"豺"啊、"枪手"啊，还是其他的名字——全部都合并为诚实可靠的国民自卫队的一个营；指挥这支队伍的是忠厚的伯勒韦特将军，他曾经任军服供应处的上尉。这个时候，又发生了新的麻烦。众所周知，国民自卫队被波尔多法令分为两类：驻守队和机动队；税务员布库拉德则是轻蔑地将他们称为"散养兔和家养兔"。

　　自卫队刚刚建立的时候，"散养"队员的角色于是便显得更加优越。每天上午，忠诚的伯勒韦特将军都要率领他们到广场训练射击，这是狙击兵的训练项目。"注意，起立！卧倒！"之类的项目。这些小小的军训每每都能够吸引很多人围观。达拉斯贡的女士们是不会放掉每一次的观赏机会的，就连波凯尔的女士们，适当的时候也会过桥来观赏我们的"兔子"们。但是此时此刻，不幸的"家养"自卫队队员们居然恭敬地在为城市站岗，他们守卫着博物馆，博物馆里除了一个巨大的长满青苔的蜥蜴标本，和两门贤王勒内期间的小型轻炮之外，没有其他可以守卫的东西。

　　要明白，波凯尔的女士们过桥来，不会仅仅是为了看这么一点小玩意儿的……训练射击三个月后，人们感觉到"散养"的国民自卫队队员们好像从来都没有出过广场，于是她们的热情慢慢开始衰退。

　　不管正直的伯勒韦特将军如何向他的"兔子"们叫喊，"起立！卧倒！"一切都是徒劳无功的，再也没有人来观赏他们了。过不久，这些烦琐的操练就成了整座城市的笑柄。可是，上帝是明白的，没有人能够让这些可悲的兔子出征，这并不能责怪他们。他们对此也十分的心痛。有一天，他们居然拒绝操练。"我们再也不愿摆花架子了!"他们充满爱国情怀地叫嚣道，"我们是机动队，下命令让我们行动起来吧!"

"我以我的名誉向你们担保! 你们是会行动起来的。"忠诚的伯勒韦特将军对他们说。

他憋着一肚子的气，要去市政府问个明白。

市政府给他们的回复是他们没有接到任何命令，省政府才管这事。

伯勒韦特说："那就去省政府!"于是他便坐上开往马赛的快车，去找省长了。这可不是件容易的事情，由于在马赛，总有那么五六个常务省长，可是没有人能够告诉您哪一个是管事的。伯勒韦特却是幸运的，他一下子就碰巧撞上了分管此事的省长。在省政府会议上，他代表手下的士兵，用一名军服供应处前上尉特有的威严口气，对省长说话。

可是他刚说了几个字，省长就将他给打断了："等一等，将军……这到底是怎么一回事? 您的士兵在对我说他们要求留守! 而您现在却要求前进，您看看这个吧。"说着，他面带笑容地把一封催人泪下的请愿信交给将军。这是两只"散养兔子"——出征请愿最为强烈的两只"兔子"——最近才送到省政府的，随信还附有公证人和医生、神甫的意见。两个人在信中说因为身体虚弱，请求转为"家养兔子"。

"这样的信我已经收到三百多封，"省长依旧微笑着补充道，"将军，现在您终于明白我们不急着让您的士兵出征的缘由了吧。可悲的是，过去我们让太多想留下的士兵出征了，我们再也不能这样做了……如今，上帝会拯救共和国的。回去向您的'兔子'们问好吧。"

告别酒会

可以试想一下，将军很是无奈地回到了达拉斯贡。但是这个时候又发生了一件新的事情。原来，在他不在的时候，达拉斯贡的百姓们竟然筹备过募捐，为那些将要出征的"兔子"们举行一次欢送酒会！正直的伯勒韦特说谁都不会开拔，酒会没有必要，可是无济于事；钱已经募集到了，酒会也已经预定好了，目前可以做的就是把酒宴继续进行下去，而这也正是大家所要做的……就如此，在一个星期天的晚上，振奋人心的告别酒会仪式在市政府的大厅里举行。祝酒、演说、爱国歌曲、喝彩……所有的这些都冲击着市政府的玻璃窗，一直到第二天黎明的时候才结束。无可置疑的，任何人都知道在告别酒会上应该怎么做；家养的国民自卫队队员们是自己掏钱参加酒会的，他们明白自己的伙伴不会开赴前线，而那些散养的国民自卫队队员们也同样抱着这样的想法。

那位让人尊敬的副市长用无比激动的嗓音宣誓，说他已经做好走在出发队伍最前面的准备了，可是实际上他比任何人都清楚：士兵们是不会开拔。但这都已经没有什么重要的了！这些南方人是如此的与众不同，以至于告别酒会快要结束的时候，所有人都在哭，都在相互拥抱，而最令人惊愕的是，所有的人都显得很真挚，连同将军在内！……在达拉斯贡，就像是在整个法国南方一般，我常常可以看到这种就像在梦中才能看到的场景。

贝里赛尔的普鲁士士兵

这是一个上星期我在蒙马特高地一家小酒馆里听说到的故事。要好好地给大家讲这个故事，我就必须得学习一下贝里赛尔师傅的郊区口音，穿上他的木工罩衫，再喝上两三口美味的蒙马特白葡萄酒；喝了这酒，就算是马赛人，也能够说出巴黎口音。

我可以肯定，这样做一定可以让你们和我一样，在听完以后会感觉到惊心动魄；因为贝里赛尔师傅在向围坐在桌子边的朋友们讲这个悲壮并且真实的故事的时候，我就有这样的感觉。

"……那是大赦（实际上贝里赛尔的真正意思是'停战'）之后的第二天。我妻子让孩子和我去维拉内夫拉加莱纳逛一逛，因为我们在那里有一座临水的木屋，自从巴黎被围困以后，我们就没有它的音信了。可是带着孩子使我感到很担心。我害怕我们会遇到普鲁士人，因为我还不曾和他们打过照面，非常担心出事。但是，孩子的妈妈坚持要我这样做：'去吧！去吧！也好让这孩子放放风。'"

的确，这可怜的孩子也很需要出去透透气了！因为他早已忍耐了五个月的围困和霉味。

"接着，我们俩就穿过田野上路了。孩子看到很久不见的树木和飞鸟，在耕耘过的田地里尽情地蹚水。我知道他十分开心，但是我却没有那么好的心情；一路上处处可见带着尖顶钢盔的士兵，从小岛到运河，我看见的都是普鲁士士兵，而且大都蛮横无礼！如果不是我强忍着，早就和他们打起来了。

"可是，最使我怒不可遏的，是在我进入维拉内夫的时候，我看见我们漂亮的花园被他们践踏得一片狼藉，所有的房门都大开着，屋内被洗劫一空；这些强盗霸占了我们的家，他们在一扇窗户朝另一扇窗户大声叫喊，居然还把羊毛衫晾在我们的百叶窗和栅栏上。

幸好孩子走在我的身旁，每当我攥紧拳头的时候，就看一看他，心里默念道：'你太冲动了，贝里赛尔！……一定要小心，万万不能让孩子出事。'那个时候也只有这个孩子可以阻止我的冲动。一直到现在，我才觉悟到为什么孩子的母亲非得要我把他带在身边。

"在小镇尽头的堤岸上，右边的最后一幢木屋就是我们的家。它和其他房子一样，从里到外都被洗劫一空：没有剩下一件家具，没有残留下一块玻璃；余下的就只是几只草靴和大扶手椅的一只脚在壁炉里噼里啪啦作响。普鲁士人的气息到处都是，但总是看不到他们的身影……但是，我感到地窖里似乎有什么东西在晃动。我的一张小型工作台就在那里，星期天我喜欢在工作台上摆弄摆弄。因此，我让孩子在外面等我，自己下去想看个究竟。

"差不多就在这个时候，地窖的门被打开了，一个身材魁梧的杰奥姆国王的士兵醉醺醺地从刨花上站起来，咆哮着向我扑来，他嘴里说着一大堆我听不懂的脏话，两眼暴突。这畜生在喝醉之前心情一定不好，因为还没等我开口说第一个字，他就开始拔出军刀……

"就在这个时候，我全身的怒气也翻涌了上来，积累了一小时的怒火一下子喷涌燃烧起来……我抓起工作台上的铁夹，猛地向他砍去……各位朋友，你们能体会到贝里赛尔的手腕和平日里一样有力吗？老实说那一天，我的手臂好像是有着雷霆万钧般的力量……我就是打了一下，那个普鲁士人便不再张牙舞爪了，他直挺挺地倒了下去。我感到他仅仅是昏过去了。啊！实际上呢？……他被我打死了，孩子们，我干得实在是完美极了，应该说得上是干净利落！

"我从前都没有杀过人，即使连云雀都没杀过，看着躺在前面的这副魁梧的躯体，我感到很有意思……

"实际上，他是一个英俊挺拔的金发小伙子，刚长出的络腮胡子微微卷曲着，如同岑木的刨花。我看着他，双腿一直不住地发抖。这个时候，可能孩子在上面等得有些着急了，我听到他声嘶力竭地喊着：'爸爸！爸爸！'

"道路上有普鲁士人走过的声音，从地窖的气窗也能看到他们粗壮的小腿和军刀。我立即想到：'要是他们进来的话，那孩子就完了……我们全部都会被他们屠杀掉的。'这个念头一闪而过，我立刻镇定下来。我马上把普鲁士人拉到工作台下面，把一切能找着的刨花、锯屑、木板都堆在他身上，这以后就上去找我的孩子。

"'我来了……'

"'您的脸色怎么这么苍白呀！……爸爸，您到底怎么了？'

"'走吧，走吧。'

"我向你们发誓，不管那些如同哥萨克人般野蛮的普鲁士士兵如何斜眼看我、推搡我，我也不会反抗。我总是能感觉到有人在我们身后叫喊、奔跑，有一次，我听见一匹马快速地向我们跑来，吓得浑身直打哆嗦，眼看就要摔倒在地上了。

"但是，过了那几座桥以后，我便安定下来。圣德尼四处都是人，在人群之中我们是不会有被逮捕的可能的。这个时候我又想到我们那幢悲惨的木屋。普鲁士人如果找到了他们的同伴，肯定会放火将木屋烧掉来作为报复的手段的；还有我的邻居渔警雅各，他是留在镇上的唯一的一个法国人，那个士兵就在他家附近被害，一定会给他带来很多麻烦的。说一句心里话，就如此逃走了，确实算不上什么好汉。

"我应该起码设法将尸体解决掉……我们距离巴黎越来越近，这个念头就越是在我的脑海中纠缠。不行，我很担心就这样把死掉的普鲁士人留在地窖里会出麻烦。因此，当我们来到巴黎城墙边的时候，我再也拖不下去了：'我还要到圣德尼去办点事情。'我对孩子说，'你先回去吧。'

"说着，我吻了他一口，接下来就朝回走去。孩子不在身边，我觉得没有负担，我的心跳得有点快，但这已经没有什么关系了。

"我回到维拉内夫的时候，天色已经渐渐黑了下来。你们能够想象得出来：我睁大眼睛，从空地一步一步地朝前走去。可是，小镇好像一片死寂。我看到木屋还在那里，被笼罩在暮霭之中。堤岸边有一条长长的'黑色栅栏'，在那里普鲁士人正在点名。屋子里一定没有人，这是一个很好的机会。我靠着篱笆向前走，看见雅各老爹正在院子里晾捕鱼的网罩。

　　"很明显，这事还没有被人发现……我悄悄溜进了木屋，摸黑向地窖走去。那个普鲁士人依旧躺在刨花下面，竟然还有两只硕大的老鼠在啃咬他的钢盔。我能够听见钢盔的护颏在动，这让我既自豪又恐惧。有那么一瞬间，我感觉尸体好像是要活过来了……那是不可能的！他的脑袋又重又冷。我躲在一个角落里，等待着；我准备等其他人都睡着了以后，把尸体扔到塞纳河里……

　　"我不知是不是因为坐在死人边上的原因，那天晚上普鲁士人的归营号似乎十分的凄凉。那响亮的军号三声一组，和癞蛤蟆发出的声音没有太大的差别，嘀嘀嗒——那些普鲁士士兵应该不会在这样的军号声中进入梦乡的……

　　"五分钟以后，我听到敲门的声音和军刀拖在地上的声音；紧接着，有士兵走进院子，高声嚷道：'霍尔曼！霍尔曼！'

　　"不幸的霍尔曼正僵硬地躺在刨花下面呢……是我让自己变得老朽了！……我时时刻刻都在想象着他们走进地窖。我握着死者的军刀，静静地守在那里，默默地对自己说道：'你这小老头……假如你今天能逃过这一劫，就应该到贝拉维尔教堂为圣巴迪斯特神像点上一大支蜡烛！……但是，那些强盗们喊够了霍尔曼，没人答应，他们于是决定回去了。我听见他们笨重的靴子踏在楼梯上，没过许久，整个木屋便像是乡村大钟一样鼾声大作了。我等待的就是这一刻，终于可以出去了。

"河岸上没有一个人，所有房屋的灯都熄灭了。太好了！我快速回到地窖，从工作台下把霍尔曼拖了出来，让他立起来，扛在我的肩膀上，就好像是脚夫扛着背货架一样……这家伙还真沉！……我感到有些恐惧，再加之从早晨到现在还没有吃一点东西……我想我一辈子也不可能有力气将他背到河边。一会儿，就在我来到河堤中间的时候，感到自己似乎是被人跟踪了。我转过身看，一个人都没有……原来是月亮升起来了。我暗示自己：'再等一会儿，小心……哨兵会开枪的。'

"比较麻烦的是，塞纳河的水位很低。假如我把他扔在水边，他就会留在那里，好像是留在洗脸盆边上一样……我继续向前走，走进河床……依然没有水……我再也没办法坚持了，全身的关节好像都被卡住了一样……最后，我觉得走得已经够远了，于是便放下了那个家伙……去散步吧，可是尸体却陷入了泥沼之中，没有什么办法可以让它动弹。我推呀，按呀……吁——还好；这个时候刮起了东风，塞纳河的水变得无比凶猛。我看到尸体在逐渐往下游漂。一切顺利！我呛了一口河水，飞速地回到岸上。

"我再一次经过维拉内夫桥的时候，发现塞纳河中央有一个黑乎乎的东西。从远处看，就好像是一条无底的小船。那就是被我扔下去的普鲁士人，现在正顺流而下呢，朝着阿让特伊方向漂流。"

巴黎的农民

　　这些人们在香普洛赛过着幸福、美好的生活。他们的鸡舍就在我的窗户下面，那一年中有六个月的时间，他们的一部分生活都融入了我的生活中。天刚蒙蒙亮，我就听见男人走进马厩，拴好马车，出发去科尔贝伊卖蔬菜；没过多久，女人也起床了，叫母鸡出笼，给奶牛挤奶，为孩子们穿上衣服。一个上午，只听见大大小小的木鞋沿着木头楼梯上上下下。到了下午，一切都静了下来。父亲下田去了，孩子们去上学，母亲则是坐在院子里，在门前做针线活，或者一声不吭地忙着晒衣服，同时顺便照顾最小的儿子……当有人从门口的小路经过时，她便一面缝缝补补，一面和那人聊上几句……

　　那还是在八月的时候，有一次，我听见女人对一个邻居说：

　　"得了吧，普鲁士人！……他们难道还真的攻进了法国不成？"

　　"若望大妈！他们已经到夏隆了……"我隔着窗户朝着她喊道。

　　她听了我的话不住地笑着……在塞讷瓦兹省这个偏远的角落，农民们说什么也不会相信有敌人入侵。

　　可是，天天我都可以看到载满行李的马车路过。有钱人是一个接着一个地关上了家门。在这个白昼逐渐变长的美好的月份，篱笆门紧闭着，花园里的花儿不再美丽鲜艳，里面没有一个人，死气沉沉……渐渐地，我的邻居们开始慌张起来。每当村里有人离开，他们都会锁紧眉头。他们感到自己被抛弃了……

到最后，一天早晨，宣读公告的鼓声传遍了村子的每个角落！镇政府发出了命令：为了不留下任何东西给普鲁士人，所有的草料和奶牛都一定要运到巴黎去出售……男人出发去巴黎了，这是一次悲惨的旅途。铺着石板的公路上，驮着家具的马车筋疲力尽地鱼贯而行，混杂在马车队伍中间的猪群和羊群惊恐万分，还有被绳索拴着的公牛在马车上哞哞直叫；公路边上，穷人们推着小推车，沿着路沟走着，车上装满了破败的安乐椅、破旧的家具、镶着印花布的镜子，还有帝国时期的桌子。人们可以感觉到，一个家庭在遇到怎样的灾难时，才会卷起这些尘土，搬运这些老古董，而且要成堆地拖着它们在公路上行走。

在巴黎城门前，人群把那儿围得水泄不通，必须得排两小时以上的队才可以进城……这个时候，无奈的男人紧紧依偎着他的奶牛，恐慌地看着积满污水的堑壕、日见高筑的工事、城墙上的炮眼，以及在路边被砍倒的枯死的意大利杨树……夜里，他一脸沮丧地回到家里，把看见的一切告诉了妻子。妻子十分担心，打算明天就走。

但是，日子一天又一天地过去了，出发的时间总是在往后拖延……要么是还有一块地要收割，要么就是还有一块地要耕耘……不知道是否还有时间把葡萄酒酿好藏起来？还有就是，他们的内心深处依然抱着一丝渺茫的幻想：也许普鲁士人不会从他们这里经过。

一天夜里，他们被一声可怕的爆炸声给惊醒了。科尔贝伊大桥让敌人给炸毁了。村里的男人们跑来跑去，挨家挨户地敲着门：

"快逃呀！枪骑兵来啦！枪骑兵来啦！"

赶快逃！快点，快点，他们为睡眼惺忪的孩子穿上衣服，套上马车，和几个邻居一块儿抄近道逃走了。他们爬上山坡时，教堂的钟敲了三下。他们最后一次深情地回头望着自己的村庄。他们再熟悉不过的小道、牲口的饮水槽、教堂前的广场——这一条在葡萄树之间穿行，那一条往下通往塞纳河，这一切对他们来说好像已变得很遥远。

在白色的晨雾中，这座被人们遗弃的小村庄将所有的房屋都死死地拥抱在一起，好像是在为一场马上将要到来的可怕的灾难战栗着。

然后他们来到了巴黎，住在位于一条萧瑟大街的公寓里，公寓在五楼，是一间两居室。男人还算是比较幸运的：别人帮他找到了活儿干；而且，他参加了国民自卫队，要操练，要上城墙，可以自我消遣，忘却他那尚未播种的草地和空空的粮仓。相对于男人而言，女人心里却是更加寂寥，她不知道如何是好，感到忧郁、伤心。她的两个大女儿进了学校，在这所阴森森的走读学校里没有花园，姑娘们感到气闷，她们相当怀念乡下修道院美丽的寄宿学校，那里就好像是一个蜂箱，成天充满了欢快的声音；还有每天早晨上学时必经的穿越树林的半里路，也充满了无限的快乐。

母亲感受到她们的闷闷不乐，心里也觉得很不是滋味，不过最使她放心不下的还是小儿子。在乡下，他总是跟着母亲到处跑来跑去，一会儿在屋里，一会儿在院子里，和她一样不停地从门槛的踏脚上蹦进蹦出，将红嫩的小手泡在洗衣桶里；她织毛衣的时候，他就坐在门边休息。但是在这里，不仅要爬五层楼，而且楼梯还很黑，并且很容易绊脚，燃在小巧壁炉里的火苗是如此的无力，窗户又那么高，天边总是一片阴霾，向外望去只有一片阴湿的石板屋顶……

一开始他能够到院子里去玩耍，可是看门的人却不同意。这些看门人，又是城市的一大"发明"！在乡下，每个人都有自己的一片天地，村民们都是自己家的主人。家门成天都是开着的；夜里只要拴上粗大的木头门闩，所有的房屋就可以高枕无忧地安睡在乡村漆黑的夜色之中，人们也可以安然入梦。偶然会有一条狗望着月亮吠叫几声，可是也没有人会去关注它……

可是在巴黎，在这些穷人住的房子里，看门人便成为真正的主人。小男孩不敢一个人下楼，因为那个恶毒的女人使他感到有些害怕，她为了逼迫他们把山羊给卖了，就找理由说山羊将果皮和麦秆带到院子的石板夹缝中间了。

为了使忧郁的儿子快乐起来，可怜的母亲已经用尽了全部的力量了；一吃完饭，她就帮他穿上衣服，好像是要去田间一样，牵着他的手，沿着大街散步。孩子感到受伤、害怕、茫然，对四周的事物差不多看都不看。他就只是对马感到有兴趣，那是他唯一能认出来的，而且可以使他开心的东西。母亲也是同样，对一切事情都不感兴趣。她缓缓地走着，想着她的房屋和财产。看到她们两人走过，看着她老实的面容、干净的穿戴、光亮的头发，看着她儿子圆圆的脸庞和肥大的套鞋，人们可以辨别出这是一对流离失所、背井离乡的母子，他们的所有心思都放在思念乡村里清新的空气和僻静的小路上。

记事员

"哇……多么大的雾呀！……"这个家伙一上街就这么说。他立刻将大衣的领子翻起，再用围巾将嘴巴裹得严严实实的，低下头，双手插进裤子的后袋里，吹着口哨，向办公室走去。

这无疑是一场大雾。走在街上，这雾还不算什么；在市中心，积雪持续的时间比大雾更久。屋顶会把它扯开，墙壁会将它吞没；打开房门，雾便在房子里不见了，楼梯因此会变得更滑，扶手也是湿润润的。来往的行人、穿梭的马车——这些一大清早便行色匆匆的贫穷的行人——会把大雾切碎、驱散、带走。雾水落在短小细窄的办公服上，商店女营业员的雨衣上，轻盈柔软的面纱上，以及很大的油布纸箱上。但是，在还没有人迹的大桥、河岸、河堤、河流之上，大雾就显得厚实、沉重，纹丝不动，太阳在这雾气中升起，挂在圣母院后面的天上，就好像是夜灯透过磨砂玻璃灯罩，发出的光亮。

即使风大雾大，这个男人却依旧沿着河岸，向办公室走去，他天天都有这样的习惯。说实话他是可以走另一条道路的，可这河就像是对他有一种莫名的吸引力一般。每每在河岸长长的护墙边走着，或者是紧挨着被散步者的胳膊肘磨旧了的石头扶手前行时，他总是会觉得很快乐。

在现在这样的天气之下，一般是很少有人来散步的。走着走着，他会遇到一个背着衣物的妇女，靠在护墙边上休息；或者是一个穷光蛋，脑袋支在臂肘上，神情忧郁地探身看着河水。每次走过，男人都会回过头来，好奇地看看他们，再看看他们身后流淌的河水，好像在他的脑子里，有一种奇特的思想把这些人和这条河合为一体。

今儿个早晨，河流好像不怎么令人愉快。从波浪中冉冉升起的雾气，好像让它变得沉重。房子的屋顶则让河岸显得阴沉昏暗，所有那些歪歪斜斜、高高低低的烟囱管都倒映在河水中间，相互交错，冒着浓烟，令人忍不住想到塞纳河深处某个不知名的工厂，正悲伤地把它全部的浓烟化为大雾，送到巴黎。但是，我们的这位男人好像并不认为眼前的情景让人忧伤。潮气浸遍了他的全身，他的衣服上再也没有一处是干燥的了！

他依旧吹着口哨走路，嘴角还带着愉快的微笑。长期以来，他早已习惯了塞纳河上的雾了！另外，他知道到了办公室以后，会有一双包着厚厚毛皮的暖脚套和一只嗞嗞作响的火炉在等着他，还有火炉上被烧得热烘烘的小铁板，他每天早晨都会用这铁板做饭。这就是小职员的幸福，只有那些注定要在办公室的一角度过一生的可怜的小人物，才能享受到这种牢狱般的幸福。

"千万要记得买土豆。"他总是不断地提醒自己。他依旧吹着口哨，却加快了脚步。您肯定从没见过有谁会像他那样快乐地去上班。

天地间，水雾漾漾，一片苍茫。在泥泞的小路上，只有他一个人，就好像是茫茫大海上的一叶扁舟，没有人掌舵，漫无目的地游荡着。他全身湿漉漉的，不断地打着冷战。寂寥的旷野，连个避雨的地方也找不到，他只好继续朝前走。除了河岸还是河岸，然后就是一座桥。现在他来到了圣母院的背后。在岛的顶端，雾比之前任何时候都要浓厚。同时来自三个方向的雾气，淹没了教堂的半个钟楼，聚集在桥的一角，似乎是要隐藏什么东西。男人在这儿停了下来；他到了。

一些昏暗的影子隐隐约约可以看得见，有人蹲在人行道上，貌似在等待什么，小贩早已铺开了货摊，好像是在街心花园或救济院的栅栏前一般，上面放满了一排排饼干、橙子和土豆。噢！多么可爱的土豆呀！在雾气里它是如此红润、如此新鲜……他一面往衣袋里塞土豆，一面冲小贩微笑；小贩把双脚搁在脚炉上，但是还是冻得浑身发抖。之后，他在雾中推开一扇门，穿过一个停着一辆套好的大车的小天井。

"有什么东西给我吗？"他走过的时候问道。

赶车人满身雾水，回答说：

"有，先生，而且是好东西。"因此，他匆忙走进办公室。

那里才暖和才舒服呢。火炉在角落里作响，暖脚套放在原来的位置上，小扶手椅在窗边的光亮处等待着他。大雾就好像贴在窗前的帘子，使得光线变得柔和而又均匀；书架上，有着绿色书脊的厚厚记事卷宗，整齐地排列着。这简直就是一间公证人的办公室。男人吸进一口气：他到家了。

在开始干活之前，他打开一个大柜子，从里面拿出一双塔夫绸套袖，认真地戴上；又拿出几块咖啡糖和一个红土盘子；之后他自足地打量着四周，开始削土豆。事实上，没有人可以到一间比这儿更明亮、更快乐、更井井有条的办公室了。它的特别之处是潺潺的水声，它包裹着您，围绕着您，不管在哪里都能听到，让您感受到好像置身于一艘船的船舱里一般。

窗子的下面，塞纳河低吼着，撞在桥拱上，在这挤满了桩基、木板和漂浮物的小岛顶端，把泛着泡沫的波浪撕开。而在这房子里，在办公室的周围，却是成罐的水被倒出的流淌声，还有大清洗的嘈杂声。不知道为什么，只要您听见这水声，便会吓得心惊肉跳。您可以感受到它拍打着坚硬的地面，在大理石桌上或宽大的石板上反弹起来，这些让它听起来越发寒冷。

这幢怪异的房子里到底有什么东西需要像这样清洗呢？这难以去除的污迹到底是什么呢？有的时候，流淌声会停止，房子深处就会传来滴滴答答的水声，好像是坚冰融化或大雨之后一样。您可能会以为这是聚集在屋顶和墙上的雾气，被火炉烘烤得融化成水，不断地滴落下来。

男人对这些毫不关心。他专心致志地凝视着他的土豆，这些土豆散发出红糖的清香，已经开始在红土盘子里歌唱了，悦耳的歌声使他听不见那阴沉的水声。

"书记员，请过来一下！……"一个嘶哑的声音从房子尽头的房间里传了过来。

他瞧了瞧土豆，带着满脸的遗憾走开了。他去哪里？透过稍微打开那么一分钟的房门，吹进一阵寒冷、乏味、夹带着沼泽和芦苇气息的风，恍惚之间，能够发现一些褪了色的外套、短工作服，还有一条垂直悬挂的袖口还滴着水的印度棉长裙，好像是一群被拴在绳索上晾干的猎狗一样。

倏地，一朵小小的花苞，在风的撕扯中，带着无比的眷恋，恋恋不舍地离开了枝头。他心头没来由的一颤，伸出双手，牢牢捧住那娇小的身躯。这小小的花蕾，还没来得及绽放生命的灿烂，就如此早早地凋零了。

现在他办完事情了，回来了。他将几件被水淋湿的小物件放到桌上，发抖着回到火炉前，暖一暖冻得通红的双手。

"这鬼天气，她们一定是疯了……"他一边打战，一边絮叨着。

"她们到底是怎么了？"

等他暖和过来，糖块也开始在盘子的边沿结成小珠，于是他在办公室的一个角落里吃起了早饭。他一边吃，一边打开一本卷宗，富有趣味地翻阅了起来。这本厚厚的卷宗记载得可真好！一行行笔直整齐的文字，抬头用蓝墨水写成，金粉闪烁着微弱的光芒，每一页都用吸水纸吸过，显得又细心，又有序……

生意看起来还不错。这个正直的男人看上去很满意，如同一个会计看到一份优秀的年终报表一样。他正在仔细地一页页翻着卷宗，看起来十分高兴；旁边大厅的门被打开了，传来一群人走在地砖上的脚步声；有一些人压低了嗓门在说话，就好像在教堂里一样：

"噢！她多么年轻呀……真是可惜了！……"

人们一边向前挤，一边窃窃私语……

她很年轻，这和他有什么必然的联系吗？他平静地吃完土豆，把刚才带回来的东西拿到面前：一个布满沙土的骰子；一个装有一文钱的钱袋；一把锈迹斑斑不能再用的剪刀——噢！肯定不能再用了；一本纸张都相互黏在一起的女工手册；一封字迹已经模糊的破碎的信，只有几个字能看得清楚："孩子……没有钱……哺乳月……"

记事员耸了耸肩，似乎是在说："这我见多了……"边说着，他边拿起一支笔，认真吹走卷宗上的面包屑，摆了个姿势，以便让手放得更舒适些。接下来，他用最漂亮的浑圆字体，写上刚从手册里辨认出来的名字："菲利丝·拉莫，金属上光女工，十七岁。"

亚瑟

　　几年以前，我住在香榭丽舍大街旁、杜兹美颂巷的一座小房子里。不妨想象一下，那里是靠近郊区的一个偏僻角落，淹没在宽阔且有贵族气派的大街中间，这些大街冷清而寂静，感觉就只有坐马车的人才会经过那里。不知道是主人突发奇想，还是哪个小气鬼或老顽固有什么怪癖，这么一块空地被留在这个漂亮街区的中心，空地的小花园杂草丛生，低矮的房屋歪歪扭扭，楼梯都建在室外，木头阳台上四处是摊开晾晒的衣服、瘦得只见骨头的猫、关兔子的笼子，还有被驯养的乌鸫。几户工人、一些靠微薄年金度日的食利者住在那里，还有一些艺术家——只要有树生长的地方就有艺术家，此外还有两三幢带家具的出租房，它们看上去肮脏不堪，这些污垢仿佛是因为几代人的贫穷而积累下来的。

　　空地的周围，是喧闹嘈杂、流光溢彩的香榭丽舍大街；街上的车轮不停地滚动着，可以听到马儿轻盈的步伐声和马鞍清脆响亮的撞击声，马车过后大门重重地关上，门被马车震得颤动不已，沉闷的钢琴声和玛碧曳舞厅的小提琴声从远处传来，有着圆形拐角的大饭店无声地矗立在地平线上，浅色的丝绸窗帘给饭店的窗户增添了一丝细腻的情调，高高的无锡汞镜照耀着水晶吊灯的镀金支架和花架上的奇花异草……

这条黑暗的杜兹美颂巷只有一盏在巷口的路灯照明，它如同周围漂亮布景的后台。所有浮华背后的衬托全都隐藏在这里：小丑的背心、仆役制服的饰带、一大群过着放荡生活的英国马夫和马戏演员、两个赛马场的马车夫副手，还有他们的孪生小种马跟广告牌、木偶、羊车、卖蛋卷的女贩子，还有好几群盲人；这些盲人每天晚上回来，肩上背着帆布马扎、手风琴及其木碗。当我住在巷子里时，有一个盲人居然还结了婚。所以我们领教了一整夜空幻而奇怪的音乐会：由双簧管、单簧管、手风琴、管风琴演奏出不同而单调的曲调，让人好像是将巴黎全部的桥一一浏览过来……

　　然而，平时的小巷还是很安静的。那些在街头流浪的人只会在夜雾弥漫时才拖着劳累的身躯回来！只有在每个星期六才会发生吵闹，那天是亚瑟领工资的日子。

　　亚瑟是我的邻居。我的屋子隔着一道篱笆墙就是他们夫妇租借的房子。所以，即使不是我所愿意的，但他们依然渗入了我的生活；每个周六，我都要一字不漏地听一遍发生在这户工人家庭里那令人害怕的巴黎式悲剧。

　　每一个悲剧的开始总是一样的：女人在做晚饭，孩子们围着她转悠，她一面忙碌，一面细声跟他们说话。七点钟，八点钟，连丈夫的人影都没有……随着时间的流逝，她的声音开始变化，话语中带着哽咽，语气也越来越烦躁。孩子们饿了、累了，便开始埋怨。男人依然没有回家。于是全家人不等他，把饭吃了。在孩子们躺下睡着之后，她来到木头阳台上，我听到她低低抽泣着：

　　"噢！流氓！流氓！"

　　回家的邻居们看见她在阳台上，都感到同情。

　　"快睡觉去吧，亚瑟太太。您知道他不会回来了，今天是发工资的日子。"接着便是形形色色的劝告和嚼舌。"我要是您的话，就会这样做……您怎么不跟他老板说呢？"

然而同情的话只会让她哭得更加厉害；可是她还是怀着希望，坚持等候，并在心中暗暗恼火。邻居关上了房门以后小巷回复了平静，她以为只剩下了自己一人，便用胳膊肘支着身体站在那里，全部的心思都汇集在一个想法上，自言自语地大声倾诉她的愁苦，语气中带着一丝放任，一生中有一半时间在大街上度过的百姓才会有的放任。她说到拖欠的房租、令她心烦的商店老板、不愿意再卖面包给她的面包店店主……

如果他依然分文不剩地回家，那她该怎么办？她计算着时间的消逝，等待着迟到的脚步。最终，她感到累了，回屋里去了。过了很久，当我认为一切都已结束时，有人在距我很近的走廊上咳嗽。她还在那里，这个倒霉的人：担心促使她又回来了，她的双眼死盯着漆黑的小巷，看到的却只是自己的忧伤。

大概是一点，还是两点，或者更晚一些，听见有人在小巷的头上唱歌，那是亚瑟回来了。他经常让一个同伴陪他回家，直到把他拖到自己的家门口："来吧……来吧……"就算是到了家门口，他依然晃悠着，不知道是否该回家，因为他很清楚家里有什么在等着他……睡梦中的房屋特别安静，因而他上楼梯时的脚步显得更加沉重，这让他觉得很难堪，好像对自己的行为感到后悔。他在每一个房间门前停下，独自高声说："晚上好，威伯太太……晚上好，玛帝里太太。"要是没有答案，他就开口大骂，直到全部房门和窗户都打开，从里边传出回敬的诅咒声为止。一切都是他想要的。他喝过酒以后，就是喜欢喧嚣和争吵。而且，这样一来，他便会感到怒气冲冲、热血沸腾，踏进家门时也不这么害怕了。

回家的场面特别恐怖……

"开门，是我……"

我听见女人赤脚在方砖上走着的声音，点亮火柴；男人一进门就结巴着企图编一个故事，而这故事总是千篇一律：同伴、冲动……东西，你知道……那个在铁路上工作的东西。女人根本不听他的：

"钱呢?"

"没有了。"亚瑟的声音回答。

"你骗人！……"他的确在骗人。即使酒精让他冲动，他总会留那么几文钱，在周一酒瘾来的时候用；而她想要的正是剩下的这部分工资。亚瑟挣扎着：

"我跟你说钱全被我喝光了！"他叫道。

她什么也不说，只是满腔愤怒，用尽全力揪住他，一边晃动着他的身体，一边翻找搜寻他的口袋。过了一会儿，我听到钱币在地上打滚的声音，女人扑上去，带着胜利的微笑。

"啊！你瞧。"

然后是一声咒骂和一阵低沉的殴打……这是醉鬼在报复。他一打起人来，就再也停不了手。他这些酒是在铁路道口的栅栏后面喝下的。现在，所有溶解在酒精里的暴躁和破坏欲全都涌上了他的脑子，马上就要爆发。女人尖叫的声音，破屋里仅有的一些家具被砸得粉碎，到处乱飞，孩子们被惊醒，醒来就吓得放声大哭。小巷里的窗户全开着。人们在说：

"那是亚瑟！那是亚瑟！……"

亚瑟的岳父就住在隔壁的出租房里，是一个年长的拾荒者。有的时候，他会赶来帮助女儿；不过，亚瑟会把门反锁起来，使自己的行动不受干扰。于是，一段可怕的对话穿过门锁，在丈人和女婿之间展开，有些话我们听起来简直心惊肉跳：

"难道你蹲了两年的监狱还不够吗，你这个强盗！"老头叫道。

醉鬼用傲慢的语气说道：

"是的，我蹲了两年的监狱……可是那又怎么样？至少我把公司的欠债还清了……你倒是也试试把你欠的债也还清呢！……"

他觉得事情十分简单：我偷了东西，你们关我进监狱，这样我们就两清了……不过，要是老头揪着这一点不放的话，亚瑟会毫无耐心地打开房门，面对丈人、丈母娘，以及邻居们，像滑稽搞笑的意大利木偶一样，殴打所有人。

实际上，他并不是一个凶狠的男人。周日，也就是殊死搏斗后的第二天，酒鬼平静下来，没有钱再去喝酒，这个时候他常常会一整天都待在家里。威伯太太、玛帝里太太、所有出租房里的人，大家都从自己家里搬出椅子，坐在阳台上聊天说话。亚瑟一副和蔼、智慧的样子，就好像是一名读夜校的模范工人。他说话时的语调细腻而又平和，带着夸张的表情把四处听来的琐碎消息主动告诉别人，什么工人的权利，资本的专制，等等。那遭受了他一夜殴打的可怜的妻子，现在变得更加温柔，正无比崇敬地看着自己的丈夫，并且不止一个人这样望着亚瑟。

"这可是亚瑟啊，如果他愿意这样的话！"

威伯太太叹了口气低声说。然后，女人们让亚瑟唱歌……他唱起了德·蓓兰杰先生的《燕子歌》……噢！这满是喉音的歌声啊！它带着虚伪的哭腔和工人傻傻的伤感……在用柏油纸搭起来的发霉的阳台屋檐下，透过晾晒着破烂衣物的绳子，能够看到蓝天的一角；这一群以自己的方法期盼理想的穷鬼无赖，正转动着沾湿了泪水的双眼。

即使如此，可是这一切并不能影响亚瑟下个星期六继续喝光他的工资，殴打妻子；而在这些破旧的小屋之中，还生活着一群小亚瑟，他们等待的只是长到父亲那么大，来喝光他们自己的工资、殴打他们自己的妻子……

但是这些人却妄想拥有世界！……啊！顽疾！就像我在小巷里的邻居们所说的一样。

最后一本书

"他已经去世了！……"有人在楼梯上跟我说。

这几天以来，我总是隐隐有一种预感：这个令人悲伤的消息可能会随时到来。我知道，我随时都有可能会在门前听到这个噩耗；但是，当我真正听到这个噩耗的时候，仍然觉得很震惊。我怀着十分沉痛的心情，嘴唇哆嗦地走进这位作家十分破旧的房子，书房占了他房子的大部分空间，主人的书被摆放在屋子里最明亮、最舒适的地方。

他就静静地躺在那里，躺在那张很矮很矮的铁床上。桌子上堆满了稿纸，死神来得是如此的突然，以至于最上面的那张稿纸只写了一半就中断了，他的羽毛笔还依然插在墨水瓶里。铁床的背后有一个很高的橡木柜子，里面堆满了各种废纸和手稿，柜子的门虚掩着，差不多就要碰到了他的头顶。

周围全都是书，除了书还是书，搁板上、桌子上、椅子上、墙角边的地上，以至于床脚上，到处都是。他坐在书桌前面写作的时候，这种拥挤、凌乱但又井井有条的情形一定是非常好看的：从中我们也可以感受到生命的活力和工作的热情。但是，在死者的房间里，这样的拥挤和凌乱却让人备感凄凉。所有那些可怜的书籍都成堆地倒塌下来，好像早已经准备好要离开，消失在任何一家大型图书馆里，或者是散落在沿河马路边或书摊上等待被出售，任由清风和闲逛的人们乱翻。

我在床边亲吻了一下他，然后站起身来望着他，他那石头般冰凉而又沉重的额头让我震惊。忽然，门开了。一个书店的伙计背着一袋书籍，气喘吁吁而又兴高采烈地走了进来，把书搁在桌子上。那些都是刚刚印刷出来的新书籍。

"这是布神兰书店送过来的。"他大声地说着。

然后，他忽然看到了铁床上躺着的人，于是退后了一步，摘下帽子，静静地走了。

这次布神兰书店送书也太具有讽刺意味了：病人一直焦急地等待着，但新书却迟到了一个月，等寄到的时候他却早已经不在人世间了……可怜的朋友啊！这是他写的最后一本书，也是他寄予了最大希望的一本。即使他的双手早已经因高烧而不断地颤抖，但他在用这双手校稿时依旧是那么的仔细！他是多么迫切地希望能拿到第一本样书啊！

在那最后的日子里，他已经没有办法说话了，可他的眼睛却仍旧一直盯着房门；如果印刷厂的工人、监工、装订工，所有那些为这个人的书籍而被雇用的人，能看到他那焦急而期盼的眼神，他们的双手就一定会加速工作，文字就会更快一些排成版面，版面就会更快一些装订成册，以保证书能够按时地送达，让临终的他在新书的墨香和整洁的文字中，心满意足地找回那份在他身上逐渐暗淡的思想。

对于作家来说，就算在他生命力最为脆弱的时候，出版新书也是他们永不厌倦的幸福。翻开自己作品的第一本样书，看到那些犹如浮雕般固定成了铅字，而不再是混乱蠕动的大脑中模糊而不清楚的东西时，这是多么舒心的一种感觉！这样的感觉会让年轻的您头晕目眩：书中的文字闪耀着、舒展着，变成绿色、黄色，就好像阳光洒满了整个脑袋。

马上，在这发明家的快乐之中渗入了一丝哀愁，一种没把想要说的话全都说出来的遗憾。作家心中的作品永远要比写出来的更美妙。在这从大脑到双手的旅途之中，会丢失多少美妙的东西啊！向梦境深处望去，书的精髓就如同那地中海里美丽的水母，如同漂浮的色调掠过海面；而一旦到达沙滩上，它就只不过是几滴水，几滴很快就可能被风吹干的五色的水珠。

可惜！这个可怜的人没能够从他最后的作品中得到任何东西：没有得到那种快乐，也没有得到那种幻灭。看着他那沉重而没有一丝生机的脑袋睡在枕头上，旁边堆着崭新的书籍，这情形真让人难受！

那本书将会被放到商场的橱窗里，混合在街头的喧闹和白天的生机里面，人们机械地读着书的标题，把它和作者的名字一起带入记忆、带入眼帘的深处；作者的姓名将会留在市政府的死亡名单上，可它却那么欢快、那么明丽地印在浅色的封面上。灵魂与肉体之间的矛盾好像在这里得到了充分的展现：这具僵硬的躯体即将被人们遗忘，而这本书也将与躯体剥离，就像一个看得见的、活生生的、也许是不朽的灵魂……

"他答应过给我一本样书的……"一个哽咽的声音在我身边轻轻地说道。我转过身，看见了一双金丝眼镜在后面四处搜寻，炯炯有神的眼睛，这双眼睛我认识，您也知道，甚至所有的作家朋友们都知道。他是一位藏书爱好者，一旦您的著作宣布出版，他就会按响您家的门铃，虽然两声短促的铃声很胆怯，但却特别地坚决，就如同他这个人一样。他笑嘻嘻地走进门，谦恭地围着您转来转去，称您为"亲爱的大师"，直到拿到您最近的新书才会离去。而且他就只要最近出版的新书！其他的他全都有，就缺这一本。您能有什么办法来拒绝他？他来得是如此的恰到好处：您正沉浸在我刚才所说过的那些快乐之中，沉浸在忘乎所以的赠书、题词之中，他恰恰在这个时候找到您，让您没有办法拒绝。

啊！这个可怕的家伙！不管是生硬的面孔、闭门羹，或者是刮风下雨、路途遥远，什么都不能让他退缩。早晨，在蓬普街人们还看见他轻敲帕西老人的小门；晚上，他又从马尔利回来，胳膊下夹着萨尔都的最新剧本。就是这样，他每天跑来跑去地搜寻着新书，虽然不做其他任何事，但这却让他的生活变得充实，而且他还一分钱不花地充实了他的书架。他对书籍的狂热绝对是强烈至极，所以这才会来到死者的床前。

"嗨！拿去吧，你要的样书。"我很不耐烦地对他说道。

他不是拿，甚至可以说是贪婪地吞下去的。他深深地把书装进衣袋之后，仍旧纹丝不动地站在那里，一句话也不说，脑袋耷拉在肩上，感动地擦着眼镜。他在等什么？他为什么要留下来不走？或许是羞耻让他不好意思立刻就走，似乎他来就是为了要一本书似的？

根本不是！

他看到桌子上打开一半的包装纸里装着一些供藏书爱好者收藏的书，书芯的切口很厚，书沿还没有裁齐，留着宽大的白边、花饰和尾花；虽然他表面上装出一副正在思考的模样，但是他的目光和心思全部都在那些书上……他贪婪地盯着它们，可恶的家伙！

可这恰好是观察者的癖好！我任由自己从悲痛的心情中分出神来，透过盈眶的热泪，注视着这出正上演在死者床前的伤心喜剧。慢慢地，藏书者神不知鬼不觉地靠近桌子。他的手仿佛在无意中放到了一本书上；他将它翻转过来，打开，摸了摸纸张。他的眼睛逐渐发亮，血液也涌上了脸。书的魔力在他身上起作用了。终于，他忍不住了，于是就拿了一本："这是给德·圣伯夫先生的。"他小声对我说。

他头脑有些慌乱，心神不安，又担心别人把书要回去，或许还为了让我相信书的确是要送给德·圣伯夫先生的，他带着一种难以形容的庄重和严肃的表情，补充道："就是法兰西学院的那位！……"

话音刚刚落下，他就不见了。

三次警告

"要是梯也尔老爹认为他刚才给予我们的教训能起到什么作用的话，那他也就太不了解巴黎人民了，这就跟我的名字叫贝里赛尔，现在手里拿着一把刨子一样真真切切。您看，先生，我们被他们成批地枪杀、驱逐、流放，我们在萨托里兵营被审判之后再度被流放到卡延岛，我们被满满地塞进沙丁鱼桶般的船底，然而这一切都没有用，巴黎人天生就喜欢闹事，无论什么东西都无法改变他们这种爱好！他们的血液里流动着叛逆的性格。您还能做什么呢？让我们觉得有趣的不只是政治，还有政治带来的生活方式：工厂关闭、集会、闲逛，此外还有其他很多连我也说不清楚的事情。

"要懂得这些，就一定要像我一样，出生于奥利翁街的一个木匠作坊里，从八岁到十五岁一直在那里当学徒，坐在装满刨花的手推车里看遍整个市郊。啊！当然啦！应该说，在那些年里，我得到的酬劳就是革命。小时候的我，还没有一只靴子高，但是只要巴黎有任何的动静，您一定能在造反的人群中看到我那矮小的身影。差不多每次闹事，我都能够事先得到消息。当我看到工人们手拉着手前往市郊、把人行道塞得满满的，女人们站在门口一边说话一边手舞足蹈，大批的人从禁止通行的栅栏上下来时，我就一边推着我的刨花，一边在心里说：'好家伙！又要出什么事了……'

"事实上，这种事情从来就没有少过。晚上回家的时候，我经常看到小店里面挤满了人；父亲的那些朋友们围着工作台谈论着政治，几个邻居还送了报纸给他；那个时候不像现在，没有一文钱就能买得到的报纸。如果想看报，得好几个同楼的人凑钱订一份才可以，然后再一层楼一层楼地相互传阅……无论发生什么事，而贝里赛尔老伯总不会停下手中的活儿，他一边生气地推着木刨，一边听着新闻；我记得那些天，每到坐下来吃饭的时候，妈妈总是对我们说：'安静点，孩子们……由于政治上的一些事情，你们的爸爸现在不高兴。'

"我嘛，您想，我对那些该死的事情当然也知道的不多。可是，有些词儿一听多了，也就慢慢地记住了，比如，'吉咋这个浑蛋，他去根特了！'

"我不知道这个吉咋到底是谁，也不知道去根特指的是什么意思；可这没有关系！我只用模仿别人的样子说：'吉咋这个浑蛋……吉咋这个浑蛋……'

"我非常高兴地把这个可怜的吉咋称作浑蛋，我甚至在脑子里把他和城里的一个流氓警察相提并论，那家伙经常站在奥利翁街的拐弯处，一看见我装满刨花的车子就来找我茬儿……

"社区里没有人不讨厌这个浑蛋的！就连狗和孩子们都远离他；只有酒店的老板为了戏弄他，才经常从虚掩的店门里递给他一杯葡萄酒喝。那流氓警察装作若无其事地走到门口，左顾右盼一会儿，确定没有长官在旁边之后，便快速接过酒杯，一饮而尽……我从来没有像他那样身手敏捷地喝完一杯酒。最恶毒的做法，就是当他仰头举杯饮酒的那会儿，跑到他的身后大喊一声：'小心，警察！……长官来了。'

"巴黎的人民就是这样，因为警察动辄就处罚人。大家已经习惯了讨厌这些可恶的浑蛋们，并把他们当作恶狗。部长们干了一些傻事，总是让警察们付出代价；然而一旦发生革命，部长们都逃到凡尔赛去，被扔进水沟的却又是警察……

"我还是继续我的话题吧：只要巴黎有什么动静，我总是第一批知道消息的人。在那些天，街区所有的孩子们都会约好一起去市郊。有人高声喊道：'去蒙马特高地……不！……去圣德尼门。'

"人们便朝那里跑去，没过一会儿他们便生气地折回来，因为没能过得去。女人们跑着去面包店。那些平常进出马车的大门都被关得紧紧的。这一切使我们热血沸腾。我们唱着歌，一路上冲撞着那些街头小贩，吓得他们像大风来临的日子那样，急急忙忙地收摊。有时，当我们来到运河边时，闸桥已经被拉起来了。货车、出租马车都停在那里。车夫们咒骂着，乘客们则很是着急。步行天桥全是阶梯，把市郊和寺庙街隔开；我们奔跑着翻过天桥，来到大街上。

"大街最有意思的时候，就是在封斋节前的星期二和暴动的那些日子。那时候差不多没有马车；人们可以随便在宽阔的马路上行走。这些街区的小店主们见到我们从那里经过，就知道有什么事情要发生了，于是赶紧把店门关上。只听见噼里啪啦一阵上门板的声响。不过，店铺的门关好之后，那些人便站到了门前的人行道上，因为巴黎人民的好奇心永远比任何东西都要重要。

"最后，我们见到黑压压的一群人挤在了一起。就是这样！……只是想要看清楚，就得挤到第一排去；说实话，为了这个我们还挨了不少巴掌！……可是，我们推呀、挤呀，还在人群中间钻来钻去，终于来到了前排……我们占到了一个很好的位置，在全部人的前面；这时，我们便长吁一口气，觉得特别自豪。实际上，将要发生的场面也值得我们这样去做。

"您看，不论是波卡日还是姆兰格，谁都没有让我为之如此的心跳过！我看见在大街尽头的空地上，警察局局长戴着绶带，向我们这边走来……其他人喊道：'警察局局长！警察局局长！'

"我没有一起喊。不知道为什么，我既高兴又害怕，紧咬着牙关；我心里在想：'警察局局长在这儿……等一会儿就要小心警棍……'

"其实我担心的还不仅仅是警棍，而是这个恶鬼般的家伙，他穿着黑色的警服，外面披着一条绶带，戴着一顶巨大的圆帽，看上去似乎是在巡视军营一样，这给我留下非常深刻的印象！……在一阵鼓声响过之后，警察局局长开始含糊不清地讲起什么来。因为他离我们很远，所以街上虽然是一片寂静，可他的声音听起来还是那样的模糊，我们只听见：'嗯……嗯……嗯……'

"可是，我们和他一样了解有关集会的法律规定。我们都知道，在遭受警棍的殴打之前，我们有享受三次警告的权利。所以，在第一次警告之后，没有任何人动。大家都非常安静地站在那里，双手插在裤袋里……在第二次警告时，大家的脸色开始变青，环顾四周，决定该从哪边逃跑……第三次警告一响，人们哗的一声散开，如同山鹬起飞一般；号叫声、呜咽声此起彼伏，围裙、帽子漫天飞舞，警棍在人群后面开始打来。不会有哪一出戏会让您觉得如此激动，真的。经历过的人足以把这场面向别人讲整整一个星期，并且可以自豪地说：'我听见了第三次警告！……'

"可以说，玩这个游戏，有时也是要受一些皮肉之苦的。您想，那一天，在圣厄斯塔斯教堂的尖端处，我不知道警察局局长是怎么数数的；第二次警告刚刚发出，警察就挥舞着警棍出动了。您知道，我不会在那里傻傻地等他们过来。但是无论我怎么拉长自己的腿跑都没用，一个身材巨大的警察紧紧地追着我，越来越靠近我，越来越近，我有好几次都能感受到警棍夹着风在我身后划过，最后终于被当头击中。我的天哪，多么严重的一击啊！我的眼前从没冒过如此多的金星……我的脸被打破了，我被大家抬回了家，您可能以为这下我要改邪归正了……啊！是的，在可怜的贝里赛尔大妈给我擦药时，我不停地在喊：'这真不是我的错……是那个可恶的警察局局长骗人……他只发出了两次警告！'"

法兰西仙女

这是一个虚构的故事。

"被告，请站起来。"庭长说。

女纵火犯的长凳上一阵骚动，一个浑身颤抖、奇丑无比的家伙走上前来，在法庭的栏杆上靠住。上面满是破洞和补丁的衣衫，系着绳子，装饰着旧花和羽冠；衣衫下是一张憔悴、干瘪、棕褐色的脸，皮肤皲裂，布满皱纹，在皱纹中间一双狡猾的小黑眼睛转来转去，宛如在旧墙缝里藏着的一条蜥蜴。

"被告，你叫什么名字？"庭长问他。

"梅罗西内。"

"叫什么？……"

她极其严肃地重复说道："梅罗西内。"

庭长的一丝微笑从那龙骑兵上校般浓重的胡须下露了出来，他眉头也不皱地继续问：

"你多大了？"

"忘了。"

"你是干什么的？"

"我是仙女！……"

话音未落，整个旁听席、陪审团，还有政府特派员本人都哄然大笑起来；可是这个妇人一点都不慌乱，大厅里游荡着她那嘹亮、颤抖的声音，梦呓一般。

她接着说："啊！法兰西仙女，仁慈的先生们，她们在哪里呀！她们全都死了。我是最后一个，只剩下我了……其实这很遗憾，因为之前有仙女的时候，法国比如今美丽得多。我们是这个国家的诗歌、信仰、青春与纯真。无论是荆棘丛生的公园深处、潺潺泉水的石头上面，还是旧城堡的角塔里、池塘的薄雾中，抑或是沼泽密布的大荒原上，只要是我们所到之处，难以言说的神奇和伟大都会因为我们的降临而被赐予。在神奇传说的指引下，人们看见我们拖着长裙，在月光里到处飞翔，或在草地上踮着脚奔跑。农民们热爱我们，向我们致敬。

"在人们纯洁的想象中，我们头戴珍珠花环，手握魔杖或魔杆，在让人们感到崇敬之外，不免有一丝畏惧。因而，我们的泉水是永远清澈的，铧犁停在我们守护的小路上。我们是世界上最老的女人，古老的东西因为我们而被人们尊敬，正因如此，从法国的这一边到那一边，人们都听任石头自由坍塌、森林随意成长。南部的大草原就像是一幅画，而且那画是活的，远处，一望无际的绿色地毯上，有很多黄色的小野花，草长得也很茂盛，到处都是绿色，给人极舒服的感觉。小草、花儿随着风开始翩翩起舞，天空是白蓝色的，像被清洗过一样。蓝的天，绿的地延伸开来，在远处交接成一条线。

"可是，时代在前进，铁路出现了。人们填平池塘，开凿隧道，砍伐了那么多森林，以至于不久以后，我们再也不知道该身藏何处。农民们越来越不相信我们。夜晚，当我们敲打罗宾汉们的窗户时，他们说：'那是风'，然后又睡着了。以前，女人们常来我们的池塘里洗衣服，但是现在她们再也不来了。我们生存所依靠的只是人民的信仰，没有了信仰，我们就失去了所有。我们的魔杖失去了法力；以前我们是无所不能的女王，现在却沦为满脸皱纹、凶神恶煞的老妇人，就像被人遗忘的仙女；除此之外，我们还要养活自己，但是我们的双手却什么都不会做。有时，我们被人们发现在公路边捡落穗或者在森林里捡枯枝。可是护林人对我们却极其刻薄，农民们则向我们扔石头。于是，我们只能和那些在家乡无法挣钱糊口的穷人一样，来到大城市找工作、求活路。

"有的仙女进了纺织厂，有的则在教堂门前卖念珠，或在冬天的桥头卖苹果。我们推着装满橙子的大车，向路人递去一文钱一束的鲜花，可是没人理睬，儿童们讥笑我们颤动的下巴，我们被警察追得四处逃窜，公共马车把我们撞倒在地。另外还有疾病、贫穷、头上蒙着的救济院的被单……就是这样，法国让她的仙女们全部死去。它也因此受到了惩罚！

"是的，是的，笑吧，正直的人们。现在，我们刚开始看到没有仙女的国家是什么样子。我们看到了那些满脸谄笑、酒足饭饱的农民，他们给普鲁士人打开粮仓、指引道路。就是这样！罗宾汉不再相信巫术，可是他们对国家的信任也并没有多到哪里去……啊！如果我们在的话，那些所有入侵法国的德国人不会有一个活着回去。他们将被我们的磷火、恶龙会引向泥淖。我们会把魔水掺在以我们名字命名的清泉中，让他们喝了以后变成疯子。当我们在月光下聚集时，只需一个神奇的字眼，公路和河流就会混淆，他们经常被埋伏的树林中的荆棘和灌木弄得乱七八糟，永远分不清德·莫尔科特的小猫眼睛。

"有了我们，农民肯定会信任国家。我们能把蜘蛛的游丝织成纱布，把池塘里的花朵变成疗伤的药膏；在战场上，临死的士兵会看到故乡的仙女俯身站在他半闭的眼前，为他指引公路上的一个弯道、树林中的一个角落，或是让他能想起故乡的东西。这才称得上是全民的战争，神圣的战争。然而可惜的是，这样的战争是不会发生在一个没有信仰、失去仙女的国家的。"

说到这里，柔弱尖细的声音停顿了一会儿。庭长说话了：

"你的话解释不了为什么当士兵逮捕你时，你携带着火油。"

"我在焚烧巴黎，先生，"老妇人十分镇静地回答，"我之所以要这样做，是因为它嘲弄一切，是杀死我们的罪魁。是它派来了祸首这个专家，分析我们神奇而美丽的泉水，准确地表明里面所含的铁和硫的成分。在它的剧院里讥讽我们，我们的魔法成了骗人的手段和粗俗的把戏，在我们展翅飞翔的战车里、玫瑰色的衣裙下、焰火般光彩夺目的月光中人们发现藏着这么多卑鄙的面孔，以至于一想到我们就要发笑。我们的名字被有些儿童知道，他们又喜欢我们，又有点怕我们。但是，巴黎不允许他们在那些漂亮的带有插图的镀金图书中读关于我们的故事，只让他们去学习科学，烦恼像浓郁的灰尘从厚重的书中升起，抹去了孩子们眼中的魔幻城堡和神奇镜子……

"噢！是的，我确实很高兴看到你们的巴黎火光冲天……是我给放火姑娘们的盒子里灌满了火油，并亲自带她们到了放火的地点：'去吧，姑娘们，把全部的东西都烧光，烧光，烧光！……'"

"毋庸置疑，这老太婆疯了，"庭长说，"把她带走。"

三十万法郎

　　您以前有过这样的经历吗？出门时步伐轻盈，心情很愉快，但是一旦在巴黎转了两个钟头之后，回家时却情绪低落，因为由于某些莫名的忧愁或奇怪的不适而沮丧万分？您心里思量："我这是怎么了？……"您茫然地寻找着原因，可是却找不到任何答案。一路上什么都好好的，人行道是干的，太阳也是暖洋洋的；可是您的心里却有一种痛苦的忧虑，好像是感受到某些忧伤后留下的痕迹。那是因为在这偌大的巴黎，人们表面上感觉自己不被监视，自由自在，事实上每走一步路，都会碰见一些令人伤心的意外事件；就像下雨天里的马车，经过时溅起你一身泥，给你留下污痕。

　　我要说的不光是这些人们知道的、感兴趣的倒霉事件；也不仅仅是朋友们的那份哀伤，因为这哀伤从某种程度上将也是我们自己的，它的突然出现就如同是一种内疚，让我们深深感到揪心；更不是那种与己无关的忧愁，这种忧愁您听起来不以为然，但它却在浑然不知中让您难过。我要说的是那种全然陌生的痛苦，人们只是在匆忙经过它身边时的那一刹那，在来往穿梭的脚步里，在熙熙攘攘的大街上，才能隐约发现它。

　　这种痛苦，是被来往的马车搅得断断续续的对话片断，是自言自语、大声说出的模糊而盲目的牵挂，是疲累的肩膀、疯狂的举动、火热的双眼，是老泪纵横的苍白的脸，和黑纱遮盖不住的新丧。此外，它们还像那些白驹过隙的尘埃，那样无足轻重！就像一条被洗刷得无比破旧的衣领，寻找着默默无语的角落；一架发不出音符的八音琴，在门廊里徒劳转动；一条驼背颈上的丝绒围巾，端正而残忍地系在他一高一低的肩膀中间……

这一切陌生而不幸的幻觉一闪而过，你一边走就会一边忘记那些，然而，你已经感觉到了它们的忧郁和您擦肩而过时带来的那种烦恼；在一天即将结束的时候，您觉得您身上所有的激情和痛苦都在蠢蠢欲动，因为在不知不觉中您已经把那条无形的线挂在了一个街角、一扇门前，这条线串联着那些全部的不幸，并将它们一起摆动起来。

这是我在一天早晨想到的——因为巴黎常常在早晨显示出它的悲惨——我看见走在我前面的一个可怜家伙，他身材矮小，穿着一件很窄很短的大衣，这使他走路的步伐显得很大，也使他的全部动作显得十分的夸张。他佝偻着身躯，就像一棵被狂风刮弯的树。他走得很快，时不时地把手伸进裤子后袋，掰下一小块面包，悄悄地塞进嘴里，就好像在街上吃东西是一种耻辱。

当我看到清晨坐在人行道上的泥水匠们，大口大口地吃着新鲜的圆面包时，我就会特别有胃口。那些小职员们也令我十分的羡慕，他们从面包店跑回办公室，把水笔夹在耳朵上，嘴巴塞得满满的，为这露天的早餐而高兴不已。可是，这个真正饥饿的人却让我感到饥饿的羞耻，看到这个不幸的家伙只敢在裤袋里把面包掰碎，小口小口地吃，真叫人可怜。

我跟在他后面走了一会儿。突然——就像经常发生在那些狼狈窘迫的人身上那样——他猛然改变了方向，转过身来，和我打了个照面。"啊呀！是你呀……"机缘巧合，我认识他。他是那种巴黎街头无以计数的大忙人、发明家、荒唐报纸的创办人。曾经，吹捧他的文章和有关他的报道很多，可是最近三个月，他亏了很多钱，便杳无音信了。他萎靡不振的新闻热热闹闹地传了几天之后，一切就如同水面一样恢复了平静，人们不再谈论他。

他看到我，显得有点慌乱；为了敷衍我的提问，或许也是为了转移我的注意力，不让我看到他那廉价的面包和肮脏的衣服，他装出很开心的语气，像放连珠炮似的和我聊起天来……他说他的生意很好，特别好……前一段时间只是暂停了一会儿。他现在正在做一笔大买卖……一份大型的工业画报……会赚很多钱，已签了一个大的广告合同！……说着，他的面部表情生动了起来，腰也挺直了些。慢慢地，他操起了保护者的腔调，仿佛他已经坐在总编的办公室里，甚至还在向我约稿："你知道，"他自豪地补充道，"这真是一笔包赚的生意……杰勒尔坦保证给我三十万法郎作为启动资金！"

杰勒尔坦！

这个名字总是被挂在那些做白日梦的家伙嘴边。每当别人在我面前谈起这个名字，我就好像看到崭新的街区、建造中的楼房，以及新印刷完毕的报纸，股东和董事的名单印在报纸上。

无数次，我听见别人在探讨天方夜谭般的计划时说："这得找杰勒尔坦说说！……"

这个可怜的家伙也一样，居然也想找杰勒尔坦讨论这件事。他一定一夜未眠，忙着做计划、算账；然后，他出了家门，行走时，心情是那么激动，这笔生意是多么美好，以至于当我们相见的时候，他认为杰勒尔坦不会拒绝他的要求。所以，这个可怜的家伙在说别人应允给他三十万法郎时，他并没有在骗人，只是依旧在做着他的白日梦而已。

在他同我说话的同时，我们不断地被行人撞到，被挤到墙角。我们站在一条繁华大街的人行道上，这条大街从银行通向证券交易所，街上都是行色匆匆、心不在焉、满脑子都想着生意和赚钱的人群：小店的老板们焦急地跑去提款，长相平庸的交易所小职员边走边报着数字。在这穿梭不停的人群中，在这投机者们狂热而迫不及待碰运气的街区里，听到有人谈起这些前景美好的计划，我如同在茫茫大海上听见一段关于海难的故事，顿时感到不寒而栗。

　　我曾经在其他人的脸上，真实地看见过眼前这个人对我所说的一切，还包括他的灾难；我也曾经在其他迷失的眼睛里，看见过他光芒四射的希望。他和我交谈了几句之后，便突然消失了，义无反顾地投入那充满疯狂、梦想和谎言的旋涡，而他们那帮人把这旋涡美其名曰"生意"。

　　五分钟后，我已经把他忘记了。但是，晚上到了家，当我在拍打街头尘土并排遣白天一切忧郁的时候，我眼前又闪现出那张忧虑而苍白的脸、那片一文钱就可以买到的面包，以及用来强调那些大话的手势："有了杰勒尔坦保证要给我的三十万法郎……"

渡船

　　战争开始之前，这里有一座美丽的悬索桥，桥下是两座高高的白石桥墩，悬索被涂上了沥青，在塞纳河的两边悠悠下垂，天空的景色将过往的船只和圆顶的山峰映衬得十分美丽。每天，塞纳号轮船都会喷出滚滚的浓烟，从桥中央的大桥拱下来回穿两次，而且还不用放低它的烟囱管；河的两边，隐藏着洗衣妇用的矮脚凳和捣衣杵，还有系在绳索环上的小渔船。草地就如一大块绿色的帷幔，伴随着清凉的河水跳着欢快的舞蹈；草地间有一条种有杨树的小道，一直通往大桥。风景真是美丽，就好像是在图画中看到的那样……

　　但是，现在，所有的一切都改变了。杨树仍旧挺拔，小道的尽头却空空如也了。桥没有了，两座桥墩被炸碎了，只剩下那些大大小小的石头散落在周围。收取过桥费的白色小屋被震塌了一半，看起来既像崭新的废墟，又像街垒或者被拆毁的建筑。

　　大桥的铁丝和悬索悲哀地泡在河水之中；坍塌的桥面陷入河中央的泥沙里，就像是一艘沉没的巨轮，上面插着一面红旗，红旗飘动着来引起水手们的警惕。从塞纳河上游漂来的杂草、霉木板等杂物在这里旋转，筑起了一道水坝，使河水充斥着旋涡和逆流。这片景色如同被撕裂开来，张着口子，让人有一种大难临头的感觉。

　　通往大桥的小道变得明亮了，这使得地平线越来越遥远。所有这些茂盛而漂亮的杨树，如今连树梢都被毛虫啃得干干净净——树木也有遭受残害的时候——它们张着细瘦的枝条，枝条上没有叶芽，树叶也被啃得千疮百孔。宽大的林荫道没有人经过，只有偌大的白蝴蝶漫无目的地乱飞，像是有什么心事似的……

在桥被修复之前，人们在不远处摆了一条渡船；与其说是渡船，不如说就是那种非常宽大的木筏，可以运载好多马车，拖犁的耕马和瞪圆眼睛默默地看着滚滚河水的奶牛。牲口和套车停在渡船的中间；乘客坐在两边，主要是去镇上上学的孩子、农民还有来这里度假的巴黎人。绸带和纱巾在系马绳边上飘舞。渡船就如同一艘遇难的木筏，在河水中缓慢地前行。过一次塞纳河要花如此长时间，好像它比以前更加宽阔了。在大桥坍塌的废墟后面，塞纳河在形同陌路的河岸之间流淌，地平线变得更加漫长，看上去庄严而又凄凉。

这天，我一大早就来到渡口，准备过河。河滩上还没有任何人。艄公的小屋——放在潮湿泥沙上的一节旧火车厢——还关着门，门上流着雾水，屋里还传出孩子们的咳嗽声。

"喂，艄公！"

艄公一边走过来，一边说：

"来啦，来啦！"

这是一个年轻的水手，长得很英俊；在刚结束的战争中，他在军队里当过炮兵，回来时落下严重的风湿病以至于行走困难，腿上还卡着一块弹片，脸上留下刀疤。这个刚强的人见到我，微笑着说：

"先生，今天早上我们不会很拥挤的。"

的确不错，渡船上只有我一个人；可是，当艄公正要解开缆绳时，又上来了一些人。第一个是一个眼睛明亮身体肥胖臃肿的农妇，胳膊上挎着两只篮子，准备去科尔贝伊赶集；她那山野村姑似的身体因为那两只篮子而得以平衡，走起路来又直又稳。在她后面，透过晨雾，隐约可以看到崎岖的小道上，来了另外几个乘客，还可以听到他们的谈话。那是一个女人的声音，声泪俱下，非常可怜：

"噢！斯阿斯尼奥先生，我求求您了，别逼我们了……您知道他现在正在努力挣钱……多给他一点时间还钱吧……他求您的也就是这个了。"

"不能再给了……我已经给他太多的时间了，"一位牙齿不全的老农民凶狠地对她说，"现在，就把这件事情交给执法官来判决吧。他觉得该怎么办就怎么办吧……喂！艄公。"

"是斯阿斯尼奥那个无耻之徒。"艄公边低声对我说，边答应着，"来啦！来啦!"

这时，我注意到河滩上走来了一个高个子老头，头上傻模傻样地戴着一顶崭新的丝质高礼帽，穿着一件粗呢礼服。这个农民的皮肤黝黑又干裂，双手关节凸出，由于长期使用铲锹变了形，身上的绅士礼服使他看起来更加黝黑。他长着巨大的鹰钩鼻，犹如印第安强盗，嘴巴紧闭，执拗的前额皱纹里藏满了狡黠；这副相貌看上去极其残忍，和斯阿斯尼奥这个名字十分般配。

"好了，艄公，快开船吧。"他跳上渡船，同时用恼怒得有些发颤的声音说。

艄公开划渡船的时候，农妇走近斯阿斯尼奥："斯阿斯尼奥老爹？您在生谁的气呀?"

"啊！是你呀，拉布朗什？甭说了……我真气死了……是马奇利耶那一家子无赖！"说着用手指着一个孱弱的身影，那身影正一面哭泣，一面沿着凹凸不平的小路向前走。

"那家人，他们做了什么事情让您那么生气?"

"让我生气的事情是，他们欠了我四个季度的租金，还有所有葡萄酒的钱，我却连一个子儿都收不到！……因此我现在要去找执法官，我要把这些无赖全都轰出门。"

"马奇利耶可是个纯朴的人哪。他没还您的钱，也许错并不在他……在这场战争中破产的人真是太多了。"

老农民火冒三丈：

"他就是个傻瓜！……他满可以靠普鲁士人赚钱的，是他自己不乐意……普鲁士人来的那天，他关闭了小酒馆，还拆除了它的招牌……其他酒馆战争期间生意好得不得了，可他连一分钱都没赚到……情况更糟糕的是，他太傲慢了，他被普鲁士人抓进了监狱……因此我告诉你，他是个笨蛋……所有那些事情跟他又有什么联系？难道他是军人吗？他只要像平常那样卖他的烈酒和葡萄酒就行了，那样的话现在他就能还我的钱……这个蠢货，好吧！让我来教你怎样做一个爱国者！"

他气不打一处来，因为愤怒满脸通红，即使他身着肥大的礼服，但愚笨的动作还是显示出他是一个穿惯短工作服的农村人。

听他说话的时候，农妇原先对马奇利耶一家充满同情的明亮双眼慢慢地干涩起来，居然还流露出一丝轻蔑。她也一样，是个农民，这些人基本是瞧不起有钱不赚的人的。她先是说："这对他的女人来说太悲哀了。"过了一小段时间又说："那倒是的……赚钱的机会来了就不应该放走它……"最后，她的结论是："老爹，您说得对，欠债就要还钱。"

斯阿斯尼奥则恶狠狠地重复着："真是个蠢货！真是个蠢货！"艄公一边撑渡船长篙，一边听着他们的对话，他忍不住也掺和了进来："待人不要这么绝情，斯阿斯尼奥老爹……去找执法官对您也没有什么好处。您要是把这些可怜的人轰走了，能得到什么回报吗？您要是有办法，就再等段时间吧。"

老头似乎被咬了一口，猛然转过身来：

"我同意你说话了吗？你这个蠢货！你也是那些爱国者当中的一个……难道不是你让家里人变得可怜？五个孩子，家里没有一分钱，就跑去当炮兵混日子，又没有人逼你这样做……您倒是说清楚，先生，这么做对我们有什么益处？比如说他吧，他得到的回报就是脸上破了相，失去了原先不错的工作……看他现在如同一个波西米亚人，住在一点儿也不挡风的破屋里，弄得孩子生病，老婆洗衣服累得连腰都弯了……这样的人，他不就是个笨蛋吗？"

艄公的脸上闪过一丝怒色，在他干枯的脸上，我看见了那道白色的深深的刀疤；不过他还是尽可能地抑制住自己，将满腔的怒火都发泄到长篙上，他把长篙使劲地深深插入河泥之中，直到把它弄弯为止。

他假如再多说一个字，就有可能会失去现在的这份工作：因为斯阿斯尼奥先生在本地有权有势。他是镇议会的议员。

沙漠旅行队驿站

  每当想起第一次来到阿尔及利亚的沙漠旅行队驿站时，我所体会到的那种梦想破灭的感觉，总是会发出一声深深的叹息。

  在"沙漠旅行队驿站"这个醒目的字眼里，汇聚着《一千零一夜》所描述的那种令人头晕目眩的天堂般的东方感觉，它在我的想象中是被营造成了一排排尖形穹窿长廊和种满了棕榈树的摩尔式庭院的形象，庭院里有一条清冽、细小的水流缓慢而温柔地流淌在釉陶方砖上；四周，穿着拖鞋的旅行者躺在凉席上，躲在露台的荫凉处抽烟。

  在烈日当空之下，在沙漠旅行队员们的歇脚之处，升起了一股厚重的麝香味、烤烂的皮革味和玫瑰香精味以及金色烟草味……

  文字总是比事物本身更加具有意境美。我目睹过的沙漠旅行队驿站和想象中的却是截然不同的：现实中大门边的石凳，客店里的冬青树枝条，还有在粮仓和马厩、庭院、货场里不断穿梭的人群，一切都使它更加接近于巴黎地区的旧客栈，那种大路边上的客栈、运货马车的车站，或者是邮政驿站。

  这里并没有我的《一千零一夜》之梦。但是，当刚开始的幻灭过去之后，我立刻就体会到了这座同时具有北非和欧洲风格的旅店的优美和魅力：它是掩藏在阿尔及利亚一百多法里之外广袤无垠的平原里的；平原的尽头，是那犹如波浪紧紧相连的蓝色山峦。那里一面是田原风光的东方乡村，在小河沿岸种着夹竹桃，还有几座白色穹顶的古墓；而另一面是大路，所有的一切都给这里的景色带来欧洲生活的热闹和喧嚣。恰是这东方和西方的完美结合，这现代阿尔及利亚的生花妙笔，才使俞兹夫人的客店变得这么有趣而特别。

我到现在还记得特雷木森的驿车驶进客店大院，来到骆驼中间的场面，所有骆驼都蹲在地上，满驮着鸵鸟蛋和呢大衣。几个黑人在货棚下面做古斯饭，一些移民在为一架犁模拆包，那边几个马其顿人在量麦子用的量斗上玩扑克。同时旅行者们走下驿车，客店的伙计帮他们换马；院子里挤满了人。

两名警察站在厨房前，喝着酒，脚不离地，好像是身披红色披风的蓝宝石在给客店的姑娘们展示骑术；一个角落里，有个头戴鸭舌帽、穿着蓝色长筒袜的阿尔及利亚犹太人一面枕着羊毛包裹睡觉，一面等候集市的开张，在这里客店的墙脚下每星期都会举行两次规模宏大的阿拉伯集市。

在那段时间里，每当我早晨推开窗户，首先映入眼帘的总是各式各样的小帐篷和熙熙攘攘、形形色色的人潮，戴着红色小圆帽的卡比尔人就像绽放在田间的虞美人般鲜艳夺目，叫喊声、吵闹声，还有阳光下来往的身影，一直要到晚上才能停息。太阳西下，帐篷就被收了起来；人和马全都安静了，随着阳光变暗，如同一个纷飞的小小世界，被太阳卷进光线里带走了。

光秃秃的高原，恢复了宁静的平原，黄昏的一抹红色从东方掠过天空，就像肥皂泡一样转瞬即逝。在整整十分钟里，一切空间都是玫瑰色的。我始终忘不了，客店的门前有一口老井，在落日余晖的覆盖下，那陈旧的井栏似乎成了玫瑰色的大理石；水井里打上来的是燃烧着的火焰，井绳上则流动着粒粒火珠……

慢慢地，这红宝石般美丽的颜色褪掉了，换上了丁香般忧郁的淡紫色。之后，丁香的淡紫色也铺展开来，越来越暗。随着一阵依稀的簌簌声掠过，一直传到广袤平原的另一头；突然，在寂静和黑暗之中，传出非洲之夜鹤鸟狂乱的嘶鸣声、野蛮的音乐声，还有豺狼鬣狗的吠叫声，远处传来一阵近乎庄严而沉闷的呼啸，庭院工棚下的骆驼和马厩中的马都不寒而栗……

噢！拖着僵硬的身体，从无尽的茫茫黑暗中走出来，走入沙漠旅行队客店的餐厅，在那里找到了欢笑、温暖和光明，得到了鲜艳的桌布带来的幸福奢华，还有那具有法国特色的晶莹水晶器皿，这感受是多么美好啊！在餐厅里热情招待您就餐的，是米卢斯从前的大美人俞兹夫人和她漂亮的女儿俞兹小姐；女儿略显黝黑但却有如花似玉的面庞，两侧带有黑色网眼的阿尔萨斯头巾，使她如同鲁什古特或盖布维莱尔的一朵野玫瑰，一只蝴蝶立在上面一样……

饭后吃甜点时，她母亲为您的杯子里斟满的是她女儿的眼神还有自酿的阿尔萨斯葡萄酒。它是如此金黄，泡沫又如此丰富，完全就像香槟酒一样！不管怎样，沙漠旅行客店的晚餐在南方的营地里一直是大有名气的……在那里，轻骑兵镶着饰带和天蓝色的军服还有肋形胸饰的短上衣紧紧贴着；哪怕夜色已深，客店却仍旧灯火通明。

晚饭之后，人们搬走了餐桌，打开一架在那里静默了二十年的老钢琴，唱起法国歌曲；或者有时，在某一个劳特巴赫的小提琴曲中，某一个系着扁皮袋的少年维特会请求俞兹小姐跳上一曲华尔兹。在军人们略嫌嘈杂的欢快气氛中，在酒杯和服饰带、马刀清脆的碰撞声中，音乐的节奏既忧郁又伤感，两颗随着节拍跳动的心由转动的华尔兹指挥，山盟海誓般爱的誓言被遗忘在舞曲终了的和弦之中。您无法想象能有什么可以比这更具有诱惑力的了。有的时候，客店会在晚上开放，院子里还有马儿在踢蹬前蹄。那是附近的某一个阿迦厌烦了他的三妻六妾，来这里感受一下西方式的生活，听听欧洲人的钢琴，品味法国的葡萄酒。

穆罕默德在他的《古兰经》中警告说："沾一滴酒都会遭到诅咒。"不过戒律总有可以通融之处。每次酒杯斟满后，阿迦在饮用之前总要用指尖沾一滴酒，神色着急地摇一摇，之后把这滴该诅咒的酒逐走，紧接着，他就可以心安理得地将剩下的酒喝个痛快。当这位阿拉伯人被灯光和音乐弄得头晕目眩之后，便枕着自己的呢披风倒在地上，露出洁白的牙齿，无声地笑着，好像火一样热情的眼睛凝视旋转着跳华尔兹的人。

……可惜啊！那些陪俞兹小姐跳华尔兹的舞伴们如今都在哪里呢？英俊细腰和穿着天蓝色制服的轻骑兵又都在哪里呢？他们去了格拉夫洛特的驴食草丛中，去了维桑堡的啤酒花田里……

从此以后没有任何人再到俞兹夫人的客店享受自酿的阿尔萨斯葡萄酒了。因为那两个女人都死了，为了保卫将要遭到焚毁的客店，她们操着步枪，与阿拉伯人战斗。以前那么热闹的客店，而今却只剩下几堵烧焦的断壁残垣——那是客店的遗骸。院子里几只鬣狗在东一头西一头地乱窜着。一小部分残余的马厩，一个在火灾中幸免的货棚孤零零的，就像是生命的显示。

这风，两年来一直陪伴可怜的法兰西的不幸之风，从莱茵河畔一直吹到拉古阿，从萨尔河一直来到撒哈拉，它呜咽着吹过这些废墟，凄冷地敲打着房子的大门。

前哨见闻

大家在下面看到的文字，是我在前线与后方往返奔波之余，每天抽空写下来的。

这是我笔记中的一页，趁着大家对巴黎之围的记忆还没消失的时候，我把它挑了出来。这些文字断断续续、简单潦草、干涩生硬、令人困乏，并且零碎得就像炮弹的弹片。但是我现在决定把它原封不动地呈现给大家，不加任何修改，甚至也不再阅读一遍。由于我太担心自己会哗众取宠、肆意编造，反而把一切都搞糟了。

克尔内夫 十二月的一个早晨

那由于寒冷而冻得发白的石灰质平原，不仅坎坷而且喧闹。泥浆在公路上结了冰，开赴前线的部队和炮兵混杂在一起，乱糟糟地行进着，场面一片混乱。马上就要开始战斗了，他们背着步枪，双手放在盖布下面，那景象就好比是藏在手笼里一样低着头跟跟跄跄地走着。士兵们打着哆嗦，时不时有人高喊："停止前进……"

辎重车因为震动而颠簸着，战马因受惊而嘶叫着。炮手们在马鞍上挺直身子，焦急地看着前方发生在布尔日那堵巨大白墙后面的一切……

"看到他们了吗？"士兵们跺着脚问道。

接着，继续前进！如潮的人流在微微后退之后，又无声地向前缓慢蠕动着。

银灰色暗淡的太阳刚刚升起来，就照亮了冰冷的天空；在远处的地平线上耸立起来欧蓓威里耶要塞的前哨；要塞司令和他的参谋人员组成了一小队人马，出现在这个背景上面，那就像映在日本贝壳上一样清晰。在离我近一点的地方，有一大群乌鸦站在路边，近看原来这些是士兵们亲爱的战友——野战医院的医护人员。他们都双手交叉着把手放在披风下面，站在那里望着这些炮灰们从眼前飘过，神色悲伤而又谦恭、忠诚。

就在同一天，被遗弃的村庄空空如也，房子的屋顶破裂了，大门敞开着，窗户没有了遮雨披檐，那景象就如同死人的眼睛一样看着你。有时候，在废墟里所有东西都会发出声响，可以听见某一样东西在动，门的嘎吱声，或是脚步声；当你途经那里时，就会有一个步兵出现在门口，眼睛凹陷，带着疑虑的神情——或者他正在到处寻找可以偷吃的食物；又或者他是一个逃兵，想找个地方藏身……

在正午时分，我走进了一座农民的房子。房子里空荡荡的，只剩下四面墙壁，那似乎是被什么人搜刮过的。楼下则是一间大厨房，没有门窗，正对着的是鸡舍；院子另一端有一道郁郁葱葱的绿篱，绿篱后面则是无边无垠的农田。院子的角落里有一条小小的螺旋形石梯。我坐在石阶上，在那里待了很久。这里的阳光和静谧是多么惬意啊！两三只去年夏天幸免于难的苍蝇，在阳光的温暖下恢复了知觉，嗡嗡地叫着，贴着天花板上的格栅上飞着。在壁炉里还有火堆的余烬，前面有一块凝有血迹的石头。这个石头血迹斑斑，置身于这个余烬未冷的角落里，诉说着一个惨烈凄凉的不眠之夜。

马恩河沿岸 十二月三日

从门特里伊门出城。这天天黑压压的，雾霭茫茫、寒风凛冽。

空空荡荡的门特里伊城。一间房子门窗紧闭，一群鹅的嘎嘎叫声从绿篱后面传来。这里的农民没有逃走，而是藏了起来。不远处，有一家还开着的小酒馆。酒馆里面很热，平底锅在嗞嗞作响。三个来自外省的国民别动队士兵几乎吃饭都是趴在上面的。这些可怜的别动队队员一句话也不说，脸颊通红，眼睛浮肿，胳膊支着桌子，一边吃饭，一边睡觉……

从蒙特勒伊走出，穿越萦绕着蓝色的营火烟雾的斡森内森林。杜克罗的部队就驻扎在那里。树木被士兵们砍下来生火取暖。那些可怜的小栲树、山杨树、桦树被连根拔起，金色的细嫩树梢向后搭在路上。这情景真让人感到可悲。

在诺让，依然到处是士兵。炮兵们身穿长大衣；从诺曼底来的国民别动队队员的脸蛋都胖乎乎的，身体滚圆得如同苹果；身材矮小的佐科夫兵身手敏捷，披着大衣；步兵们则弯着背，身体折成两截，耳朵被军帽下的头巾盖着。所有人都群聚闲逛在大街上，在还开着门的两家杂货店门前摩肩接踵。简直就是一座阿尔及利亚小城。

最后来到乡村。漫长而空旷的公路朝着马恩河方向向下延伸。珍珠色的地平线令人沉醉，光秃秃的树木在雾霭中颤抖着。巨大的铁路高架桥在远处耸立着，斜面的拱形桥洞仿佛嘴巴缺了牙齿，感觉阴森森的。在路过勒贝乐镇时，我看到一座小别墅的花园被糟蹋得满目疮痍，洗劫一空的房子如同死一样寂静；栅栏后面，有三朵大大的白菊花侥幸存活下来，竞相怒放。我推开栅栏，走了进去；可那些花儿实在是太艳丽了，我下不了决心去摘下它们。

我穿过田野，来到马恩河畔。临到水边的时候，太阳钻出云层好像洗过了脸一般，铺在河面上，特别迷人。对面是小布利镇，昨夜那里曾经发生过激战，但是现在，在山坡上、葡萄树间，却层层叠叠地屹立着一排排整齐的白色小房子。在河这一边的芦苇丛中有一条小船。

岸上，一小队男人们一边看着对面的山坡，一边说话。他们是被派来这里刺探萨克森人是否回到了小布利镇消息的侦察兵，我们一起渡河。小船划到河中央时，一名坐在船尾的侦察兵小声对我说：

"假如您想要步枪的话，小布利镇的政府里有很多。他们还在那里丢下了一个上校，是一个金发高个子，皮肤白皙得像女人，穿着一双崭新的黄靴子的人。"

死人脚上的那双靴子让他印象最深刻。他总是念叨着："那靴子真漂亮！我的天哪！"

他跟我说话时，眼睛里面透出亮光。

在小布利镇时，一个水兵穿着草底帆布鞋，手里拿着四五支步枪，一下子从一条小巷里蹿了出来，朝我们跑过来：

"小心，停下，那儿有普鲁士人！"

大家蹲下来，躲在一堵矮墙后面侦察起来。

在葡萄园的高处，我们的上方，出现了一个骑兵，身体向前俯在马鞍上，头戴钢盔，手拿马枪。接着越来越多的骑兵出现了，跟在后面的是步兵，他们在葡萄园里散开，匍匐前进。

其中离我们很近的那个在一棵大树后面选定了位置，就再也不动弹了。那是一个敌军的大个子士兵，头上包着一块彩色的头巾，身穿褐色长大衣。如果从我们这个位置开枪，绝对能完美地把他干掉。可这又有什么用呢？侦察兵们明白自己该干什么不该干什么。现在，立刻撤到船上去；船工开始变得不耐烦了。我们重新渡过了马恩河……可是船一靠岸，就听到河对岸几个气喘吁吁的声音在叫我们：

"喂！把船划过来！……"

是我之前碰到的那位爱好靴子的人，他和三四个战友试着一直前进到镇政府，然后急急忙忙地赶了回来。可惜的是，已经没有人能去接他们回来了。船工不见了。"我们不会划船。"侦察兵中士和我一起躲在水边的一个洞里，无奈地回答道。

这时候，那边的几个人火起来了：

"你们倒是快过来呀！快过来呀！"

我们不得不过去。但是这可是一项艰巨的任务。马恩河水深流急，我竭尽气力划着桨，却时时刻刻地觉察到上面的那个萨克森人一动不动地站在树后，从背后盯着我……

在船刚靠岸的时候，一名侦察兵一下就跳了上来，这导致船里灌满了河水。要想把他们全部带回去而不让船沉没是不现实的。于是，最勇敢的一名侦察兵选择留在了岸边，等船再回来。那是一个淳朴的小伙子，是一名义勇军下士，带着的鸭舌帽的前面插着一只装饰小鸟，身穿蓝色军服。我很想返回去接他回来，可是两岸的士兵已经开始相互射击了。他等了一会儿，什么都没喊；后来，他沿着墙根，朝着尚比尼的方向跑去了。我不清楚他后来的情况。

就是这天。不管是于人还是于事，当悲痛混入了滑稽，那么就会制造出一种异常强烈的恐惧或不安的气氛。一张痛苦得夸张的脸难道不比任何东西能更深地打动你吗？你能想象多尼埃笔下的一个小市民面对死亡时候的惊惶失措，或者趴在别人送回来的战死的儿子尸体上号啕大哭的情景吗？

难道这样的场景不让你感到十二万分的揪心吗？那么，马恩河边那些有钱人的别墅，那些青苹果色、鹅黄色、嫩玫瑰色的五彩斑斓又小巧玲珑的木屋，带有锌皮屋顶的中世纪的墙角小塔，摇摆着白色金属球的洛可可风格的花园，仿真砖建造的凉亭，如今这些全都笼罩在战火硝烟之中，风标被炸断了，屋顶被炮弹炸穿了，墙壁成了断垣，到处都是乱草，都是鲜血。看到它们，我就像看到了一张张既悲痛，又无奈的可怕的脸一样。

我走进了一幢房子，想晾干身上的衣服；而这幢房子就是刚才所描绘的那种房子。我上到二楼一间红色和金色相间装饰的小客厅里，主人还没有把墙纸贴好。地上还有好几卷墙纸和许多段镀金的木条；除此之外，没有家具，只有酒瓶的碎片，墙角里还有一张草褥，上面还睡着一个身穿罩衣的男子。所有的这一切都笼罩在一股隐约的蜡烛味、火药味、酒味和发霉的稻草味之中……我坐在一个模样奇怪的壁炉前，用独脚形状的圆桌生火取暖。

有时，我看到这个壁炉，就感觉自己正在地处乡下某个家境宽裕的小市民家里过星期天的下午。主人们是不是正在我身后的客厅里掷骰子、玩跳棋呢？当然不！那是义勇军士兵在给手里的步枪装子弹、射击。零星的枪声，和棋子落在棋盘上的声音没有任何区别……每当这里开一枪，河对岸必定还击。枪声在水面上回响着，不断地在山谷间回荡着。

从客厅的枪眼往外看，可以看到马恩河河岸沐浴在灿烂的阳光之中闪闪发光，普鲁士人就像大猎狗，飞快地跑过葡萄园的支架，逃走了。

蒙鲁日要塞之回忆

在低处要塞高处的堡垒上，沙袋的炮眼里，海军的大炮高傲地昂着他那长长的头，笔直地立在炮架上，准备抵御斯迪雯之敌的来犯。这样的瞄准势头，加上两边像耳朵一样的把手和朝天的炮口，看上去就好像许多大猎狗在对着月亮声嘶力竭地狂吠……

在稍下面的炮台垒道上，水兵们为了打发时间，开辟了一个小型的英式花园，就像在军舰角落里那样。花园里有一条长凳、一个棚架、一些假山、几块草坪，还有一棵香蕉树。树不大，好像还没有一棵风信子那么高，但它长势很好，在炮弹和成堆的沙袋中间，那翠绿的树冠，让人感觉瞬间眼前一亮。噢！蒙鲁日要塞的小花园！我真希望人们能够用栅栏把它保护起来，在里面建造一块纪念碑，刻上赛思特、克尔威斯、代斯普蕾等所有在这里——在这个光荣的堡垒上——牺牲的勇敢的水兵们的名字。

拉福尤斯 二月二十日上午

这是一个温暖而又薄雾朦胧的好天气。远处，大片的耕地就像汹涌的大海一般。在左边，高高的沙质山丘是瓦莱利安山的支脉。在右边，一座石质小磨坊——吉贝磨坊，它的风翼已经断裂，磨坊的平台上布置了一个炮位。沿着一条通往磨坊的长长的堑壕走了一刻钟，堑壕上笼罩着一层河氤般的薄雾，那就是营火冒出的烟。士兵们蹲在地上冲咖啡，向青绿的树枝里吹气，烟雾熏着眼睛，呛得他们直咳嗽，悠长而干涩的咳嗽声从堑壕的这头飘向了战壕的那头……

拉福尤斯农庄在一座树林的环绕之中。到达那里时，正好碰到我们的最后一批军队从战场上撤退，那是巴黎的第三国民别动队。他们在指挥官的率领下，全体列队，严整有纪地行进着撤退。从昨天晚上开始，我看到的就全是凄惨的溃败景象，而眼前的场景使我略微振作了一点。士兵们的后面，有两个人骑马从我的身边经过，一个是将军，一个是他的副官。两匹马并肩前进，两个人在聊天，声音很大。我听见副官那稚嫩而略带阿谀的嗓音：

"是，将军……噢！不，将军……无可置疑，将军……"

而将军的语气既温和又悲哀：

"怎么！可怜的孩子他被打死了！噢！……可怜的孩子！"

接着就是一阵沉默，就只听到马蹄在肥沃的土地上踩过的声音。

我站在那里，凝视了一会儿这幅宏大而又伤感的景色，它有点类似谢提夫或米提加平原上的场景。有几队担架队员从凹陷的小路上来了，他们举着白底的红十字旗，穿着灰色的外套。人们就像身处巴勒斯坦，回到十字军东征年代的感觉。

沙文之死

我第一次遇到他是在八月的一个星期天，火车的车厢里，那时所谓的"西班牙——普鲁士事变"才刚刚发动。虽然我从未见过他，但还是马上就认出了他。他又瘦又高，头发花白，鹰钩鼻，脸色红润，圆睁的双眼总是充满了怒火，只有在看到车厢一角那位受过勋章的先生时才会流露出一丝温和的神色；他的额头既低又窄，一副固执的神态，在这样的额头上，同一种想法在同一个位置反复琢磨，终于留下一道很深的皱纹，极具帝国主义者憨厚先生的风格；但是最为特别的是，他在说"法兰西国旗"和"法兰西"的时候，老是非常严重地卷起舌头来发小舌音："哦……"我断定：

"他就是沙文！"

他的确就是沙文！他穿戴漂亮，动作夸张，语调激昂，总是用手中的报纸抽打着普鲁士；进入柏林时，他傲慢地举着手杖，对周围的一切视而不见、听而不闻，愤怒得近乎痴狂。

在他看来，局势不可以再恶劣下去了，双方也没有和解的现实性。战争！必须不惜一切代价发动一场战争！

"可是，如果我们还没有准备好怎么办，沙文？"

"先生，法国人一生都在枕戈待旦！……"沙文直起身说道。

从他立着的小胡子下面，跳出一连串急促的"哦……"，连火车的车窗都被它震动了……真是个既愚蠢又恼人的家伙！对于那些跟他名字有关的、老掉牙的故事和嘲讽，我是再熟悉不过了！而他的荒唐，也因此为人所熟悉。

自从第一次遇到他之后，我决定今后要躲着他；可是，奇怪的是，他就好像命里注定要时时刻刻出现在我的面前。先是在国会上，那一天，格勒蒙先生来到那里，十分的严肃，向我们这些元老们通报战争爆发的新闻。在一片颤颤巍巍的欢呼声中，一声洪亮的"法兰西万岁"从旁听台上传来，我看到沙文正在上面的帷幔里挥舞着他那长长的胳膊。没过多久，我又在歌剧院里碰见他，他站在杰勒尔坦的包厢里，提议演员们唱《德国的莱茵河》，演员们还不会唱这首歌，他就对他们叫嚷："那么，学唱《德国的莱茵河》要比攻占德国的莱茵河需要更长的时间了！……"

不久以后，他就好像幽灵一样常常出现在我周围。不管是林荫大道还是马路拐角，到处都可以看到这个可笑的沙文，站在桌子上或长凳上，在国旗下、在战鼓中、在《马赛曲》的歌声中，他向开拔的士兵发放雪茄烟，向军队的救护车欢呼；他那通红而狂热的脑袋是那么鹤立鸡群、夸张、吵闹、咄咄逼人，甚至让人感觉整个巴黎有六十万个沙文。我只有把自己关在家里，关紧门窗，才可能避开这难以承受的景象。

可是，维桑堡战役、福尔巴克战役，接连这一系列的噩耗，似乎将我们焦急等待的八月变成了一场漫长的噩梦——一个狂热而沉痛的夏天噩梦；此后，您还能有什么办法来稳若泰山呢？每当政府发出了公告，或报纸有了新闻，不安便沸沸扬扬地扩散开来，一张张胆战心惊的脸整夜地在煤气路灯下来来回回，而您又怎么能逃到这焦虑之外呢？

那天晚上，我又碰到了沙文。他来到大街上，在一群又一群一声不吭的人们中间高谈阔论；无论如何，他总是充满期盼，期盼好消息接踵而至，对胜利坚信不疑，他竭尽全力地重复着："俾斯麦的白衣重骑兵早已经被我们杀得片甲不留……"奇怪的是，我觉得沙文已经不像原先那样荒谬了。虽然他说的话我一个字都不相信，但是这一切都无关紧要了，他的声音让我发笑。透过这个烦人家伙的无知、盲目、狂热和自大，您能够感到一种狂热而顽强的力量，就像身体里有一团火，烘烤着您的心。

在这漫长的围城期间，在这整个冬季以狗食和马肉充饥的恐怖中，我们真的需要这样的一团火。所有巴黎人都可以做证：如果没有沙文，这座城市连一个星期都支撑不住。围城一开始，特洛胥就曾预言："他们随时可能进城。"沙文却说："他们休想进来。"

沙文有信念，而特洛胥却没有。沙文认可一切：他相信会有合理的方案，相信巴赞，相信突围；每天晚上，他似乎都可以听见费戴伯尔将军的狙击手从恩格耶射出的枪声和从恩当朴方向传来的尚奇将军部队的炮声；这位英雄笨拙的灵魂最终感染了我们，使我们也和他一样，似乎听到了这些枪炮声。

真是刚强的沙文！

在雪花纷飞、昏黄低沉的天空中，他总是能第一个发现鸽子洁白而细小的翅膀。每当甘必大向我们送来达拉斯贡式的狂热命令，沙文总是站在区政府门前以高亢的声音朗读。在十二月那些难熬的夜晚中，当等候长队的人们在肉店门前愁眉苦脸、冻得发抖的时候，沙文总是勇敢地融入排队的行列；正是由于有了他，那些饥寒交迫的人才有心情欢笑、有力量唱歌、有能力在雪地里跳圆圈舞……

"啦啦啦，让他们通过吧，洛林的普鲁士人。"

在沙文高声唱歌的时候，周围的人用木鞋拍打着节拍，每当这个时候，羊毛软帽下那些苍白的脸就像有了一丝期望。遗憾！这一切都不起任何作用。一天晚上，我路过特罗奥大街的时候，看见一群人无声而又焦急地围在区政府附近；偌大的巴黎没有灯光，也没有马车，我就只能够听见沙文威严的声音响彻云霄：

"我们前进前进前进，占领蒙特勒都高地。"

可是一周之后，就什么都结束了。

从那个时候起，沙文就要隔很久才会出现一次。我曾经在大街上看到过他两三次，他正手舞足蹈地空谈复仇——小舌音"哦……"仍旧那么厉害；但是再也没有人热衷于听他的演说了。在巴黎，富人们十分颓废，都不再想找回他们的幸福，穷人们则十分困窘，都无心再发泄他们的愤怒了，可怜的沙文不管怎样挥舞他的长臂也没有用了。看见他，人们不再靠拢在一起，而是一哄而散。

有一些人骂他："讨厌鬼。"

另外一些人称他："泄密的家伙！"

而后是暴动的日子：红旗、公社，巴黎都落入了奴隶们的手中。沙文变成了嫌疑分子，人们再也不允许他走出家门了。然而，在拆卸旺多姆圆柱的那个重要日子里，他似乎也来到了现场，躲在旺多姆广场的一个角落里。人们猜到他会混杂在人群中。那些流氓们虽然没有见到他，但还是在辱骂他：

"喂，沙文！……"他们叫道。

当圆柱倒下的时候，喝着香槟站在参谋部窗前的普鲁士军官们高举酒杯，用不标准的带着德国口音的法语讽刺道：

"哈！哈！哈！沙文先生。"

从那天起到五月二十三日，沙文就再也没有出现过了。这个可怜的家伙躲在一个地窖的深处，绝望地听着德国军队的炮弹咆哮着飞过巴黎的天空。终于有一天，乘着炮击的时间，他冒险出来了。大街上空无一人，就像被拓宽了一般。一边是飘着红旗、架着大炮、气势威严的街垒；另一头，是来自万森讷的两个轻步兵在贴着墙根前进，他们猫着腰，枪指着前方：因为凡尔赛的军队刚进入巴黎不久……

沙文欢呼雀跃："法兰西万岁！"他叫着朝士兵们跑过去。他的嗓音淹没在两声枪响之中。出现了可怕的误解，这个不幸的人被原本是彼此瞄准双方的枪弹打死了，夹在敌对的双方之间。有人目睹他倒在了大街中央，他的尸体在那里留了两天，双臂张开，面无生气。沙文就这样死了，死在内战中。

他是真正的法国人。

阿尔萨斯！阿尔萨斯！

几年以前，我曾经去过阿尔萨斯游历，那是我最美好的回忆。没有坐火车，那种乏味的旅行留给您的印象就只有电报线和被铁轨分割得七零八碎的景色；我徒步行走，手持硬棍，身背行囊，身边有一个并不唠叨的同伴……这是一种幸福的旅行方式，您所看到的所有的一切都能一辈子留在记忆之中！

特别是现在，阿尔萨斯已经处于隔绝状态，曾经对这片被割让的国土的印象，以及在它美丽的乡间长久漫步所获得的出乎意料的趣味，全都再次浮现在我的记忆里：森林沐浴在阳光之中，如同绿色的帷幔，树站在宁静的村庄上面；在山脚的转弯处，工厂和教堂钟楼随处可见，潺潺的小溪流淌其间，蜿蜒流过，还有锯木厂和磨坊。在一片嫩绿的平原上，偶尔会猛地闪现出一件色彩鲜艳的服装，而这个颜色往往是没有见过的……

每天早晨，天刚蒙蒙亮，我们就起床了。

"四点钟了！先生！……先生！"客栈的伙计带着地道的口音向我们叫道。

我们马上跳下床，收拾好行囊，小心地走下那嘎嘎作响、也不怎么牢固的木头楼梯。出发之前，我们会在客栈的大厨房里喝上一杯樱桃酒，炉火早早地就在那里燃烧着；枝蔓颤抖着，不禁令人想到带露的玻璃窗和门外的雾霭。然后，我们便上路了！

刚开始的行进是十分困难的，前一天所有的倦怠都再次向你袭来。人和天空都仍旧睡眼惺忪。但是，寒冷的晨露慢慢消失了，雾气也在阳光下蒸发……我们行走、前进……暑气过于凝重时，我们就在一道小溪或一眼泉水边停下来吃饭，然后便躺在草地上，枕着潺潺的水声甜美地入睡，直到一只大黄蜂犹如子弹一样从身边一擦而过，把我们叫起来……

暑气退去后，我们继续上路。没过多久，太阳就下山了，路程好像也随之在逐渐地缩短。我们寻找一个目的地，一个栖身之地，然后就筋疲力尽地躺在敞开的谷仓里，或者是客栈的床上，或者是草垛下；我们头顶满天星空，聆听鸟的脆鸣、树叶下昆虫蠕动的声音，还有轻微的跳跃、低声的飞翔声。在我们困倦的时候，这些夜的声音就像是梦的序幕……

我们旅行经过的那些漂亮的阿尔萨斯村庄全都散落在路边，它们的名字是什么呢？如今，我都已经记不得这些名字了，但这些村庄是如此的相似——特别在上莱茵省——甚至于我是在不同时刻穿过了它们，但见到的却仿佛是同一座村庄；宽阔的大街，镶着铅框的小彩绘玻璃，窗边爬满了玫瑰花和啤酒花，叼着巨大烟斗的老人靠在栅栏门上，女人就趴在上面高喊着街上的孩子……

早晨在我们经过的时候，一切都还在沉睡，依稀可以听见马厩里草料在簌簌作响，狗在门下呼呼地喘气。再走两法里路，村庄就会渐渐苏醒。打开百叶窗的声音，水桶碰撞的声音，街上灌满排水沟的声音……奶牛一边迈着尚有睡意的脚步走向饮水槽，一边用长长的尾巴驱赶着周围的苍蝇。再走远一点，眼前却仍然是同一座村庄，只不过在夏季的午后，它十分静谧；唯有蜜蜂嗡嗡地飞着，顺着伸展的树枝向上，一直飞到木屋顶上；一阵阵冗长而又单调的歌声从学校里传来。

偶尔，走到一个地方的尽头——这里不一定就只是某村庄的偏僻角落，可能也是整个省份的偏僻角落——或许你会看到一幢三层楼的白色房屋，一块崭新的保险公司招牌挂在门前，要么是公证人的盾形标志，要么就是医生的门铃。走过房屋前时，还能听见用钢琴弹奏的华尔兹的声音——一首略微有点过时的乐曲，从绿色的百叶窗里飘过来，落在洒满阳光的大街上。

再晚些时候，夜幕降临了，牲口陆续回棚，工人们也从纱厂下班了，人声鼎沸，熙熙攘攘。所有的人都站在家门口，街上金发孩童成群，家家户户的玻璃窗都被夕阳的余晖照得通红……

我到现在仍能满怀激动地想起来的，就是星期天上午做礼拜时的阿尔萨斯村庄：大街上空无一人，房屋里也连人影都没有，只有几个老人在门前的太阳下取暖；教堂里人潮涌动，明亮的蜡烛使得彩绘玻璃蒙上了一层漂亮而淡雅的玫瑰色调，经过那里时，能听到一曲曲歌声，一个唱诗班的孩子身着猩红颜色的长袍，灵敏地跑过广场，手里捧着香炉，光着头，到面包店去借火了……

偶尔，我们也会一连好几天不进村庄，来到矮树林里，来到遮荫的小道上。这些细长的小树林都靠着莱茵河，绿色的河水流到这儿之后，便融入昆虫嗡嗡乱叫的沼泽里去了。透过稀稀拉拉的树枝，大河出现在我们的眼前，河上荡漾的小船和木筏满载了从岛上割来的草料，自己也仿佛是散落在河中的小岛，随着水流流向，越飘越远。

接着，是连接罗讷河和莱茵河的运河，运河沿岸有一条很长的杨树林带，杨树上布满绿色树叶的树梢交织在了一起，浸在河水中；而河水则好像被狭窄的堤岸锁住了似的。在陡峭的河岸上，经常会有一座船闸管理人的小木屋，孩子们就光着脚在船闸的横杠上蹦蹦跳跳，在飞溅的浪花中，木筏队慢慢地前进着，占满了运河的整个河面。

等我们在蜿蜒的小路上闲逛尽兴之后，就来到了通往巴塞尔的洁白而笔直的大路上，路边栽满了核桃树，树荫带来了片片清凉，路的右边是孚日山脉，左边则是黑森林。

噢！流火的七月，在通往巴塞尔的大道边上，有一道浅沟，我平躺在干草上，舒展身子歇息，是多么的惬意！山鹑隔着田野呼唤，头顶上的大道喧闹得让人厌烦。那是马车夫的吆喝声、马车的铃铛声和车轴声，另外还有碎石工人的铁镐声；一名警察策马飞奔而过，惊动了一大群正在散步的鹅；小贩们背着大包小包，十分倦怠；邮递员身穿镶着红色滚边的蓝色制服，忽然消失在大道上，蹿到两旁长着野篱的小路上；野篱的另一端，我感觉到有农庄，有村落，有一种与世隔绝的生活……除了这些之外，还有那些徒步旅行过程中幸福而又意外的收获：绵长无尽的近道；马蹄踩踏出的小路，您被一直带到田野的中央；房主似乎是聋子，久久不能打开；客栈里住满了客人；那只有夏季才有的大暴雨——在炙热的空气中迅速蒸发，甚至平原、羊群身上的毛，还有牧羊人的宽袖外套，都能够蒸腾出袅袅的水汽。

记得有一次，我们从阿尔萨斯的圆形山顶下来，正穿梭在树林里的时候，就遇到了一场可怕的暴风雨的突袭。我们从山顶客栈离开时，乌云还在我们的脚下，就只有几棵杉树的树顶钻出云端；然而，我们越是往下走，就越是迫不得已地投入风雨冰雹之中。不一会儿，我们就身陷其中，被雷电交加的大网牢牢地困住了。一棵杉树在离我们很近的地方，被雷击中，被劈成两段。我们冲下一条运输木撬行驶的小道，穿过瓢泼大雨，碰见一群在岩缝中避雨的小姑娘。她们惊恐万分地挤在一起，双手死死地抓着小柳条篮和印花棉布围裙，篮子里装满了刚从树上采下的黑色越橘。越橘发出点点光亮，而那些从岩缝深处盯着我们的黑色小眼睛也像光亮的越橘一样。

倒在山坡上的这棵大杉树，这些隆隆作响的雷电，这些衣衫褴褛却又不失可爱、老是往森林里跑的小姑娘们，所有的这一切都好像是斯密特斯铎童话里的故事……和平常一样，当我们回到露丝格特客栈时，那里的炉火是那么热烈！火在壁炉里烧得特别旺，我们的衣服一会儿就烘干了；此时，炒鸡蛋也在炉火中做好了——那味道是无法复制的阿尔萨斯炒鸡蛋，就像蛋糕一样香脆、金黄！

这场暴风雨过后的第二天，我就亲眼看见了一个动人心弦的场面：

绿篱小路通往丹纳玛丽，在一个拐角处，一块丰收在即的麦田遭到了冰雹和暴雨的袭击，麦子躺在地上，田地也被冲出一条条水沟，冲断的麦秆纵横交错地放置着，七零八落地散在那里。成熟的麦粒从饱满的麦穗上掉下，却落在了泥浆里；小鸟们扑腾着翅膀，飞向那原本可以收割、如今却已成泡影的田地，它们在满是湿麦秆的水沟里跳跃着，溅得麦粒四处飞舞。在这个晴空万里的天气里，这样的掠夺真是令人震撼……

有一个驼背的高个子农民站在这块被摧毁殆尽的麦田边上，他穿着老式的阿尔萨斯服装，静静地望着所有的这一切。他的脸上流露着绝望，但同时却又显得平静而隐忍，怀着一种模糊而难以名状的奢望，好像是在说：这片土地仍旧属于他，即使这片土地是在死去的麦穗下面，但是它肥沃、忠诚而又生机勃勃；只要土地还在，就不应该放弃希望。

我的军帽

今天早上，我在衣柜的角落里找到了被遗忘的军帽：它的光彩已经被灰尘所掩盖，帽檐早已被磨出了线头，金属编号也早已生锈，让人辨不清颜色，甚至都变了形状。看着它，我不禁笑了起来……

看啊！这是我的军帽……

突然，我想起了深秋的那一天，人们的激情就跟太阳般炙热，我头上戴着新发的军帽，骄傲地来到街上，用步枪猛烈地敲打玻璃橱窗，加入街区的部队，履行公民士兵的义务。啊！谁敢说我不可以单枪匹马地拯救巴黎、甚至是解放法国？我一定会将刺刀的整个刀尖全部捅进他的肚子……人们是如此的信任国民自卫军呀！公园里、街心花园里、大街上、十字路口，周围处处都可以看见、听见部队在列队和报数，因为人们都太着急了，就这样工装夹杂在军服中间，便帽点缀在军帽丛中。

至于我们，天天早晨都会集在一个广场上，周围到处是低矮的拱廊和宽大的门，广场被笼罩在雾和风之中。点名的时候，几百个名字一连串报出，显得那样滑稽，紧接着就开始了所谓的操练。一排排士兵双肘贴紧在身体上，咬紧牙关，跑步出发："一二一，一二一！"我们当中的所有人——无论是高的、矮的、装模作样的、体弱多病的、身着军服可是却怀着模糊记忆的，还是高束着蓝皮带、打扮得像唱诗班孩子一样的天真汉们——都围绕着这小小的广场跑步、转弯，全身上下都充满了无穷的活力和信仰……

如果没有可恶的炮火声，这所有的一切就会显得是如此的滑稽与可笑。炮火声如同持续不断的伴奏，令我们的操练显得更加的自在而且愈来愈壮大，它掩盖了细锐的命令，减轻了愚笨和拙劣，被围困的巴黎在这出恢宏的音乐剧中，就好像是舞台上的音乐，被人们用在戏里制造悲怆的气氛。最美的时刻就是当我们登上城墙的时候……我好像清晰地看见，在那些白雾茫茫的清晨，我骄傲地走过七月柱前面，给它致以军人的敬礼："枪上——肩！……"还有夏罗那冗长而拥挤的大街，石板路滑得令我们简直都无法走正步；最后，当我们走近堡垒的时候，冲锋的战鼓响了起来。"咚咚咚！……"

我好像身临其境一般……多么令人激动的场面啊！这巴黎的边界，这些为大炮挖掘的绿色防御工事！工事里热闹非凡，到处是敞开的帐篷和野营的炊烟，还有一些在高处游荡的身影，只有一截军帽和刺刀的刀尖露在沙包堆的外面。

噢！我的第一次夜间执勤，便是在黑暗和大雨中一边摸索一边奔跑，巡逻队沿着潮湿的工事滚爬、推挤，士兵们一个接着一个地紧挨在路上，队伍最后面的我被留在高得令人恐惧的门特里伊城门上。那个夜晚的天气还真是糟糕！城市和乡村都被笼罩在一片寂静之中，只有风在城墙四周呼啸，吹弯了哨兵的腰，吹散了口令，吹得城下巡逻道路上的旧玻璃路灯啪啪作响！我似乎总能听到普鲁士枪骑兵拖着马刀的声音，因此我站在那儿，高举着武器，嘴里不断地问："是什么人！"

忽然，雨变得更加冷了。巴黎的天空越发变得苍白。一幢幢高楼、一座座穹顶高高地露了出来。远处驾过一辆马车，教堂的钟敲响了起来。巨人般的城市正在慢慢苏醒，在早晨的第一丝战栗中，它微微震撼了四周的生活。工事的另一面，一只公鸡正在鸣唱……我的脚下，依旧黑洞洞的巡逻道路上，传出来一阵脚步声和铁器的碰撞声；我用令人害怕的声音叫喊道：

　　"快站住！是什么人？"

　　一个胆怯、细小而又颤抖的声音从晨雾中传了上来：

　　"卖咖啡的！"

　　还能有什么办法？那个时候刚开始围城，我们这些单纯的民兵总以为普鲁士人会从要塞的战火下通过，然后兵临城下，在一个晴朗的夜晚，叫喊着，在黑暗中摇曳着无数的火把，架起云梯，爬上城墙来……有那样丰富的想象力，也就不怪我们会自乱阵脚了……

　　几乎每天夜里，都会有"拿起武器！拿起武器！"的叫喊，大家惊慌地醒来，相互推挤着穿过早已经被推倒的枪架，军官们愤怒地向我们喊："镇静！镇静！"希望用此来使他们自己镇静下来；后来，天色大亮，人们看到的是一匹倒霉的马挣脱了缰绳，一边在要塞上蹦跳，一边吃着工事边上的青草；它怎么可能会想到，区区一匹马，却被当成了一小队身穿白色军服的普鲁士重骑兵，而且成为曾经全副武装的整座要塞所瞄准的靶子……

　　这所有的一切都是我的军帽给我带来的记忆；那都是些说不完的情感与历险。楠泰尔、克尔内夫、穆兰·萨凯，以及马恩河那动人的一角，在那里，英勇无畏的九十六营第一次，也是最后一次接受战火的洗礼。面对我们的就是普鲁士军队的强力大炮，在小树林后方的公路边上成一字排开，就好像是一道安静的篱笆，从树枝中可以看见透出来的硝烟；我们被统帅遗忘在露天的铁路线上，那里，炮弹像雨水一样地坠落，紧接着的是震耳欲聋的撞击和迸出的阴森可怕的火花……啊！我可怜的军帽，那天你根本就不够勇敢，你对敌人行了好几次军礼，好几次甚至把腰弯得比规定的还要低。

可是没有关系，这些都是一些美好的回忆，有些虽然荒唐，而有些又略带点英雄主义；你还能带给我点别的回忆吗？……只可惜，这一时间内还有巴黎的夜间执勤、在待租店铺里所设置的哨所、令人感到窒息的火炉、已经上过防水漆的长凳，还有在市政府门前站岗放哨的枯燥和乏味——冬季的泥泞使得市政府广场变得湿漉漉的，将整座城市映在小溪般的水流中；还包括在路边充当警察、踩着水洼巡逻和收容喝醉的士兵、流浪者、妓女、小偷这些不同种类的记忆。

清晨天亮后，我们回到家时已经是筋疲力尽了，脸上似乎被蒙上了一张灰尘的面具，衣服上也到处弥漫着烟草、油灯和旧海藻的味道。那些漫长而又愚笨的白天，充斥着帮派争吵和无聊的军官选举，离开酒会之后，又一轮接着一轮地喝着小盅烧酒，用火柴梗在咖啡桌上比画着，解释战斗计划，没完没了地投票，政治和它的姐妹——神圣的闲逛，无聊却又不知该怎么样来打发光阴，浪费的时间将您包裹在空虚的氛围之中，可是您却如此地渴望行动和呐喊。另外再加上抓捕间谍、荒唐的怀疑、过度的相信、全民突围、突破口……这一切，全都是被围困的百姓做出的疯狂而接近于妄想的行动。

可怕的军帽呀，这就是我因为你而回忆起来的一切。你和我一样，前面所提到的疯狂你全都经历过。如果我没有在布森瓦尔突围的第二天将你束之高阁，如果我和其他人一样，坚定地将你留在身边，然后用不凋谢的花和那些金色的军官条纹来装扮你，然后依旧在残缺不全的部队中胡乱充数，到最后又有谁能知道你将会把我拖向哪个街垒呢……

　　啊！说到底，凌乱的军帽，偷懒、喝酒、俱乐部、啰唆的军帽，内战的军帽，你几乎没任何资格让我将你扔到堆放杂物的角落里。

　　可耻啊！……

老两口

"请问这儿有寄给我的信吗？奥赞老爹。"

"是的，先生……是从巴黎寄过来的。"这位好心的奥赞老爹对于信是从巴黎寄来的感到非常自豪。

我却不这么认为。我的直觉告诉我，这封从巴黎的让·雅克大街寄出的信，一大清早，就突然落到我的案头上，我想他一定会耗费我整整一天的时间。我果然没有猜错，您读读这封信吧：

"你能够帮我一个忙，朋友。请你临时把磨坊关上一天，然后就立刻去一趟奥吉耶尔……奥吉耶尔是一个大镇，离你家只有三四法里路这么远——你如同散步一般就可以不知不觉走到那里。到了那儿，你就去找一个孤儿修道院。修道院屋后的第一幢房子是一栋矮房子，房子里的百叶窗是灰色的，屋后还有个花园。你不用敲门，直接进去就可以了，因为屋子的门一直都是敞开的；进门后，你就放声大喊：'善良的人们，你们好！我是莫利斯的朋友……'然后，你会见到两个身材矮小的老人。唉！他们的年纪很大，甚至可以说老得不能再老了；然后他们会从大扶手椅里向你伸出双臂，请你替我拥抱他们，就好像他们是你的亲人一般，真心实意地拥抱他们。接着，你就陪他们说说话吧，他们会跟你说起我，并且只会说我，不说别的；但是他们也可能会说一些莫名其妙的话，你听了以后不可以发笑……不能笑，

200

嗯？因为他们是我的祖父母，是我这一生的眷顾，但是他们已经有十年没见到我了……十年，如此漫长的时间啊！可你说我能有什么办法呀！我在巴黎实在是走不开；而他们，年纪又这么大了……他们已经老成这个样子了，如果他们来巴黎看望我，我又会害怕他们路上会出什么事情……但是现在，幸运的是，你在他们那儿，我亲爱的磨坊主，当两位可怜的老人拥抱你的时候，会隐约觉得他们是在拥抱我……我已经很多次和他们提起过我们的事，我们之间纯洁的友谊，所以……"

这可恶的友谊！这天早上，天气却是相当晴朗的，却极其不适合赶路：密斯脱拉风刮得很猛，太阳也很烈，是典型的普罗旺斯天气。当这封烦人的信到我手上的时候，我早就已经在两块岩石之间找了一个阴凉的地方，准备在那儿待上一整天，就像蜥蜴一样，沐浴阳光，倾听松涛……

最后，我还能干些什么呢？虽然我满腹牢骚，但是也只好关了磨坊，把钥匙藏在猫洞里，叼上我的烟斗，带上我的手杖，出发了。我到达奥吉耶尔的时候，已经是下午两点了。镇子里没几个人，因为人们都到田里做农活去了。水道两旁种着榆树，树上还留着一层白色的灰尘，知了在林子里放声歌唱，就像在开阔的克劳平原上一样。一群鸽子飞过教堂前的喷水池，镇政府的广场上，有一头驴子在晒太阳；因此，没有人能够为我指明去孤儿院的路。

就在这个时候，一位年迈的仙女一般的女孩忽然出现在我的眼前，她正蹲在自家门前的墙角纺纱，我说明了我要找的地方，这位女孩可真是神奇，她仅仅举了一下纺锤，孤儿修道院犹如变魔术似的马上耸立在了我的面前……这是一幢黑暗阴森的大房子，尖拱形的大门上，一个红砂石的古老十字架威武地竖立着，上面还刻着一些拉丁文。房子旁边，我发现另一幢稍小的建筑。屋后有个花园，灰色的百叶窗……

我一下子就认出了这幢房子，接着，我没有敲门就走了进去。宁静、冷清的长廊，粉刷成玫瑰色的墙壁，透过浅色窗帘依稀可见的后花园，以及刻在护墙板上的褪了色的提琴与玫瑰花纹，这一切都令我永生难忘。我好像是走进了塞代纳时代某位老法官的家……

走廊尽头的左边，有一扇门半开着，一座大钟的嘀嗒声从里面传来，同时包括孩子的朗读声，好像是一个小学生，他正在一字一顿地朗诵：

"接……着……圣……伊……勒……内……叫……道……我……是……天……主……最……优……秀……的……小……麦……我……本……要……被……这……些……牲……口……的……牙……齿……磨……得……粉……碎……"

我静静地走到门前，向里面望去。

在一间昏暗而宁静的小房间里，有一位连指尖都满布皱纹但是面色红润的小老头，正躺在一把扶手椅里午休，他张着大嘴，双手放在膝盖上。在他身旁，一个头戴小帽子，身穿蓝色大罩衣的女孩，看她的打扮像是个孤儿院孩子，她的手里正捧着一本比她人还大的书，诵读着圣·伊勒内的故事……这美妙的朗读声使整个屋子充满了魔力。苍蝇在天花板上睡着了，老人在扶手椅里睡着了，金丝雀在窗上挂着的鸟笼里睡着了。大座钟发出嘀嗒嘀嗒的声音，仿佛是在打鼾。一个房间里仅仅有一大束美丽的阳光跳跃着，从百叶窗的缝隙里照射进来，在它的照耀下，尘埃仿佛是在跳华尔兹，闪烁着……在这一片祥和的氛围之中，孩子依旧在专心地朗读着：

"忽……然……两……只……狮……子……扑……向……了……

他……把……他……吃……了……"

她读到此处的时候，我走进了房间……我想哪怕是将圣·伊勒内吃掉的狮子这时扑进屋来，也不会比我的到来给她造成的恐慌更大了。一切都像是在演戏一样！小女孩发出一声惊恐的尖叫，巨大的书本瞬间掉落在地上，金丝雀、苍蝇都被叫声给吵醒了，大座钟也更响了。老人被吓了一跳，猛然直起身子，惊恐万分；我也羞愧不已，停在门口，高声招呼道：

"大家好，善良的人们！我是莫利斯的朋友。"

哦！如果您能亲眼看见这位可爱的老人就好了！您会看到他伸出双臂，向我走来，并且拥抱我，握着我的手，兴奋地在房间里来回走动，嘴里还说着："天哪！天哪！"

他脸上的每一条皱纹也都像是绽放着笑容，脸也涨得通红，吞吞吐吐地说着：

"啊！先生……啊！先生……"

之后，他朝房间的深处走去，叫嚷道：

"玛迈特！"

一扇门打开了，过道里传出一阵不急不慢的脚步声……那应该就是玛迈特到了。我想再也没比这位矮小的老太太更漂亮的人了，她身着淡褐色长裙，头戴蝴蝶结软帽，手拿绣花手绢，这是为了能按旧时的方式向我问候而特别穿的……这是如此令人感动的场景啊！老两口长得很像，如果给老先生戴上围脖，系上黄色蝴蝶结，他就是另一个活生生的玛迈特了。不过，真正的玛迈特这辈子一定哭得太多，因为她的皱纹更加的多。跟她的丈夫一样，玛迈特身边也有一个孤儿院的小姑娘，这个小女孩身穿蓝色罩衣，形影不离地陪伴在她的左右。这老两口是由一群孤儿院的孩子在照顾，真可以说得上是世界上最令人震撼的事情之一了。

玛迈特刚进来，就开始要向我行屈膝大礼，但是老先生的一句话却打断了她：

"这是莫利斯的朋友……"

听到这句话，老太太马上全身颤抖起来，哭了起来，手绢掉到了地上，脸也涨得通红，比老先生的脸还红……两位老人啊！血管里没有几滴血，可是一激动，就全部都涌到脸上来了……

"赶快搬把椅子来，快点，快点……"

老太太对她身边的小女孩说。

"赶快将百叶窗打开……"

老先生对他的小看护叫道。之后，他们每人用一只手拉着我，很快将我拉到窗前，窗户开着，这样他们就可以好好看看我了。孩子们把椅子搬了过来，我坐在两位老人中间的一把折椅上，两位蓝衣的小姑娘则站在我们身后。然后，两位老人的询问开始了：

"他还好吗？他在忙些什么？他怎么样了？他为什么没有回来？"

就这样，老两口一问就是好几小时。

我竭尽所能地回答他们所有的问题，把我所了解的莫利斯的一些生活细节都讲给他们听，当然也大胆地想象出一些我所不知道的事情；但是，我还得十分留心，不能向他们说我从来不注意莫利斯的窗子是否关上，或者他卧室里壁纸是什么颜色的。

"他卧室壁纸的颜色嘛！……是蓝色的，浅蓝色的，上面还装饰有花纹……夫人。"

"真的吗？"悲伤的老太太显得有些激动。因此，她转过身，对她的丈夫说：

"他确实是个好孩子！"

"哦！是个好孩子，真的！"另一位也回答道。

还有，在我讲话的过程中，老两口一会儿相互点头，一会儿彼此微笑，还时不时地眨着眼睛，露出十分天真的表情，有时，老先生会凑过来对我说：

"她耳朵有点背……您可以说得大声一点。"

她也从另一边靠近我说：

"请您再说大声点，谢谢您！……他听不太清楚……"

于是，我提高了嗓音；老两口冲着我微笑，表示感谢，努力地想在我的眼睛深处找寻他们的莫利斯的身影；而我也在这笑容中，激动不已地看到了莫利斯的形象，这形象朦胧、隐约，十分缥缈，我好像看见我的朋友在十分遥远的地方，在云雾之中，对我微笑。

忽然，老先生在椅子上直起了身子：

"啊，我想起来了，他可能还没吃午饭呢，玛迈特！"

玛迈特极其吃惊，双臂伸向空中：

"我的上帝！……还没吃午饭！"

我认为他们谈的还是莫利斯，正要回答说莫利斯是个好孩子，平日里不会等到中午十二点以后吃午饭。然而我弄错了，他们说的是我；您真该来瞧一瞧，当我告知他们肚子的确还空着的时候，他们那忙乱劲就别提了：

"我的孩子们！把桌子摆到房间中央，快摆餐具，铺上过节时的桌布，摆上印花的盘子。别只顾着开心了！快点……"

我承认她们是够快的了。只用了一小会儿工夫，午餐就摆上来了。

"一顿简单可口的午餐！"玛迈特一边把我引向餐桌，一边对我说，"可是您得一个人用餐了……我们上午早已吃过了。"

这些可爱的老人！不管您什么时候碰到他们，他们总是说上午已经吃过饭了。

玛迈特的"简单美味的午餐"是一小杯牛奶，几粒椰枣，以及一块看上去如同船形的松糕蛋糕；这些东西够她和她的金丝雀吃上大约一个星期的了……可是我仅仅就一个人，把这些东西全部都一扫而光了！……

餐桌四周，有多少双愤怒的眼睛在盯着我！蓝衣女孩们一边低声说着话，一边用手肘碰来碰去；另一边，笼子里的金丝雀似乎在说："哦！这位先生，您一个人把船形蛋糕全吃了！"不错，我把船形蛋糕吃光了，并且几乎是在无意中吃光的，因为我一边吃，一边忙着观察我周围的这间屋子，屋子宁静而又明亮，好像弥漫着一缕古色古香的气息……然而我的视线实在无法从两张小床上移走。这两张床完全就是两只摇篮，我能够想象每天早上，天刚亮，老两口还窝在带着流苏的大床帏里的场面。时钟敲响了三下，老人们总是在这时醒来：

"玛迈特？你还在睡吗？"

"老伴，我醒了。"

"莫利斯是个好孙子，不是吗？"

"哦！一定，他是个好孩子。"

我只是看到了老两口这两张紧靠在一起的小床，就想象出这样一大段对话……

这个时候，房间另一面的大柜子前，上演了非常惊险的一幕。老人想要够到柜子，从最高一层上拿出一瓶樱桃酒，这瓶酒为莫利斯藏了十年，如今老两口想打开它来款待我。虽然玛迈特苦苦哀求，但老先生仍然坚持亲自去取樱桃酒；接着，在老伴惊恐不安的目光下，他爬上一把椅子，希望用手去够如此高的地方……您能够看见这样一种场面：老人摇摇晃晃地爬上去，蓝衣女孩们紧紧按着椅子，玛迈特站在他身后，张着双臂，紧张得直喘气；除了这些混乱之外，有一阵轻微的柠檬清香，从大堆的红棕色衣物和敞开的柜子里飘了出来……真是让人觉得神清气爽。

终于，老先生艰难地从柜子上取下了这瓶神奇的樱桃酒，同时还取下一只尘封的雕花银杯，这是莫利斯小时候用过的杯子。老人往银杯里为我斟满了酒。莫利斯最喜欢喝樱桃酒了！老先生一面给我斟酒，一面带着垂涎欲滴的神态，咬着我的耳朵说：

"这是我老伴酿的……您可真幸运，能喝到这樱桃酒！……给您尝的可是极品呀！"

很遗憾！这酒虽然是他老伴亲手酿的，但她忘了放糖。但是您还能要求她怎么样呢！人老了，记性就差了。可敬的玛迈特，您酿的樱桃酒真是又苦又涩……虽然如此，我仍然将它一饮而尽，连眉头都没有皱一下。

吃完午饭后，我站起来向主人道别。他们原本还想多留我一会儿，再跟我说说他们的好孩子，但是，天渐渐黑了，磨坊离得又远，我应该动身回去了。老先生也同我一起起身。

"把我的外套拿来！玛迈特……我要送他到广场去。"

玛迈特心里当然知道，这时气温下降，他要送我到广场并不合适；但她并没有流露出来。仅仅是在帮他穿上外套，那是一件带螺钿纽扣、西班牙烟草颜色的外套，这时候，我听见这位可爱的夫人轻声地对他说：

"你不会回来得太迟，是吗？"

他则可爱地回答：

"嗨！嗨！……可能吧……这我可说不清……"

然后，他们相视而笑，蓝衣女孩们见他们笑了，也跟着笑了，金丝雀在它们的笼子里，也以自己的方式笑了起来……确实，我感到樱桃酒的香味更加令大家都有了些醉意。

　　……我和老先生出门的时候，夜幕早已降临了。一个蓝衣小姑娘在后面跟着我们，为了能够等一会儿搀扶老先生回家；但是他仿佛没有看见她，他挽着我的手，无比兴奋地走着，俨然像一个健壮的年轻人。玛迈特神采奕奕地站在家门口，看着我们，一边看，一边欣慰地摇着头，仿佛在说：

　　"我亲爱的人啊，他还真是行！……还走得动。"

房屋出售

　　这是一扇关不紧的木门，宽阔的门缝里能看见里面的小园子的沙子和大路上的尘土；一直以来，一块牌子就一直挂在木门上面，在夏日的阳光下一动也不动，在秋天的狂风里摇摇欲坠，牌子上面写着：房屋出售。这几个字好像昭示着这是一幢被主人遗弃的房屋，因为它的四周确实是太寂静了。

　　可是这房屋里却住着人。一缕淡淡的青烟，从略高出围墙的砖砌的烟囱里冒出，就和这缕穷苦人家的炊烟一样，证明这里有人正过着隐蔽、寂寞、凄凉的生活。另外，透过摇摇晃晃的门缝，我们看到的并不是破败、荒芜，也不是预示着房屋出售和主人离开的凌乱景象，而是小径修筑得整整齐齐，凉棚修剪得圆圆的，喷水壶放在水池边，园艺工具靠在房子的墙角。这是一幢农舍，一道小楼梯使它在花园的斜坡上保持平衡，二层楼面北，底楼朝南。面北的那一面是一间暖棚。许多钟形玻璃罩叠放在楼梯的台阶上，一些倒扣着的空花盆，还有一些则种着老鹤草和马鞭草，整整齐齐地摆在热烘烘的白沙子上。除了两三棵梧桐树的树荫之外，整个花园都沉浸在阳光之中。有的果树呈扇形在铁丝上展开，有的靠墙排列，暴露在炙热的太阳底下，叶子略微摘掉了些，使得果实接收到阳光。花园里还种着草莓苗和爬上支架的豌豆。在这一切中间，在这井井有条、宁谧安详的气氛之中，一位老人戴着草帽，天天在小径上转悠，清凉的时候浇花，其他时候就修剪枝丫。

老人在附近没有一个熟人。除了会在村庄仅有的街道上挨门挨户地停一停的面包店的马车来他家，再也没有人上他家来过。偶尔，有路人想寻找一块位于半山腰、适合做果园的肥沃土地，看到门上的牌子，就停下来敲门。刚开始，房子里毫无动静。再敲几下，就会听见木鞋的声音从花园深处缓缓传来，老人微微打开大门，一脸怒色：

"有什么事吗？"

"这房屋出售吗？"

"是的，"老人使劲地回答，"是的……这房子要卖出去，可是我得先告诉您，它的价格非常高……"他的手挡住门，随时准备把它再关上。他的双眼喷着怒火，像是在撵你走；他站在那里，如同一条恶龙，十分凶恶地守护着他的几块地和铺着白沙子的庭院。结果路人只好离开，心里纳闷怎么会碰上这么一个奇怪的人，在发什么神经病，一方面要出售自己的房屋，另一方面强烈地希望保留它。

然而我终于解开了这个谜。一天，我路过小屋，听见里面有人在争执，声音特别激动。

"必须卖掉，爸爸，必须卖掉……您答应过我们的……"

老人用颤抖的声音说：

"当然，我的孩子们，我也想卖掉……你看，我已经把牌子都挂出去了。"

我这才明白，老人那在巴黎开小店的儿子和媳妇，想逼他卖掉这块心爱的土地。至于什么原因呢，我也不知道。但可以确定的是，他们觉得时间拖得太久了，所以从那一天起，他们每个星期天都必定按时来这里纠缠这位可怜的老人，强迫老人兑现自己的诺言。

星期天，一切都静悄悄的，连经过一个星期的播种和耕耘的土地，也在休息；我站在路上，他们的话我听得清清楚楚。小店主边说话讨论边玩着投饼游戏。在他们尖锐的嗓音中，"钱"这个字如同小铁饼的撞击声一样，显得尤为生硬响亮。晚上，所有人都走了；老人也把他们送到路上，很快就转身回来，高高兴兴地关上厚重的大门，又得到了一个星期的喘息时间。在这一星期的时间里，小屋又变得静悄悄的。在被太阳烤晒着的小园子里，听到的只有沙土被沉重的脚步踩过或钉耙拖动的声音。

可是，一个星期又一个星期过去了，老人也被逼得更急了，受的折磨也更深了。小店主把所有办法都用上了。他们还把孙子孙女们带来说服他："您瞧，爷爷，卖掉房子以后，您就来和我们住。大家在一起多快乐呀！……"

他们在四处低声交谈，在花园的小径上没完没了地散步，大声地计算着价钱。有一次，我听见老人的一个女儿嚷道：

"这破屋子值不了一百个苏……只能拆掉。"

老人静静地听着，他们在谈论他，好像他已经死了；谈论他的房子，好像它已经被拆毁。他弯着背，含着眼泪走着，一路上习惯性地寻找着需要修剪的树枝、需要照顾的果实；可以感受到，他的生命深深地根植于这一块小土地，他永远也没有力量挣脱它。所以，不管别人对他说些什么，他总是推迟离开的时间。到了夏天，当樱桃、醋栗、茶黑蔗子——这些略带酸味、散发着新鲜香味的果子逐渐成熟时，他喃喃自语道：

"等到收获以后吧……收获以后我立刻卖掉。"

但是，收获结束了，樱桃落令之后，然后便是桃子，然后是葡萄，葡萄之后又是那些差不多要在雪地里采摘的美丽的棕色欧楂。可是到了冬天。田野一片灰暗，花园里空空如也。再也没有路人，再也没有买主。甚至到了星期天连小店主们也不来了。整整三个月休息的时间，可以用来准备播种，修剪果树枝丫；然而，那块没用的牌子依然在路边摇晃，在风雨中飘零。

逐渐地，小店主们越发显得不耐烦了，他们知道老人在想方设法赶走买主，于是他们做出了一个重大的决定。让他的一个儿媳妇搬来和他住在一起，她是那种店铺里的轻佻的女掌柜，从早晨就开始打扮，装出一副讨人喜欢的模样和虚伪的温柔，一种在生意场上混惯了的阿谀和殷勤。门口的马路似乎是属于她的。她将门开得大大的，大声讲话，笑迎路人，好像在说：

"请进……看看吧……这幢房子准备出售！"

对老人来说，再也没有平静的时间了。有时，他试图忘记她的存在，于是便用铁锹翻一翻那几方菜地，重新播撒种子，就像接近死亡的人一样，喜欢拟订一些计划来消除对死亡的恐惧。那个小店铺的女主人整天跟着他，折磨他：

"唉！何苦呢？……您这样辛苦，结果还不是白白为别人干吗？"

他没有理她，继续专注着他手上的活儿，他的倔强令人吃惊。因为他认为，如果任由他的花园荒废下去，就等于已经开始失去它，已经开始离开它。所以，花园里的小径仍旧没有一丝杂草，蔷薇也没有一根多余的枝条。

在这段时间里，其实也没有买主上门。因为现在是战争时期，虽然女人敞开大门，朝行人挤眉弄眼，可这一切都是徒劳，路过的只是一些搬家的人，而进来的只是一些尘土。

一天又一天，女人变得越来越尖刻。因为巴黎的生意需要她回去照料。我听见她对公公横加指责，向他大发脾气，有时候还用力砸

212

门。老人依旧佝偻着背，什么也不说，看着日渐长高的豌豆自我安慰。那块牌子则仍旧挂在老地方：房屋出售。

……今年，我又回到乡下，又看见了这所房屋；但是可惜的是，那块牌子早已没有了。墙上依然贴着撕碎霉烂的广告。完了，房子卖出去了！之前的灰色大门现在成了绿色，像是最近刚油漆过，门楣也成了圆形；通过门上开着的铁栅栏小窗洞，可以看见里面的园子。

它已经不再是原来的果园了，四周都是圆形花坛、草坪和瀑布，弥漫着小市民凌乱无序的气息，这一切全都反映在一个大大的金属球上。金属球在石阶前摇晃着，映照在上面的小径变成了一条条色彩鲜艳的花朵组成的带子，球面上还显出两张宽大的脸：一个满脸通红的胖男人，汗流浃背地坐在一张土里土气的椅子上；还有一个身材魁梧的女人，气喘吁吁地舞动着浇水壶，并且高声叫喊：

"我给凤仙花浇了十四壶水！"

新主人在房子上加建了一层楼，栅栏也被换成了新的。在这座修葺一新、还散发着油漆味的小园子里，一架钢琴迅速地演奏着著名的四对圆舞曲和公共舞会上的波尔卡舞曲。舞曲声传到路上，让人听起来浑身燥热；七月的漫天尘土、令人头晕的大朵大朵的花与胖女人构成的热闹场景，和这一览无余的粗俗不堪的欢快氛围，这所有的一切都使我感到十分难受。我记起了那位可怜的老人，他在这里散步的时候是那么幸福、那么平静；我想象着他在巴黎，戴着他的草帽，驼着老园丁弯曲的背，在某一个店铺的后院踱来又踱去；厌倦无聊，畏畏缩缩，眼睛里都是泪水，就在这个时候，他那个儿媳妇却扬扬得意地坐在崭新的柜台后面，柜台里传来卖掉小屋所得钱币的叮当声。

美食风景

龙虾汤

我们沿着撒丁岛的海岸线，向玛德莱纳岛的方向进军。这是一个清晨的漫步。船夫把船划得十分的慢，我从船舷上面向下俯下身子，看到海水如泉水般清澈，清澈到阳光可以直射到海底。水母和海星睡在海苔之间；硕大的龙虾把长长的触须垂在细沙上，纹丝不动地酣睡着。所有这些景色都位于海底十八到二十英尺的深度，就好像在水晶鱼缸里所看到的那样，看起来不大像是真的。

一个渔夫立在船头，用一根劈开的长芦苇做渔叉，我们对船夫打出手势："慢一点……慢一点……"突然，他的渔叉尖上多了一只可爱的龙虾，这龙虾好像还没有睡醒，恐慌地伸展着肢足。我身旁，另一个渔夫向船后的水面扔出了渔线，钓起许多漂亮的小鱼，这些小鱼五彩缤纷，亮丽鲜艳，还不断变幻着光泽，就像透过棱镜所看到的那样美丽。

海钓结束之后，我们的船便在高高的灰色岩石间靠了岸。大家立刻生起了火，在炎炎烈日下，火光显得十分苍白；我们把大片大片切好的面包放在红土盘子里，然后围坐在烧锅四周，伸着盘子，张开鼻翼……是不是因为看这美景、这阳光，以及这海天一色的地平线的缘故，我们觉得食物特别美味。

总之，我从来没有吃到过比这龙虾汤更加鲜美的东西。接下来在沙滩上的小憩也让人觉得十分舒适！我们枕着海浪的摇篮昏昏欲睡，即便闭上眼，也能看到细小的波浪如成千上万片闪耀着光泽的鳞片在纷飞旋舞。

蒜泥蛋黄酱

我们好像置身于西西里岛海边渔民的陋室里，就像忒奥克里托斯在诗歌中所描绘的那种情景。但是，这里只是普罗旺斯的卡玛尔格岛，我们也只是在一个渔警的家里。房子是用芦苇搭建起来的，有许多渔网挂在墙上，屋里搁着船桨、长枪等类似设陷阱捕猎的工具，或是捕猎水陆两栖工具。房子前面是宽阔的平原景色，清风徐徐吹来，使这风景显得更加美丽。

渔警的妻子正在为活鳗鱼剥皮，鱼儿们在阳光底下摆动着；远方一阵风，吹得纤细的树木弯下了腰，就像准备要逃跑的样子，露出树叶淡色的一面。芦苇丛中，沼泽如同一面破裂的镜子，到处闪着光芒。再远处，一条闪烁的白色长带占据了整个地平线：那是瓦卡利斯湖。

屋里，用葡萄藤点燃的火噼里啪啦地作响着，火光四射；渔警正在诚恳地将蒜瓣放在研钵中捣碎，并且还往里面一滴一滴地添加橄榄油。在这窄小的房子里，通往阁楼的梯子却占据了最大的地方；我们坐在小木桌前高高的凳子上，用鳗鱼蘸着蒜泥蛋黄酱吃。

我们很能想象，在如此窄小的房子周围，是一望无垠的地平线，一阵风从上面吹过，候鸟飞过上空；从四周通过马群和牛群身上的系铃声推算出来，这里十分空旷，因为这铃声时而清脆响亮，时而渐远渐弱，传到耳边时好像是丢失的音符，随着密史脱拉风飘扬远去。

古斯古斯饭

我们在阿尔及利亚谢里夫平原的一位阿訇家。主人在屋子前替我们支起一座庞大的帐篷，我们可以从帐篷里看到夜色披着轻纱，悄然降临；夕阳拖着美丽的红色，逐渐消失在泛着紫色的黑夜中。在这清凉的夜晚，在半掩着的帐篷中间，烛火在一支用卡比利亚棕榈木做的烛台上燃烧着，招引来无数畏惧地扇动着翅膀的夜虫。

我们围坐成一圈，蹲坐在凉席上，安静地吃着各种各样的食物：叉在烤杆上的好几只整羊被抬了上来，上面还淌着黄油；还有蜂蜜糕点、麝香葡萄酱，大木盘是最后上来的，木盘里装着用金色的粗面粉做的古斯古斯饭，饭上面还覆盖着鸡肉。

这个时候，天色早已经完全黑了。周围的山丘上升起一轮月亮，那是一轮东方的细月，月牙里还隐藏着一颗星星。帐篷前的露天下，燃起了熊熊大火，舞蹈的人们和乐手们一起，围在火堆周围。有一个体形高大的黑人，光着身子，身着一件旧时轻装兵的制服，使自己的影子在整个屋顶上跳跃着，翻飞着……

看着这食人族的舞姿，听着这急促得几乎令人喘不过来气的阿拉伯小鼓，在平原上豺狗的吠声起起伏伏、遥相呼应，我感觉自己似乎置身于一个野蛮的国度。但是，在帐篷里——它是游牧部落的避风港，正如安置在固定场所中的一叶固定的风帆——披着白色羊毛斗篷的阿訇，在我看来，仿佛是神灵出现在荒蛮时代。当他面色凝重地吃着古斯古斯饭的时候，我想：这道阿拉伯的国菜，一定就是《圣经》中提到的神赐给希伯来人的食物了。

栗子粥

十一月的一个夜晚，科西嘉岛海岸——

我们冒着大雨，在一个人迹罕至的地方靠岸了。卢卡的烧炭人把烤火的位子留给了我们，之后，我们被一个当地的羊倌请到他的陋屋里喝栗子粥。这个羊倌身穿山羊皮衣服，看起来就像是一个野人。我们俯下身，缩紧身体，走进一间矮得直不起腰来的茅草房。房子中央，四块焦黑的石头间几根青色的树枝在燃烧着；火堆上升起了青烟，飘向开在草屋顶上的小烟囱，却立刻被风雨打了回来，在屋里弥漫开来。一盏小灯——也就是在普罗旺斯被称为"卡莱"的灯——在这沉沉的空气中腼腆地张开一只眼睛。

每当烟雾微微散去，就会时不时地隐现出一个女人和几个孩子；一头猪在屋子深处叫着。我们看到一些沉船的残骸：一条用船板钉成的长凳，一只黏着船运单据的木箱，和一个取自某个船头、被海水浸泡过的木质美人鱼头。

栗子粥十分难喝。栗子碾得不够细碎，散发着一股发霉的味道，就好像是在雨中的树下待得太久了。紧接着上来的是"伯里克"奶酪，那膻味足以让流浪的山羊魂牵梦绕……

我们这是在意大利最为穷困的地方。没有任何房子能够用来栖身。这里的气候是那么好，要想生活下去实在是简单！只要在大雨天能有一个藏身的地方就可以了。这么说来，烟雾弥漫、灯光摇晃又有什么事情呢？这儿的人都明白：房屋是监狱，只有沐浴在阳光中才是更好的享受。

海边收获

从清晨开始，我们就奔驰在平原上，去寻找大海。海湾、岬角和半岛组成了布列塔尼的海岸，大海隐藏在其中，似乎是故意躲着我们。

有的时候，海蓝色的一角在天边展开，就好像是从天上掉落下来的一块，色彩更深，流动更快；可是，那些公路蜿蜒盘曲的，几乎就像是打伏击和起义者中的理想地方，它们快速地把这惊鸿一瞥的海景又封闭了起来。就这样，我们来到一个小村庄，村庄破烂而简陋，街道又黑又窄，就如同在阿尔及利亚一般，遍地是鹅鸭和猪牛的粪便。房屋就像茅屋，房门低矮，呈尖拱形，周围漆成白色，门上的十字是用石灰画成的；百叶窗都用长长的斜杠固定好了，只有在大风频繁的地区才能够见得到这种场景。

可是，这座布列塔尼的小村庄看上去却十分隐蔽、沉闷、安宁，好像深入陆地二十法里之遥。当我们到达教堂前的广场上时，眼前一下子豁然开朗，能够感受到徐徐的春风，也可以听见隆隆的涛声。这就是大海，一望无垠、无边无际的大海！上涨的潮水，伴着它每一次拍岸的激浪，都会带来清新而掺杂着咸味的空气和这一阵阵的大风。小村庄延伸向大海，站立在岸边，街道连着防波堤，防波堤的尽头是一个小小的码头，里面泊了几艘船。教堂的钟楼矗立着，就如同海边的航标；旁边有一个墓地，也是大陆的尽头，墓地里的十字架歪歪斜斜、杂草丛生，矮小的围墙早已风化，墙边还放着几条石头长凳，乱石丛淹没了这座村庄。它两面临海，一派田园风光，不可能找到任何一个地方比它更美丽、更幽远了。

这儿的人，无论是渔夫还是农民，乍一看来都很严肃，不苟言笑。他们没有邀请您留在那里，相反，是您自己要去的。不过，慢慢地，他们会变得和蔼可亲起来，您会惊讶地发现，在这冷淡的背后，他们的心地是如此的淳朴善良。他们就像是他们的家乡一样，就像那多石而坚硬的土地；这土地的矿物质含量是那么的高，甚至于即使在太阳底下，大路也显现出一片黑色，闪耀着铜和锡的光芒。光秃秃的石头海岸险峻、荒芜、布满荆棘；到处是坍塌的泥石、陡峭的绝壁，海浪涌入自己掘出的岩洞，在里面澎湃、咆哮。潮水退后，一望无垠的暗礁钻出水面，透露出闪烁着雪白泡沫的怪兽般的脊背，就像是一条条搁浅的巨鲸。

与这形成鲜明对比的是，在离海岸咫尺之遥的地方，有着宽广的麦田、葡萄园和苜蓿地；一堵堵矮墙将它们分隔开，矮墙和树篱一样高，上面爬满了荆藤，展现出一片绿色。看累了那些高得令人眩晕的峭壁，不得不借助嵌在石缝中的绳索才可以下去的深渊，还有翻滚着泡沫的巨浪，再来看一看这一望无际的平原和亲切、熟悉的自然风光，您会觉得眼睛格外舒服。

从弯曲盘旋的山间小路上，从两座房屋的屋脊之间，从墙垣的缺口里，从小巷的尽头，随外都能够看到无处不在的大海；在这海蓝色的背景之上，连最渺小的乡村细节也被放大了。在更加广阔的空间里，公鸡的啼叫越发显得嘹亮。

可是最美的景色，莫过于海边收割后的麦堆，衬托在碧波之上的金色麦垛，麦场上此起彼伏伴着节拍的连枷，还有一群群站在峭壁的顶端、面朝麦场、如同是招魂似的举起双臂、清扬麦子的女人了。麦粒就像雨点一样规则而密集地落下，海风吹走了干草，在空中飞舞飘扬。无论是教堂前的广场上，还是在码头上、防波堤上，到处都有女人在扬麦；在防波堤上，则更是晾晒着许多巨大的渔网，网眼里还缠着水草。

在时，在岩石底下，居然有另外一场收获，是在潮水时而涌起、时而退却的中间地带进行的。那就是收获海藻。每一次海浪汹涌地涌向岸边，都会留下它的痕迹，那就是一条由海藻、海带等组成的海洋植物曲线。每当起风的时候，这些海藻就会涌到海滩上，就算大海会退到离岩石很远的地方，而海藻却像湿漉漉的头发一样紧贴在岩石上，铺开在上面。

人们把大把大把的海藻捡起来，摆在岸边；它们的颜色是很深的紫色，带着波浪的光彩和怪异的红色；海藻晒干以后，人们就烧掉它们从中提取苏打。

这种特殊的收获，一定要在退潮的时候才能够进行。男女老少挽起裤腿，走向海水撤退时留下的成千上万个澄清的小水坑里。大家都手拿巨大的草耙，来到湿滑的岩石中间。他们所到之地，海蟹全都惊恐地奔逃躲藏，压扁了身体，把蟹钳收缩起来；而那些透亮的小虾，则隐藏在被搅浑的水里，看不出来了。海藻收起来后，被堆放在一起，装到牛车里；牛儿低着头，费劲地拉着车，行走在高低不平的地上。不管您转向何处，都能够看到这样的牛车。

有的时候，在牛车几乎无法到达，只能通过陡峭的小径才能上去的地方，会忽然出现一个男子，手握缰绳，拉着一匹马，海藻从马背上一条条地垂下，还滴着水。您也可以看到孩子们把树枝扎成担架的模样，运送着落下的海藻。这场景构成了一幅感伤而又动人的画面。海鸥受到了惊吓，一面叫，一面在空中围着自己的蛋翱翔。

大海的威胁依旧存在，但最终它使这一场景变得庄严，当人们在海浪犁出的细沟中收获海藻——正如他们在田里收获庄稼——的时候，天地一片宁静，这宁静中蕴含着勤劳，涵盖着一个民族面对吝啬而又桀骜不驯的自然所做的努力。人们所能听见的，只有一两声赶牛的吆喝，还有海水拍打在岩洞里发出的尖锐的声响。我们好像是遇见了一个只是埋头修行的教士团，来到了一个规定在露天工作却必须永久保持沉默的修道院。赶车人从您身边经过的时候，甚至都不想回头看您一眼；只有拉车的牛，一动也不动地瞪大眼睛盯着您。可是，这里的人看起来没有任何忧愁。只要一到星期天，他们就会兴高采烈地跳起古老的布列塔尼圆舞。

晚上八点左右，大家在教堂和墓地前的堤岸上聚集。墓地这个词听起来让人觉得有些惊恐，但是如果您看到这块地方，就不会觉得害怕了。这里没有一点嘈杂，没有一颗紫杉，更加没有一块大理石墓碑。所有的约定俗成或庄重肃穆的东西都没有。只有竖起的一具具十字架，上面刻着许多相同的姓氏，在许多小地方都有一样的情景，主要是由于居民们都是亲戚；还有一成不变的高大的野草和低矮的墙头，孩子们游戏的时候可以轻而易举地翻过它，而在举行葬礼的日子，人们则可以站在墓地外面，从墙头上看到出丧的人屈膝下跪的景象。矮墙根下，老人们喜欢来晒太阳，或者来纺线，有的时候甚至在这偏僻宁静的园子和汹涌澎湃的大海之间美美地睡上一觉……

星期天晚上，年轻人也是在这墓地跟前翩翩起舞的。当防波堤边的海浪还被落日的余晖映照着时，姑娘和小伙子们就三五成群地会集到这里。圆圈围起来了，开始是一个尖细的声音伴着节拍在独自领唱：

"在如同银锡盘的院子内……"

全部声音一齐重复唱道：

"在如同银锡盘的院子内……"

圆舞跳起来了。上下翻舞着的是白色的圆锥女帽，两边微微开了口，好像是蝴蝶的翅膀一般。海风几乎要把每句歌词的一半带走一样：

"……丢失了我的仆人……"

"……带回了我的色彩……"

歌声时断时续，有时几个元音会被奇怪地漏掉，当地用来伴舞的歌曲，注重的是节奏而不是歌词的意思；如此的歌声，听起来更加纯朴，更加令人着迷。除了一道朦胧的月光，再没有别的光亮，这使舞蹈显得越发空灵。所有都是灰色、黑色或白色的，这中性的色调，最适合配着恍惚的梦，却不是眼前真实的景象。渐渐地，月亮升起来了，墓地里的十字架，就是立在角落里、有着很大的耶稣受难像的那一具，开始拖长影子，延伸向圆舞的圈子，最终和跳舞的人影交错在了一起……

终于，十点的钟声敲响了，大家分手道别了。所有人都经过村庄的小巷回家，就在此时此刻，小巷也显现出一种奇特的面貌。屋子外边残缺不全的楼梯台阶，屋顶的角落，漆黑一片的厂棚，这一切都歪歪扭扭地缠绕着、拥挤着。人们沿着古老的墙垣走着，在墙边长着高大的无花果树；走在路上，踩着空心的麦秸，一股海的气味，伴随着热腾腾的麦香和牲口棚中沉睡的气息，窜进您的鼻翼。

我们借住的房子在村庄外面的田野里。在回家的路上，我们隐约地看到，在树篱的上方，整个半岛被许多灯塔闪烁地照亮了：有一座闪着亮光的灯塔、一座旋转的航标灯和固定的航标灯。因为无法看见大海，那些露出水面的黑色礁石，好像都融入了静谧的田野里。

镜子

　　北方涅门河畔来了一位大约十五岁的克利奥尔小姑娘，她有着白里透红的皮肤，就好像杏花一般。她从盛产蜂鸟的家乡来，是甜蜜的爱情之风将她吹到了这里……海岛上的众人规劝她说："别去，大陆上非常寒冷……特别是到了冬天，你会被冻死的。"但是单纯的克利奥尔小姑娘根本不相信会有冬天，她对寒冷有限的肤浅的体味，也仅仅是从果汁和冰糕上获得的；更何况她还沉浸在爱河中，恋爱的人是不会惧怕寒冷的……

　　最后，她还是欣然地带着扇子、吊床、蚊帐和一只满载着故乡蜂鸟的金丝鸟笼，在涅门河的迷雾中登岸了。

　　北方老爹见到南方世界给他送来的这朵阳光中的纯洁的海岛之花，心中洋溢着无限爱怜之情；他知道严寒会把女孩及她的蜂鸟狠狠地吞噬掉，便马上点起了一个金灿灿的大太阳，身着夏天的盛装来欢迎她……

　　但是，单纯可怜的克利奥尔小姑娘却误以为北方的天气会一直这样闷热，草木永远会如春天般苍翠浓郁，于是她就在两棵松树之间系起了吊床，整天躺在上面，摇着扇子在吊床里晃荡。

　　"北方的气候明明就很热嘛。"她一边笑一边得意地说。

　　可是，有件事让她忐忑不安。在这神奇的国度里，房子为什么都没有阳台？为什么墙壁会这么厚实？为什么地上要铺着地毯？为什么到处都布满了帷幔？为什么房间里放着这么大的陶火炉、院子里堆着这么多的干枯柴火？柜子里装有那么多厚厚的狐皮、夹袄和毛皮做成的大衣，这些到底都是用来做什么的？可怜的姑娘，她最终有一天会明白的。

一天清晨，当克利奥尔小姑娘从梦中醒来时，冻得直打哆嗦。太阳不见了，天空中乌云密布，云层压得很低，就像在夜里与大地连成了混沌的一片；天空中静静地飘着片片的白絮，万物都犹如被盖在棉絮下一样……天空阴沉沉的，满天都是厚厚的、低低的、灰黄色的浓雾。北风呼呼地怒号，在旷野上奔跑肆虐，好像握着一把尖锐的刀剑，能刺透最严实的皮袄，更别说那暴露在寒风中的脸皮，被它割了一刀又一刀，疼痛万分。冬天来了！冬天来了！寒风肆虐着、呼号着，火炉也在呜呜作响。大金丝鸟笼里的蜂鸟们都停下了鸣叫，它们那带有蓝色、粉色、红宝石色、海蓝色的翅膀也不再扑扇，而是紧紧地缩在一起，纤巧的小嘴冻得颤抖，针尖大小的眼睛冻得浮肿，样子真让人心生怜悯！花园深处结满冰霜的吊床也在瑟瑟颤抖，松树的枝杈上则插上了玻璃丝般晶莹剔透的银针……

克利奥尔小姑娘冻得瑟瑟发抖，她再也不想待在这个寒冷的地方了。

她像她的蜂鸟一样，蜷缩在火堆旁，整天到晚盯着火苗，遥想着温暖的阳光。从大壁炉明亮炙热的火光中，她仿佛又回到了自己的家乡：宽阔平坦的码头沐浴着阳光，成捆的甘蔗渗泻着褐色的糖汁，玉米粒在金色的尘埃中飞扬；还有下午短暂的小憩，舒适简单的门帘，精致的草编；继而是夜空里繁星点点，执着的小虫投入炙热的灯火中，千万对微小的翅膀，或在万紫千红的花丛中、或在蚊帐的绢纱网眼里挣扎，发出嗡嗡的响声。

正当她坐在炉火前凝神遐想的时候，冬日变得越来越长、越来越阴暗冷寂。每天早晨都会有一只冻死的僵硬的蜂鸟被拣出去；没过多久，笼子里仅剩下了两只瘦弱的蜂鸟了，就像两团翠色的浓郁绒球，竖着绒毛，互相依偎着蜷缩在笼子的角落里……

这天早晨，可怜的克利奥尔小姑娘终究是没能起床。就像是马翁港的舢板猛然间陷入了北方的冰封一样，她被严寒牢牢地抓住，再也不能动弹。天阴沉沉的，房间里充斥着忧郁而压抑的气氛。冰霜在玻璃窗上肆意地挂起一道道厚重的亚光幕布。整个城市好像死了一般沉寂，只剩下蒸气扫雪车还在冷清凝滞的道路上发出声声悲惨的哀鸣……

为了打发这无奈而恐怖的时间，克利奥尔小姑娘躺在床上，把扇子上的小金片一片片地擦拭得光彩照人，还用她从家乡带来的、镶嵌着印第安人硕大羽毛的镜子不时地照自己的面容。

日复一日地过去了，冬日的白昼依然愈来愈短、愈来愈沉。克利奥尔小姑娘蜷缩在有花边装饰的帐幔里，身体一天比一天衰弱，整日被悲伤忧郁困扰着。但最让她感伤的是，躺在床上看不到炉火。对于她而言，这是又一次失去故乡的感觉……她常常发问：

"屋子里有火吗？"

"是的，小姑娘，有火。壁炉里的火烧得旺着呢！你听到木柴燃烧的噼啪作响、松球爆裂的声音了吗？"

"噢！让我看看，让我看看。"

虽然她使劲地探出身子，但还是徒劳，火苗离她真的太远了，她看不见，这让她十分绝望。一天晚上，她躺在床上，头靠在枕头上，一直朝向那望不见的炉火看着，脸色苍白，思索着；这时她的朋友走过来，拿起床上一面镜子，说：

"你想看到火苗，对吗，亲爱的？……我来帮你，你等一等……"

他轻轻地跪在壁炉前，想要试着用镜子将温暖的火光反射给她看：

"你看得见吗？"

"不行，我还是什么都看不见。"

"这样呢？"

"还是什么都看不见……"

猛然间，火光照亮了她瘦削而苍白的脸，将她笼罩在温暖的光亮之中：

"噢！我终于看到它了！"可怜的克利奥尔小姑娘欢欣雀跃地说。

她就这样，脸上带着微笑，死了，眼睛的深处还闪烁着两团微弱的小火苗。

日本悲剧

德·斯耶波尔特上校先生

德·斯耶波尔特上校是一个巴伐利亚人，曾经在荷兰军队服过役，有许多关于植物的经典著作，因而享誉科学界。一八六六年春天，他只身来到巴黎，准备向皇帝面呈一份规模宏伟的国际合作计划，目的是开发日本这个所谓神奇的日出之国，为了这个计划，他在那个国家住了三十多年。虽然这位卓越的旅行家在日本住了很长时间，但骨子里却仍然流露着一种巴伐利亚气质；在等待去杜伊勒里宫接受召见的那段艰难的日子里，他经常到位于城郊普瓦索尼耶区的小酒馆里打发寂寞难耐的夜晚时光，身边总是伴随着一位年轻漂亮的慕尼黑姑娘，并且他们俩总是一起旅行，还对别人介绍说那是他的侄女。

我与他就是在那里相识的。尽管这位身材魁梧的老人已经七十二岁，但依然神情坚定，腰杆挺直有力，他留着花白的长胡须，身着一件极端宽大的长外套，上衣翻领的饰孔里装饰着绶带，上边别着代表各国科学院标志的国旗；这样的装扮虽新奇独特，却又不失优雅和随意，每次他走进小酒馆，都会引来无数人的眼神。

上校神情凝重地坐下，然后从口袋里掏出一根又大又黑的萝卜；和他一起来的那位慕尼黑姑娘身穿短裙，披一块镶着流苏的美丽方巾，头戴一顶旅行运动小帽，明显的德国人装扮，她按照家乡的习惯，把萝卜切成薄片，再撒上盐，递给"叔叔"——她就是用她那略带着德国口音、小鸟般纤细的嗓音，来称呼她的叔叔的——然后，两个人就面对面，安定而淡然地吃起萝卜来，似乎压根儿没有想过这样的行为举止在巴黎或在慕尼黑会显得多么滑稽。他俩实在是既独特又可爱的一对，我们很快就成了好朋友。

老人看到我对于他讲的有关日本的故事很感兴趣，便建议我为他的回忆录稍加润色，我立即答应了，一方面是出于和这位年老的辛巴达的友情；另一方面，老人对日本的爱恋深深地感动了我，使我也想要对那个美丽的国度有进一步了解的欲望了。不过润色工作做起来并不是很容易，整部回忆录都是用德·斯耶波尔特先生那种奇特的法语写成的："要是我可以成为股东……要是我可以筹集资金……"他还总是将一些词的发音自行组合，以至于常会把"亚洲的大诗人"说成"亚洲的大死人"，把"日本"写成"热笨"……

此外，还有那些五十行一句的长句，中间没有一个句号或逗号，读起来都没有喘气的机会，但作者却把它们在脑袋里组合得十分妥帖，即使去掉一个词都不可以，有时候在这里删去了一行字，可不久他就又把它在那里加了上去……不过这些都没有关系！这个该死的家伙说起"热笨"时竟然是如此的有趣，使我几乎忘却了工作的郁闷。当他接到召见信的时候，我就快要把他的回忆录修改完了。

可怜的老斯耶波尔特！我到现在还对他去杜伊勒里宫时的场景记忆犹新：他将全部的十字勋章都别在衣襟上，身着庄严的红金相间的上校军装。只有在极其重要的节庆时，他才会从箱子里翻出这身军装。尽管他不停地挺起魁梧的身躯，还发出"嚯嚯"的声音，但他的手臂搭在我肩上，不住地颤抖，尤其是他那因刻苦钻研和畅饮慕尼黑啤酒而变成深红色的学究式的大鼻子，现在却显得非常惨白，这些，让我可以感觉到他是多么激动……

当晚上我再见到他时，他非常得意：在过道里，拿破仑三世接见了他，并且听他讲了五分钟话，然后用他最渴望的话将他送走了："再说吧……我考虑一下。"听到这些话，这位略显幼稚的日本迷已经在打算着要租下某个大饭店的二层楼，将文章刊登在报纸上，并且散发宣传手册了。我费尽口舌试图让他明白，皇帝陛下也许需要花费很长一段时间来"考虑一下"，在此之前，他最好还是回到慕尼黑去，因为那里的议会恰好正在表决是否同意将大笔的资金预算用于大规模购买收藏品上。

终究我说服了他。临走前，为了感谢我在他那本著名的回忆录上所耗费的心思，他许诺会寄给我一部剧名为《盲人皇帝》的六世纪的日本悲剧。目前这部珍贵的作品在欧洲还无人知晓，他特意将它翻译过来，送给他的好友梅耶贝尔。大师临终前，正在为这部戏谱合唱曲。很明显可以看出，这位正直的人是真诚地想送我一份厚礼。

不幸的是，他走后没有多久，德国就爆发了战争，那部著名的悲剧的消息就消失了。因为符登堡地区和巴伐利亚地区被普鲁士军队占领了，上校很自然地会出于强烈的爱国心而情绪激动，因为对入侵感到惊惶失措，故而忘记了我的《盲人皇帝》。

但是，我对此却耿耿于怀；事实上，一半是出于我对那部日本悲剧的渴望，另一半是为了满足我的好奇心，我总是想亲眼看看战争和占领是什么样子——噢，上帝！我现在对它们充满了噩梦般的回忆——第二天早晨，我决定出发去慕尼黑。

德国南方

你跟我谈什么性格忧郁的民族？在这战争的岁月中，在八月炙烤的烈日下，那个莱茵河彼岸的国家，从科尔桥至慕尼黑，都显得相当冷漠、相当了无声息。符登堡的火车带着我缓慢而沉重地经过施瓦本地区，通过车厢里的三十扇窗户，我看到呈现在眼前的各种风景：有丘陵，也有关隘，还有低伏而苍翠的树木，唯有从这绿色中，我才可以感觉到溪流的凛冽。

随着火车的进发，山坡在百转千回中渐渐消失；山坡上可以看到羊群中间的农妇们，她们身穿红色的裙子、天鹅绒的短上衣，周围的树木又是那么的郁郁葱葱，就像这羊舍是从某一个散发着松脂和北方森林清香气息的小松木盒子里提取出来的一样。远处，还不时能看到十几个身穿绿色军服的步兵，在草地上认真地操练，他们高昂着头，把腰杆挺得笔直，走路时腿跷到天上，握枪的姿态就像一张长弓：他们是某一位拿骚王子的亲兵。

有的时候，其他火车也会同我们擦肩而过，它们开得和我们一样慢，上面满载着很多大船，船上蹲着符登堡士兵们，他们紧凑地挤在一起，如同挤在节日的巡游花车里一样，一边躲避着普鲁士人，一边却用三个声唱着《船歌》。我们会在所有经过的车站餐厅里停下来歇息一小会儿，餐厅的服务员们始终带着如一的笑容，顾客们脖子上搭着餐巾，面对大块的果酱肉块，一张张胖脸都洋溢着喜悦的表情；斯图亚特的王家花园里停着四轮马车、梳妆间和马匹，水池边弹奏着华尔兹和四对舞的乐章，然而此时此刻在基辛根却在激烈地战斗着。

说实在的，四年之后，同样是在八月，当我再次想起这一切的时候，想到我的所见——火车头疯狂地开着，却无目的地行驶，好像巨大的太阳使火车的锅炉变得越来越惊慌失措；车厢停放在战场中间，铁路被无情地切断了，列车罹难；随着东部战线的紧缩，法国的版图也日渐缩小；在被废弃的铁路沿线，一个个火车站孤零零地坐落在穷乡僻壤之中，里面阴森森的却挤满了人，都是些伤兵，他们就像是被人抛弃的行李一般被遗落在那里，这一切都让我不禁感到惊愕，一八六六年发生在普鲁士和德国南方各诸侯之间的战争只能成为大家饭后的谈资，无论别人对我们说什么，我们相信日耳曼之狼是不会自相残杀的。只要亲眼目睹一下慕尼黑，您就会相信我所说的话了。

我是在星期天的晚上到达的，那天天气晴朗万里无云，繁星点点，整个城市都处在一片热闹之中。空气中飘浮着一片模糊欢悦的吵闹声，这声音洋溢在灯光下，在路人扬起的灰尘中变得更加朦胧。不管是在凉爽的拱形啤酒窖里，还是在摇晃着彩灯的啤酒屋花园里，到处都能够听到因为胜利而响起的雄壮的铜管乐和如泣如诉的木管乐的声音，乐声中还夹杂着杯盖沉重地落在啤酒杯上的声音……

我就是在如此一个洋溢着各种各样声音的啤酒屋里，找到德·斯耶波尔特上校的，他依然和他侄女坐在那里，眼前依旧放着一只又黑又大的萝卜。

靠近他们的一张桌子上，外交部部长正在和国王的叔叔喝着啤酒。他们旁边站着一大群穿着体面、拖家带口的有钱人，戴着眼镜的军官们和戴着红色、蓝色及海绿色小鸭舌帽的学生们，所有的人表情都十分严肃，沉默无声，静静地听着干戈里先生的乐队演奏，看着缕缕青烟从烟斗上冉冉升起，好像普鲁士根本就不存在一般，没有一丝忧虑之情。上校看见我，似乎感到有点窘迫，他压低了嗓音跟我讲法语。

我们周围的人都在窃窃耳语：

"法国佬……法国佬……"

我感到所有的眼睛里都充满了恶意。

"我们还是出去吧！"德·斯耶波尔特先生说。

一到外面，我再一次看到了他和以前一样的笑脸。这位朴实的人并没有忘记他的承诺，他前一段时间一直忙着整理自己收集的日本藏品，而这些藏品刚好被卖给了国家。正是这个缘由，他才一直没有给我写信。至于我那部心动的悲剧，现在还全部由德·斯耶波尔特夫人保管着，她住在符登堡，要想去那里，必须要经过法国大使馆的特别批准，因为普鲁士军队已经逼近符登堡，要进入这个地区已经决非易事了。但是我非常想得到这部《盲人皇帝》，要不是怕德·德勒维斯先生已经安睡了，我当天晚上可能就直奔法国使馆去了……

在出租马车里

第二天一大早，蓝葡萄客店的老板就直接让我登上一辆出租马车。通常旅店的院子里都会停着几辆这样的马车，以方便住店的客人浏览观赏城里的名胜。从马车里往外看，古迹和街道如同一本导游手册，一页一页地在我们眼前翻开展现。可是，这次出租马车并不是要带我观摩这座城市，而是专程送我去法国大使馆的。

"法国大使馆！……"

客店老板强调了两遍。车夫是一个身材矮小的男子，身上穿着蓝色衣服，头上戴一顶巨大的帽子；听说马车要去的是新地方，他显得十分惊讶。

可是，我比他更加惊愕，因为我看见他仅仅是掉转车头，向高档街区的反方向行驶，沿着到处都是工厂、工人住所和带有小花园的城郊前行，穿过城门，来到城外。"法国大使馆?"我不时担心地提醒他。"是，是!"小个子车夫肯定地告诉我。

因此我们继续赶着路。我多么想多知道一些情况；但是可恨的是，马车夫一点都不懂法语，而在那个时候，我也就只会两三句最基本的日常德语，都是有关面包、床或肉之类的简单句子，跟大使馆没有什么关系。再说，就这几个句子，我只能和着音乐才能说出口。原因是这样的：

几年前，我和一个差不多和我一样快要疯狂了的伙伴，横穿阿尔萨斯、瑞士和巴登公国，进行了一次名副其实的流动商贩式的长途旅行。我们背着背包，走了无数路程，绕过那些仅想看一眼城门的城市，总是挑那些不知通往何处的小路进发。这让我们常常在旷野上，或在没有屋顶的粮仓里风餐露宿；但是，让我们的旅行平添了不少未知色彩的，居然是我和我的同伴连一个德语单词都说不出来。

经过巴塞尔的时候，我们买了一本袖珍小词典，靠着它，我们总算能够造出几句十分简单、幼稚的句子，就如"我们想喝啤酒"，"我们想吃奶酪"之类的。可是，即使这些该死的句子看似极其简单、幼稚，但是不管我们再如何努力，也不能牢牢将它们记住。用演员的话来说，就是我们不能将它们脱口而出。因此，我们想到为他们谱上乐曲；乐曲与句子是如此的搭配，以至于单词和着曲调深深地印刻在我们的脑海中，但是不管两者之中的哪一个都不能让我们脱口而出。晚上，走进客店的大厅时（您只要看看老板的面孔就知道了）我们一扔下背包，就扯开洪亮的嗓门大声唱道：

"我们要喝啤酒!"

"我们要，对，我们要。"

"对！"

"我们要喝啤酒。"

从那之后，我的德语说得就好多了。我曾经有过那么好学习这门语言的机会！……我的词汇量随着大量的短语和句子迅猛增长。只不过我现在是在说这些词，而不再是唱……噢！不，我不想唱……还是回到出租马车上来吧。

我们重新振作精神走在大街上，大街的两边是郁郁葱葱的树木和白色的房子。突然间，车夫停了下来："吁！……"他一面喊，一面指着一幢掩映在刺槐丛中的小房子给我看，房子很幽静，但是也很偏僻，一点都不像是大使馆。大门边的墙角里安装了三个层叠的铜扣，闪烁着光芒。我拉了拉其中的一个，门就打开了，我顺势走进一个雅致舒适的前厅，各处都布满鲜花和地毯。一听见门铃的声音，六七个巴伐利亚女仆就跑了出来，一个个都丑陋无比，就好像是丢掉翅膀的鸟儿站在楼梯上——莱茵河彼岸所有女人都是这样的。我问道：

"这儿是法国大使馆？"

她们让我重复了两遍，之后便狂笑着走开了，笑声仿佛可以震动楼梯的扶手。我愤怒地回到车夫那里，借助手势，尽力想办法告诉他，他弄错地方了，大使馆不在这里。

"对，对……"这个矮小的家伙果断地回答着，看上去却十分平静。我们就只好返回慕尼黑。

我猜想，要么是当时的法国大使搬家成癖，要么就是我的车夫不愿意违背马车的行车习惯，依旧决定要我游览这座城市和它的周边地区。可是不管怎样，整个上午，我们都在慕尼黑纵横穿梭，找寻着那座虚渺的大使馆。又试了两三次之后，我再也不下车了。车夫来来回回，在某些路上停下，假装地问着路。我任他带我去哪儿，眼睛只管盯着四周的景物……

慕尼黑真是一座沉郁寂静的城市！街道宽广，高楼大厦鳞次栉比，空旷的马路上回荡着行人的脚步声，露天博物馆里一尊尊巴伐利亚名人的白色雕像更加显得那么死气沉沉！

不可计数的列柱、拱廊、壁画、方尖碑、希腊神殿、柱廊，还有镂刻在三角门楣上整齐排列成两行的烫金文字！所有这一切都让人有十分宏大的视觉效果，可是当人们知晓所有的马路尽头皆有一座凯旋门，门洞朝向蓝天，仅有地平线穿过门下时，他们仿佛感到了这宏大的表面背后所藏匿着的空洞和浮华。我是这样构想这些虚拟的城市的：那是融合着德国风情的意大利，在那里，缪塞展示了方塔西奥无尽的忧郁和曼托瓦王子严肃但又愚蠢的假发。

马车一直持续兜风五六小时之久，接着马车夫雄赳赳、气昂昂地把我拉回到了蓝葡萄客店的院子，他把鞭子抽得十分响，仿佛因为带我游览了慕尼黑城市而感觉骄傲、自豪一样。至于大使馆，后来我才发现它和我所住的客店仅仅只有两条马路的间隔。可是这也于事无补，因为大使不同意向我签发去往符登堡的护照。

据说那段时间，在巴伐利亚，我们是很不受欢迎的；一个法国人到战争的最前线去冒险，那风险就更大了。因此我就只好留在慕尼黑，等待着德·斯耶波尔特夫人抽空将那部让我心动很久的日本悲剧带给我……

蓝色的国家

真是让人感到奇怪！这些善良的巴伐利亚人因为我们在这场战争中没有与他们站在同一战线感到极其愤怒，但是面对普鲁士人却没有半点仇恨和敌对的情绪。他们不仅对失败不感到耻辱，对胜利者也没有任何憎恶："他们才可以称得上是世界上一流的军人！……"基辛根战斗的第二天，蓝葡萄客店的老板就是这样跟我说的，慕尼黑百姓大多数都和他抱有同样的想法。在咖啡馆里，人们争先恐后阅读来自柏林的报纸。大家看到《匡嘟铛画报》上的笑话，都笑得前俯后仰；这些来自柏林的夸张与讽刺，就好像克虏伯工厂造出来的著名的五十吨锻锤那样沉重。从坚信普鲁士军队将要进城，人人都做好了款待他们的准备。酒馆为他们准备了足够的香肠和肉肠；有钱人开始为普鲁士军官在家里腾出房间……

只有博物馆在这方面表现的有一点点担忧。一天，我走进美术馆，却看到墙上已经是空荡荡的了，门卫们正在把图画打包装箱，准备运到南方去。人们担心胜利者即使宣称重视保护私人财产，却蔑视国家珍藏的物品。所以，城里所有的博物馆都关门歇业了，德·斯耶波尔特先生经营的那一家除外。

上校坚决相信，他是荷兰军官，而且还曾经光荣地获过普鲁士雄鹰勋章，所以只要有他在，就没有人能碰他的收藏品；在等待普鲁士军队到来的这些日子里，他一直穿着庄重的军服，在三间长长的展厅里徘徊。这三间展厅都是国王赐给他的。花园如同是巴黎的王宫，但是比王宫更加绿、更加忧郁，四周围着围墙，墙上雕镂壁画。在这阴沉幽暗的宫殿里，珍奇异宝被贴上标签陈设起来，组成了博物馆的藏品；所有的这些满面愁容的东西都来自远方，离开它们原本安居的环境。就连老斯耶波尔特本人好像也是它们当中的一员。

我天天都来看他，我们共同度过很长的时间，翻阅那些装点着版画插图的日本手稿。那些科学或历史书籍都镶有金边，纸张精美细致，十分珍贵；它们有的又大又厚重，必须平摊到地上才能舒展开来；有的却仅仅只有指甲那么长，只有凭借放大镜才能看得清楚上面难以辨识的文字。

德·斯耶波尔特先生不是让我欣赏他珍藏的九十二卷日本百科全书，就是将《百人颂歌》翻译之后读给我听，那是一部有名的著作，甚至它的出版还引起了天皇的关注，收录了这个国家一百位最著名的诗人的生平、画像和部分抒情诗节选。接着，我们又一起整理他收藏的武器：有宽大护颈的金头盔、护胸甲、锁子甲，还有两只手掌宽的大砍刀，这让人不禁想起寺庙里的武士，毫不犹豫地用它切腹自杀。

他向我解释刻在镀金甲壳上的爱情箴言，并将我引进日本房屋的内室，对我展示他在江户的房屋的模型。那是一个涂了漆的小模型，包括了房子里的一切：从丝绸窗帘到小巧玲珑的花园假山，花园里还种上了可爱的植物。

最让我震惊的是日本的祭祀器具，那些彩绘的木质小神像、祭披、圣瓶，还有一些可移动的祭台，仿佛就是完全真实的木偶舞台，好像每个信徒都会在家里独辟一个角落来放置这些东西。红色的偶像被有序地放在最里面，一根带结的细绳佩戴在前面。在祈祷开始之前，日本人会真诚地弯下腰，用这根细绳敲打一个响铃，响铃在祭台脚下，熠熠生辉；他们就是用这种方式来引起神灵的关注。一瞬间，我就仿佛变成了孩子，我不知倦怠地敲打着这奇妙的响铃，让我的梦想随着这声波肆意远行，一直飘到东方的亚洲国家，在那里，就好像是初升的太阳给所有东西都镀上了一层金色，从宽大的砍刀到小书的切口……

当我从他那儿出来的时候，眼睛里还残留着生漆和玉器的光泽，和地理图鲜艳的颜色；尤其是他为我朗诵一首圣洁、高尚、脱俗而深邃的日本颂歌的那些日子，慕尼黑的街景会让我有一种难以言说的感觉。但是日本，巴伐利亚，这两个对我来说陌生的国度，我差点难以同时认识它们，我通过其中的一个认识了另外一个，它们在我的脑海里朦胧、混杂，融为一个虚幻的国家、一个蓝色的国家……

我刚刚在日本茶杯上看见过这条蓝色的旅行线路，就好像云彩的模糊线条、流水的无界轮廓，现在我又从围墙的蓝色壁画上找到了它……还有那些身着蓝色军服的士兵，戴着日本式护面面具，在广场上操练；还有那一望无垠的、蔚蓝的、宁静深远的天空；还有那个雄赳赳地把我拉回蓝葡萄客店的马夫！……

泛舟斯塔因贝格湖上

这个在我记忆深处泛着粼粼波光的湖泊，也是属于这个蓝色的国家。就算只是在写下斯塔因贝格湖名字的时候，我都好像看到了慕尼黑周围那一大片平静而宽阔的水面，水波不兴，水天一色，一艘小汽船沿着湖岸轻快地驶过，冒出的蒸气令湖水显得既亲切又灵动。湖的四周，是一个个广阔的公园，里面长着茂密的深绿色森林，森林常常被隔断开，就像绿色的别墅在那里开的天窗。向山上望去，小镇的房屋成排地建在峡谷之间，鳞次栉比；再往上看，远处的蒂罗尔山好像是透明的，在空气中飘荡。

在这幅有点传统、但是却十分迷人的画卷一角，有一位很年长的船夫，他打着长长的护腿，身穿镶嵌着银纽扣的红色背心，高兴地载着我在这湖上游览了整整一个星期；能在自己的船上接待一个异域法国人，他好像十分骄傲。可是这样的荣誉并不是第一次降临到他的头上。这一点他的记忆十分清晰，在他年轻的时候，曾经将一位法国军官平安地渡过了斯塔因贝格湖。那是在六十年以前，从老人对我说话时候那种毕恭毕敬的神态中，我体会到了一八〇六年的法国给他留下的是什么样的印象；这位第一帝国的军官似乎名叫贝尔·奥斯瓦尔德，他身穿紧身裤，脚穿软皮靴，头上戴一顶巨大的翻皮帽，一副胜利者目空一切的样子！……

如果这位斯塔因贝格湖的船夫如今还健在，我怀疑他是不是还会对法国怀有那样无比崇敬的感情。慕尼黑的富人们就是在这迷人的湖上和湖的公园里度过轻松愉快的星期天的。就算是战争也一点儿都没有令他们改变这一生活习性。我经过的时候，湖边的客栈全部都住满了；草地上，几个丰满的女人围坐在一起，裙子被她们弄得鼓鼓的。树枝交叉卧在蓝色的湖面上，成群结队的年轻女子和学生从中间穿梭而过，身体被笼罩在烟斗的袅袅青烟中。稍微远一点的地方，一群农民正在马克西米利安公园的林中空地上为人举办婚礼，他们吵闹着，声音嘈杂，而又十分引人注意，在临时搭起来的长桌前大吃大喝。

就在这个时候，一个身穿绿色制服的猎场看守员神采奕奕地站在那里，手握钢枪，摆出要射击的姿势，向人们展示着无比神奇的撞针步枪，普鲁士军队把这种枪使用得十分成功。

我真的只有看到这场景，才能想起在距我们几里远的地方，还有人在坚持战斗。您必须相信这个事实，因为那天晚上，我回到慕尼黑，在一个貌似教堂一般宁静而不起眼的小广场角落上，看到圣母玛丽亚的雕像旁边燃着一支支蜡烛，烛光微弱，女人们真诚地跪在那里，祈祷声常常被长长的呜咽声打断……

巴伐利亚雕像

虽然多年来人们不停地描绘法国的沙文主义和愚蠢的爱国主义，

说我们爱慕虚荣、自吹自擂；可是依我看，在欧洲，没有一个民族比巴伐利亚人更喜欢自吹自擂、更好大喜功、更自命不凡。巴伐利亚短暂的历史只不过被看作是从德国历史书上随意撕下来的十页纸罢了，它却被陈列在慕尼黑的街头炫耀；这历史全部被用绘画作品和纪念碑写就，规模宏伟，但不成比例，就好像新年里送给孩子的礼物书：文字极少，图片却很多。巴黎仅有一座凯旋门，可是慕尼黑却有十座：胜利门、元帅廊；而为骁勇的巴伐利亚战士修建的方尖碑究竟有几座，我也不太清楚。在这个国家做伟人真的很荣耀；你能够确定石头上、青铜上，到处都会雕刻有自己的名字，至少会有一尊您的雕像被竖在某一个广场的正中央，或者被安放在某一建筑物的门楣上方，与那些用白色大理石做成的美丽胜利女神像为伍。

这种对雕像、对荣誉和纪念性建筑狂热追求的行为，在那些善良的人们身上发挥到了极点，以至于在有些马路的路角，你都能够看见很多已经竖好的空雕像架，它们是为那些现在尚未成名而以后即将成为名的人准备的。如今，可能所有的广场都已经安排满了，因为一八七〇年的普法战争为他们贡献了那么多的英雄，提供了那么多的光荣事迹！……

我很愿意想象一下著名的冯·戴尔·汤恩将军的雕像，被竖立在一个郁郁葱葱的广场中间，好像古人一样半裸着身体，站在一个镂有浮雕的底座上；浮雕的一面描绘的是巴伐利亚士兵放火焚烧巴泽耶村的景象，而另一面则讲述的是巴伐利亚士兵在伍尔斯枪杀救护车中法国伤兵的简练故事。这将是多么气势恢宏的纪念碑呀！巴伐利亚人不单单满足于将伟人布满整个城市，他们还把这些伟人聚集起来，放置在慕尼黑门的一幢寺庙里，称其为"光荣的殿堂"。一条巨大的大理石柱弯曲萦回，绘制出正方形的三条边，在这条柱廊下面陈列着很多托架，托架上放着帝侯、国王、将军、法学家等人的半身像。

目光向前一望，耸立着一尊巨人一样的雕像，在所有巨大阶梯的顶端，这些阶梯尽管看上去阴沉凉寂，在公园的一片葱茏中却没有遮蔽地上升着。青铜巨人雕像肩披狮皮，一手握剑，一手端持着荣誉之冠（又是荣誉），我看到它的时候恰是八月的一个黄昏，雕像的影子延长在地上，长得有点不成比例，它那夸张的动作差不多填满了宁静的平原。雕像周围，沿着廊柱方向，名人们的半身像在夕阳中各自做着鬼脸。整个寺庙空旷而死寂！我只能听到自己的脚步声在石板路上回荡，这又让我重新体验到了这虚无中的伟大，自从来到慕尼黑，这种印象就一直围绕着我。

巴伐利亚雕像里面，有一座盘旋上升的铸铁楼梯。我心血来潮一样一直爬到顶端，在巨人雕像的脑袋里休息了一会儿，其实那只是一个小圆厅，阳光穿过两扇窗户——也就是巨人的两只眼睛——射进来。虽然这两只眼睛一直朝阿尔卑斯山蓝色的地平线瞪着，可里面依旧很热。太阳把青铜晒得滚烫，又用让人窒息的热气包裹着我。我就只能赶紧下去了！……

可是这已经没有关系了，这次登高足以让我认清你了！我看到你的胸膛里没有心，你那歌唱家一样粗犷而自负的双臂不曾有肌肉挺起，你的剑是用压花的金属造成的；我感到在你那空洞的脑壳里，只有沉重的醉意和喝啤酒成瘾的人的麻木不仁的思维……

一八七〇年，当我们被卷入这场被疯狂肆虐的战争的时候，我们的外交家将希望全部都寄托在你身上呢。啊！要是那个时候他们也能够费尽精力登上巴伐利亚雕像该多好啊！

盲人皇帝

到慕尼黑已经有十天了，我却还没有听到什么有关日本悲剧的消息。我几乎快要绝望了。有一天晚上，我正在一家小酒馆的花园里吃晚饭，上校神采奕奕地来了。

"我拿到了！"他高兴地对我说，"你明儿早晨去博物馆……我们一起读它，你将会感受到这悲剧写的是如此的神奇和壮美。"

那天晚上他特别的开心，说话的时候眼睛也是特别的迥然有神。他大声地朗诵了悲剧的几个片段，还试着唱出其中的合唱曲。有那么两三次，他的侄女就只好小声地提醒他："叔叔……叔叔……"我想，他是如此激动、如此兴奋，这些几乎都是因为感情洋溢的作用。的确，他给我朗诵的那几个片段真的是十分壮美，我恨不得马上得到这部杰作。

第二天，我来到宫廷花园，惊奇地发现藏品馆的门关着。上校竟然不在博物馆，这可真是不同寻常，我马上向他家跑去，心中突然隐隐有一点不祥的预感。他家的那条路位于城郊，很短，也很静谧，路边坐落着很多花园和矮房子；但那一天，马路却比平时显得更加骚乱。人们三三两两地聚集在房门口谈论。斯耶波尔特先生家的门关着，百叶窗却开着。

很多人进进出出，可都是一脸的悲伤。这里肯定发生了一个大灾难，悲痛的气氛从房屋里溢出，一直绵延到路上……我一到，就听到哭泣的声音。哭声是从一条小走廊的尽头传来的，那里有一间比较宽敞的房间，里面特别拥挤，可是却十分明亮，好像是书房。书房里放着一张白木质长桌，有很多书和手稿，还有摞满藏书的玻璃柜、用金银花纹丝绸封面装帧着的册子；墙上挂着日本兵器、版画及一幅巨大的地理图。上校安详地躺在床上，在杂乱的旅行纪念品和书籍之中，他那长长的胡须笔直地铺陈在胸前，可怜的侄女一面叫着"叔叔"，一面瘫跪在墙角里哭泣。德·斯耶波尔特先生于昨天夜晚突然与世长辞。

我没有勇气为了文学上的一个梦幻而去打扰所有人的悲伤，因此我当天晚上就离开了慕尼黑。就这样，对于这部杰出的日本悲剧，我知道的将永远都只是一个名字：《盲人皇帝》……

但是，我们却目睹了另外一场悲剧的上演，我从德国带回的那个名字似乎和这场悲剧十分类似；那是一场灾难一样的悲剧，充满了泪水和鲜血，只不过它并不是发生在日本。

安家

被打扰的是那些兔子们！……一直以来，它们总是看见磨坊大门紧锁着，野草也蔓延到了整个墙壁和露台上，因此它们终于相信磨坊主已经不在世上了。由于它们感觉这里还不错，于是就将它当作了司令部和战略活动的基地：兔子们的热玛卑斯磨坊……不瞒你说，我抵达的那天晚上，有二十多只兔子围蹲在露台上，借着一缕月光，用它们的爪子互相取暖……我刚将天窗打开一条缝，就听到"哧溜"一声，这群露营者就赶忙落荒而逃了。它们都露着白白的小屁股，翘着尾巴，蹿入了矮树丛。我还真希望他们能再回来呢。

另外还有一个家伙，看到我也极其惊讶，那是二楼的房客，长着思想家的脑袋、神情忧郁的老猫头鹰，它在这里安家已经有二十多年了。我在楼上的房间里发现它的时候，它正端立在位于残垣断壁之间的风车的传动轴上，一动也不动。它用圆鼓鼓的眼睛直直地瞪着我，一会儿时间。最后，由于不认识我而惊恐起来，发出"呜呜呜"的声音，并艰巨地扇动起因为长久不动而积满灰尘、略显得灰暗的翅膀——这些爱好苦思冥想的奇怪家伙啊！它们从来不给自己洗澡……不过这没有什么关系！虽然它眼睛眨个不停，面色阴郁，但这位少言的房客还是比其他任何一位都令我喜欢，因此，我就迫不及待地和它续签了租约。它依然占用着磨坊的顶层，但是必须从房顶上进出；而我则住在楼下一间刚用石灰刷白的小房间里，房顶低矮，并呈穹隆形，感觉像是修道院的饭厅。现在我就在这间屋子里，开着大门，沐浴在明媚的阳光下，给您写信。

在阳光的照射下，一片美丽的松树林绚丽生姿，从我前面一直延伸到山坡下。天边，阿尔卑斯山勾勒出它峻峭的山脊……万籁俱寂……就只能听到从远方隐约传来一缕笛音、一声薰衣草丛中的鸟语，或是大路上的一片骡铃……普罗旺斯这么秀丽多姿的美景，只有在阳光下才能够得以一见。

现在，我怎么可能会由于远离喧闹灰暗的巴黎而感到可惜呢？在我自己的磨坊里，我是那么的悠然自得啊！这正是我曾经苦苦寻求的角落，芬芳温暖的小小天地，远离报刊、远离车马、远离烟雾！……

我周围有多少美好的事物啊！我在这儿安家还不到八天，脑海中却早已经满是美好的印象与回忆……对了！恰在昨天傍晚，我亲眼看到羊群从山上回到农庄的情景，我对您发誓，就算您把本周巴黎所有戏剧的首演式拿来跟我对换，我也不会放弃这动人的场面。您就想象一下吧！

我需要告诉您，在普罗旺斯，夏天一到，人们就会按照惯例，把牲畜赶进阿尔卑斯山。牲畜和牧人们一般会在山上住上五六个月，待在美丽的星空下，栖息在齐腰的草丛中；之后，当第一丝秋风再起的时候，牧人和牲畜们就会下山来了，回到农庄，牲畜们悠闲地在那些洋溢着迷迭香芬芳的灰色小山丘上啃食青草……

于是，就在昨天傍晚，羊群归来了。从清晨开始，牲畜棚就敞开了大门等候着它们；全部羊舍都准备好了鲜嫩的草料。人们时不时地猜想着："现在它们该到埃基艾尔了，现在该到帕拉杜了。"接着，傍晚时分，突然响起一声欢呼："它们回来啦!"于是，我们举目眺望，只见尘土纷飞之间，羊群汹涌而来。连整条大路也仿佛跟着它们行进起来……

老公羊走在最前面，它们支着犄角，气势汹汹；肥硕的绵羊紧跟在后面；母羊则显得有些疲惫，拖着小羊朝前走——母骡们头上戴着红丝球，背上的箩筐里背着刚出生的小羊羔，摇摇摆摆地行进着；再后面是大汗淋漓的牧羊犬，舌头差点儿拖到地上了，另外还有两个牧羊人，他们身材魁梧，却带着顽皮的神情，披着棕红色的粗斜纹呢大衣，就好像教士的长袍，一直拖到脚后跟。整支队伍兴致勃勃地经过我们面前，拥进大门，所到之处响起暴风骤雨般的蹄声……

看看农庄这时是多么喧闹欢腾啊！栖架的高处，几只长着珠罗纱羽冠的金绿色大孔雀辨出了来者，发出小喇叭般嘹亮的叫声，用这种方式来欢迎它们。睡梦中的家禽也突然惊醒，鸽子、鸭子、火鸡、珠鸡，全部都活动了起来。整个家禽饲养场就如同发了疯似的；母鸡们甚至说要通宵狂欢……好像每头绵羊在绒毛里不仅带回了阿尔卑斯山野性的芬芳，还带回了群山的鲜活气息，让整个农场沉醉其中，为之翩翩起舞。

在这片吵闹声中，羊群回到了自己的栖身之所。它们对如此安顿下来，感到极其高兴。老公羊们又见到了它们的食槽，十分欣慰。而那些在旅途中出生的小羊羔们才一丁点大，它们还从没见过农庄，正惊讶地往周围打量着。

而牧羊犬是最让人感动的，这些牧人们忠实的牧羊犬，忙碌地跟在羊群后面，看好它们进入农庄。即使是看家狗在窝里冲它们咆哮，汲满清澈井水的水桶在向它们招手，它们也如同没听到一般，没看见一样。它们会一直等到牲口全部都被赶进羊舍，格子门上插上了门闩，牧羊人都在餐厅入了座，才回到自己的小窝；在那里，它们一面喝着盆里的菜汤，一面向留在农庄的伙伴们讲述山上的生活。它们说，那是一个令人恐惧的地方：有狼，还有高大紫红、缀满露珠的毛地黄。

赛甘先生的山羊

——致巴黎抒情诗人皮埃尔·格兰古瓦先生

你总是老样子，我那可怜的格兰古瓦！

怎么！别人让你做赫赫有名的巴黎一个报纸的专栏编辑，你居然一口回绝……瞧瞧你自己吧，不幸的年轻人！看看你这布满漏洞的上衣、破破烂烂的长裤，还有那面黄肌瘦的脸！这就是迷恋优美的诗韵带给你的后果！这就是你作为阿波罗老爷的侍从，忠诚工作数十年所付出的代价……事到如今，难道你还感觉不到羞愧吗？

不如就去做专栏编辑吧，傻瓜！去做专栏编辑！你将会赚到大量铸着玫瑰花纹的埃居，有钱去布雷邦饭店就餐，还能戴着饰有崭新羽毛的无边软帽，去欣赏新剧的首场演出……

你不想？你不肯？难道你就准备继续随心所欲地过自由自在的生活，自由到底吗？那好吧，请你听听"赛甘先生的山羊"的故事吧。你会发现，那些想要自由自在生活的人会有什么样的结局。

在驯养山羊这件事上，赛甘先生却从来没有交过好运。

他每次总是在同样的情况下丢失了他的山羊：一天早上，山羊挣断了绳索，跑到山上，被狼吃掉。无论是主人的爱抚，还是对狼的恐惧，什么都留不住它们。看来，这些想独立不羁的山羊，它们不惜一切代价都想要回到大自然，追求那随心所欲、放荡不羁的生活。

老实的赛甘先生一点也想不透他的牲畜的想法，感到很不舒服。他说：

"完了。山羊们一养在我这儿，就会觉得厌烦，我一只也不会养活的。"

但是，他并没有灰心。在同样的情况下失去了六只山羊之后，他又买回了第七只；不过这一次，他专门挑了一只年幼的山羊，希望它从小能养成在他家待下去的习性。

啊！格兰古瓦，赛甘先生的这只小山羊多么好看啊！它有一双温和的眼睛，一撮像士官那样的胡子，长着斑纹的犄角，四只黑亮的蹄子，还有那又长又白的茸毛，就好像身上穿着宽袖的长外套！它和爱斯梅拉达的小山羊一样漂亮，你还记得吗，格兰古瓦？——并且，它温驯、善良，一动不动地让人挤奶，甚至不把蹄子踩到奶盆里。真是只惹人怜爱的小山羊……

在赛甘先生的屋子后面，有一个被英国山楂树围绕着的小园子。他就把这位新房客安置在那里。他在草地上挑选了一块最茂盛的地方，将羊拴在那里的一根木桩上，专门把拴它的绳子留得特别的长，还经常过来看看，看它会不会感到不舒适。山羊感到非常幸福，津津有味地啃着青草，赛甘先生打心底里感到快乐。

"好不容易有这么一只山羊不再因为一直待在我家而感到苦恼了！"这位不幸的人想。

可是，赛甘先生错了，他的山羊已经厌倦了。

山羊注视着大山，自言自语道：

"在山上生活该多好啊！如果没有这该死的绳索系着脖子，我就可以在灌木丛中蹦蹦跳跳、快快乐乐了，那该多自由啊！……被拴在园子里吃草，对毛驴和牛来说很好！……但是我们山羊，应该到广阔无边的大自然里去……"

从这时候起，它觉得园子里的青草索然无味了。厌烦的情绪与日俱增。它的身体消瘦下来，产奶量也少了。看着它天天想摆脱绳子，头转向高山，还伤心地嘶叫，鼻孔张得大大的，真令人揪心！……

赛甘先生注意到了他的山羊有些不对劲，不过却不知道为什么……一天早上，他刚给山羊挤完奶，山羊便转过身来，用它的语言对着他说：

"赛甘先生，请您听着，我在您家里已经待得很厌倦了，您就让我到山里去吧。"

"啊！它也厌烦了！……上帝啊！"赛甘先生非常吃惊地嚷了起来，手里的奶盆一下子洒到了地上；而后，他在山羊身边的草地上坐了下来：

"出什么事了，你要离开我，布朗凯特！"

布朗凯特回答道：

"是的，赛甘先生。"

"莫非这里的草不够你吃吗？"

"哦！赛甘先生，不！完全够吃了。"

"莫非拴你的绳子太短了，我把它放得再长些吗？"

"不必了，赛甘先生。"

"那么，你想怎么样？你究竟想要什么？"

"赛甘先生，我想到山里去。"

"但是，可怜的孩儿，你不知道山上有狼……要是狼来了，你可怎么办呢?"

"赛甘先生,我会用角顶它的。"

"狼才不怕你的角呢。我以前的那些母山羊,它们都被狼吃了,它们的角可要比你更长……你还不知道去年我那只可怜的老雷诺德吧?它是只厉害的母山羊,凶狠无比,身强体壮得就像一只公羊。它跟狼搏斗了足足一夜……但是第二天早晨,它还是被狼吃掉了。"

"不幸啊!不幸的老雷诺德!……不过这没关系,赛甘先生,您还是让我到山里去吧。"

"我的主啊!……"赛甘先生说,"我的这些山羊,它们到底是怎么啦?又有一头羊要被狼吃掉了……好吧,不能再让这种情况出现了……我要救你,不听话的家伙!为了防止你挣断绳子溜掉,我要把你关进牲口棚里,你就可以一直待在里面吧。"

于是,赛甘先生将山羊关进了漆黑的牲口棚,同时紧紧地锁上了门。不幸的是,他忘记了关上窗户,于是,他刚走,这只山羊就跳窗溜走了……

你笑了,格兰古瓦?肯定啰!我猜得到;你是站在山羊那一边的,不同意这位善良的赛甘先生……让我们瞧瞧,你过会儿还笑得出笑不出了。

这只白色的山羊到了山上,大家都被它迷住了。那些老棕树一生都没有见过这么漂亮的山羊。它们把她当作小皇后来对待。栗树躬下身,枝条一直垂到地面上,轻柔地抚摸着它。金蝶花在它经过的路上绽放,恣意吐露着芬芳。满山都在热烈欢迎它。

格兰古瓦,你觉得我们的山羊是如此的幸福!不再有木桩,不再有绳索……再也没有什么东西阻止它自由吃草、欢蹦乱跳……那儿的草长得可真是茂盛呀！有的甚至没过了它的犄角，我亲爱的！……多美的草啊！纤细柔嫩、味道鲜美，有锯齿状的叶缘，有成千上万……这和园子里的草可大不相同。嗯，还有山上的花儿！……长着长萼的红色洋地黄，大片大片的蓝色风铃草，洋溢着芳香的花蜜，漫山遍野的野花！……

这只白色的山羊沉迷在这其中，在花丛中打滚，四脚朝天，又顺着斜坡滚了下去，身上乱七八糟地粘满了栗子和落叶……接着，它马上脚一蹬地，便站了起来。嗬！它又出发了，高抬着头，穿过荆棘与丛林，时而冲下涧底，时而登上山峰，上上下下，到处出现……好像山上一下子聚集了赛甘先生的十只山羊。

布朗凯特，它可是什么都不怕。

看到汹涌的激流，它就纵身飞跃过去，水花与泡沫溅满了身子。浑身湿漉的它，就躺在一块平坦的岩石上，让太阳把自己晒干……有一次，它嘴里含着一朵金雀花，来到一块高地的边缘，向下望去，他看见平原上是赛甘先生的房屋，还有屋后的园子。它便不由得笑出了眼泪。

"多么小的地方啊！"它说，"我以前是怎么待下去的呢？"

可爱的小山羊！它以为自己站在这个高的地方，就与这个世界一样高大了……

总之，对赛甘先生的山羊来说，这真是美好的一天。它东跑西跑，将近正午的时候，它跑进了一群正在大嚼野葡萄藤的岩羚羊群中间。我们这位穿着白色衣裙的小长跑健将瞬间引来了轰动。岩羚羊们请它来到吃野葡萄藤的最佳位置，小伙子们则开始对它大献殷勤……而且，格兰古瓦，这事只能你我两人知道——有一只茸毛全黑的小岩羚羊，貌似赢得了布朗凯特的好感。这对情侣还在树林里失踪了一两小时呢！如果您想了解它们俩说了些什么，就去问问那苔藓下潺潺流动的、饶舌的泉水吧。

刹那间，凉风飒飒。夜幕降临了，大山变成了紫色。

"天黑下来了！"小山羊一边说，一边十分惊奇地停下了脚步。

山下，田野早已湮没在一层轻雾之中。赛甘先生的园子在雾里也不见踪影，他的那幢小房子也只剩屋顶冒着袅袅炊烟。小山羊听着牧人呼喊羊群的铃声，心里感到特别忧伤……一只回巢的大隼途经的时候，翅膀擦到它的身体。它打了个哆嗦……然后，山里传来一声号叫：

"呜！呜！"

它想起了狼；一整天，这个欢快愉悦的小家伙都没有想到过狼……同时，从山谷远处传来了号声。这是善良的赛甘先生在进行最后的努力。

"呜，呜！……"狼又叫起来了。

号声呼唤着："回来吧！回来吧！……"

布朗凯特想回去了；然而一想到绳索、木桩、园子周围的篱笆，它就感觉自己再也不能过以前那种日子了，还是留下来比较好。

号声不再响了……

山羊听到身后传来一阵树叶声。它转过身，发现黑暗中有两只短耳朵竖得笔直，还有两只凶光闪闪、充满杀气的眼睛……那是什么——那是狼！

这个猎手静静地蹲在那儿，打量着这只白色的小山羊，它已经在预先品尝着它的滋味……狼确定小山羊不会逃出它的掌心，因此一点也不着急，只不过当小山羊转过身时，它才阴险地冷笑起来。

"哈！哈！赛甘先生的小山羊！"它伸出血红的大舌头，舔了舔火绒般的嘴唇。

布朗凯特被吓傻了……突然，它想起了老雷诺德的故事，它和狼搏斗了一夜，却在天亮时被狼吃了。它对自己说，与其这样，还不如马上就被狼吃倒也干脆；接着，它又改变了主意，摆出防卫的姿态，挺着角，低着头，正像赛甘先生的一头英勇的山羊所做的一样……倒不是因为它想杀了狼——山羊是杀不死狼的——它仅仅是想看看，自己是否能像老雷诺德那样坚持那么久的时间。

这时候恶魔进攻了，山羊的犄角也挥舞了起来。

啊！可爱的小山羊啊，它是多么英勇地在作战啊！我不骗你，格兰古瓦，它多次使得狼退下阵去喘口气。每当这个时候，这个可爱的家伙还要趁着这短短一分钟的休战时间，匆匆啃上一口它眷恋的青草；之后嘴里塞得满满的，再转身重新投入战斗……就这样，战斗整整进行了一整夜。赛甘先生的山羊常常望向清朗夜空中闪烁的星星，接着它对自己说：

"哦！希望我能够一直坚持到天亮……"

星星一个接一个地回家了。布朗凯特的犄角顶得更加英勇了，狼的利齿也咬得更加凶恶了……一道红红的曙光从地平线上出现……嘶哑的鸡鸣，远远地从一家农舍传来。

"终于天亮了！"可怜的牲畜说，它一直准备只需要抵抗到天明然后死去；因此，它倒在了地上，美丽的白色毛皮上流淌着斑斑的鲜血……

接着，狼朝小山羊的身上扑了过去，把它给吃了。

格兰古瓦，再见了！

你刚刚听到的这个故事，并不是我编纂出来的。如果有一天，你来到普罗旺斯，农场主们就会用当地的方言向你讲述："赛甘先生的山羊，跟狼搏斗了整整一夜，但是第二天早晨，它还是被狼吃了。"

格兰古瓦，你听明白：

"但是第二天早晨，它还是被狼给吃了。"

繁星

——一个普罗旺斯牧羊人的故事

我在吕贝隆山上牧羊的时候，一连好几周都看不到一个人，只能寂寞地同我的牧羊犬拉布里和绵羊们守候在片片萧瑟的牧场上。偶尔，会遇到上山采草药的隐修士经过这里，或者是看见几个来自皮埃蒙的烧炭工人的熏黑面孔；这些人都很纯朴，长期单调的生活使他们变得沉默寡言，已经失去了与人交流的激情，也不知道山下村庄和城里人们在谈论着什么。

因此，每隔半个月，当我听见上山的小道上有骡子的铃声时——那是农庄为我送食物的骡子，望望山坡上渐渐露出小米阿罗（雇工）机灵的脑袋，或者是诺拉德大婶红棕色的帽子，我就确实感到心情舒畅。我让他们跟我讲山下村庄里所发生的一切，洗礼、婚礼什么的，但是最让我感兴趣的，还是牧场主人的女儿——这位方圆十几里最美丽的姑娘斯泰法内特的故事。我装出一副毫不关注的样子，了解她是否经常去参加节庆活动，联欢晚会，是否又有新的小伙子向她求爱等；可能有人会问，这些事情跟我这个待在山里的可怜的牧羊人有什么关系，我就会告诉他们：我二十岁了，并且斯泰法内特小姐是我生平中看到过的最美丽的姑娘。

这个星期天，我盼着他们给我送下半个月的食物，可是这一次食物却迟迟不见踪影。

清晨，我在心里寻思："可能是让大弥撒给耽搁了。"接着，将近中午的时候，下了一场大暴雨，我想，山路难行，骡子不能走山路了。大约三点钟的时候，天空终于变得碧蓝如洗，雨后的山峰在阳光照耀下万丈光芒。在小溪暴涨的流水声和树叶的滴水声中，我听见了骡子的铃铛声，它是如此欢快、如此清脆，犹如复活节的排钟齐鸣。但是，赶骡子的既不是老诺拉德，也不是小米阿罗，而是……你们猜猜是谁！……是我们的小姐，我们的小姐亲自来了，孩子们！她盘腿坐在柳条框之间，山里的空气和暴风雨后的清新使她的脸庞显得分外红润。

小米阿罗病了，诺拉德大婶回她孩子们那里休假去了。美丽的斯泰法内特小姐从骡背上下来，把这些事情告诉了我，她还说来迟的原因，是因为迷了路；但是，我看她一身的节日盛装，鲜亮的裙子上又是花边，又是花飘带，不像是曾在灌木丛里找过路的样子，却像是在某一个舞会上花费了时间。啊！多么娇小可爱的女孩呀！我不厌其烦地打量着她。真的，我还从来没有如此近距离地看过她。冬天，有几次我把羊群赶下山，晚上回到农庄吃晚饭时看到她匆匆地穿过饭厅，总是打扮得漂漂亮亮，而且神情有点骄傲，从来不和仆人交谈……但是现在，她就在我面前，而且只为我而来，这怎么能不叫我神魂颠倒呢？

斯泰法内特小姐从篮子里拿出食物，充满好奇地注视起四周来。她稍稍提起漂亮的裙子，以免把它弄脏，之后又走进围栏，想看看我睡觉的地方：挂在墙上的大斗篷，铺着干草和羊皮的床，我的牧羊棍，还有我的燧火枪。这一切都让她觉得好玩和新鲜。

"这么说，你就生活在这里，我可怜的牧羊人？你总是一个人，一定感到很憋闷！你平时都做些什么？想些什么？……"

我真想告诉她："小姐，我想您。"况且我这样说也不是撒谎；但是当时的我是那么慌乱，居然连一句话都没有说出来。我相信她看出了我的尴尬，因此这个调皮的姑娘将我逼得更加慌乱，还以此为乐：

"牧羊人，那么你心爱的女朋友呢，她经常会上来看望你吗？……她肯定是一只金山羊，要不然就是在山顶奔跑的仙女埃斯泰雷尔了……"

她在同我说话的时候，自己就好像是仙女埃斯泰雷尔：美丽的笑脸，往后仰着的头，并且又匆匆地想走，这使得她的到来就像是一次短暂却又令人难忘的仙女下凡。

"牧羊人，再见。"

"小姐，再见。"

就这样，她带着空篮子又回去了。

当她在山坡上的小路上消失的时候，那些在骡蹄下蹦跳的小石子就好像每颗都落在了我的心上。在很长一段时间内，我都可以听见它们。一直到太阳落山的时候，我都如同睡着了似的坐在那里，一动也不动，担心惊吓了我的美梦。夜幕渐渐降临，山谷深处逐渐泛起一片蓝色，羊群也挤到一起，咩咩地叫着，准备回到围栏里。此时此刻，我听见山下有人在叫我，于是就看到我们的小姐又回来了；她不再像刚刚那样有说有笑了，而是浑身湿透，又怕又冷，浑身一直打哆嗦。

她说，她来到山下，发现索格河的水位因暴风雨猛涨，她准备不顾一切强行过河，可差点被淹死。令人焦急的是，这么晚了，她也不可能再回农庄了，毕竟她一个人也找不到那条回家的近路，可我也不能丢下羊群不管。考虑要在山上过夜，尤其是想到家里人将会十分着急，她便非常苦恼。我便尽可能地安慰她：

"七月的夜晚不长的，小姐……忍一忍就会过去了。"

我很快就点了一大堆篝火，让她烘干被索尔格河水浸透的裙子和双脚。然后，我拿来奶酪和羊奶；但这可怜的女孩既不想吃东西，也不想烤火。看到豆大的泪珠从她眼里涌出，我也禁不住想落泪。

这时，天已经完全黑了。山脊上只剩下一缕落日的余晖，还有从西边升起的烟雾般的霞光。我请小姐进围栏里边休息。我在新鲜的干草上铺了一块崭新的漂亮羊皮，和她道了声晚安，便来到栏外，坐在门前……上天可以做证，虽然我热血汹涌，爱火燃烧，但心中却没有起过一点邪念；想到在围栏的一个角落里，在稀奇地看着她睡觉的羊群身边，主人的女儿就像一只最洁白、最珍贵的小羊，在我的看护下休息着，我就感到无比的自豪。我觉得天空从来没有如此深邃，繁星也从来没有如此明亮……

突然，围栏的栅栏门被打开了，漂亮的斯泰法内特小姐出现在门口。她睡不着。羊儿走动时把干草弄得吱吱作响，或者就是在她做梦时也咩咩直叫。她反倒愿意坐到篝火边上来。看到她出来，我立刻拨旺了火堆，把自己身上的母山羊皮披到她的肩膀上。我们紧靠着坐在那里，一句话也不说。如果您以前在露天过过夜，就一定会知道，在我们睡觉的时候，另一个神秘的世界在孤单和寂静中苏醒过来了。就在这个时候，山泉的歌声更加动听，水塘闪出点点细小的亮光。山间所有的精灵都无拘无束地来来去去；夜空中传来微弱的沙沙声和其他声音，仿佛我们可以听见树枝在长大，绿草在长高。白天是生物的世界，可到了夜里，恰恰相反，俨然成了无生物的世界了。假若你不习惯的话，也许会感到害怕……

所以，我们的小姐即使是听见一丝细微的声音也会瑟瑟发抖，然后都要紧紧地挨在我的身旁。有一次，一声悠长悲凉的叫声从山下闪闪发光的水塘上响起，忽高忽低，一直传到我们的耳朵里。与此同时，一颗美丽的流星从我们头顶掠过，滑向了同一个方向，如同我们刚刚听见的哀鸣在发光似的。

"这是什么？"斯泰法内特低声询问我。

"是一个灵魂升入了天堂，小姐。"我一边说着一边在胸前画了一个十字。

她也学我画了一个，仰着头，沉思了好长时间。而后，她又问：

"牧羊人，人们都说你们是巫师，这是真的吗？"

"当然不是，小姐。可是，我们生活在这里，比平原上的人距离星星更加近一些，更能够明白天上发生的事情。"

她用手托着脑袋，抬头望向天空，裹在羊皮里面，就好像天上的牧童：

"好多星星呀！太漂亮了！我从来都没见过这么多的星星……你能说出这些星星的名字吗，牧羊人？"

"可以呀，小姐……你看！在我们头顶正上方的，是'圣雅各之路（银河）'。它从法国一直亮到西班牙，是英雄的查理大帝和撒拉逊人战斗的时候，加利西亚的圣雅各为了给他指路而点亮的。更远些，您能够看到'灵魂之车'以及四个发亮的车轴。在它前面的是'三牲畜'，紧挨着第三颗的小星星叫'车夫'。您注意到四周那些正在坠落的星雨了吗？那些都是仁慈的天主所不愿意接纳的灵魂……

离那里不远的地方，那颗星星被称为'钉耙'或者'三王'，它可是我们牧羊人的时间表，只要是看到它，我就知道现在已经过了午夜了。再往下面一点点，仍旧向南方，那闪烁着的是'米兰的让'，星辰中的火炬，关于这颗星星的传说，牧羊人们是这样说的：一天晚上，'米兰的让'和'小鸡笼'、'三王'受邀请出席它们的朋友的一个星星的婚礼。'小鸡笼'最心急，因此率先出发了，它走的是上面那条路。就在上面，您看，天空的最高处。'三王'走最下面的近路，赶上了它。而懒散的'米兰的让'睡到很晚才起床，因而落在了最后；它非常生气，为了让它们停下，它把自己的手杖投向它们。这就是'三王'也叫作'米兰的让的手杖'的缘由……

可是，小姐，所有这些星星当中最美丽的，是那颗'牧羊人的伴侣'。不管是早上我们把羊群赶出来，还是晚上把羊群召回去，都是它为我们照亮前方的路。我们还叫它'玛格洛娜'，漂亮的'玛格洛娜'追赶'普罗旺斯的皮埃尔'，每七年与他结婚一次。"

"什么，牧羊人！星星还会结婚？"

"那是当然的了，小姐。"

我正要给她解释星星结婚是怎么回事，突然感到有一样凉凉、细巧的东西轻柔地落在我的肩膀上。那是她疲惫的小脑袋，下面还贴着漂亮的饰带、花边和卷曲得如同波浪一般的长发。她就如此紧紧地靠着我，一直到天上的星星没有了光辉，开始让新的曙光盖过。我看着她熟睡，心里忽然有些慌乱，但是皎洁的夜色圣洁地庇佑着我，它一直都只允许我有高尚的想法。在我们俩的身边，繁星继续它们无声的行程，正好像羊群那样的温驯；我经常幻想，也许在这些星星当中，最璀璨、最纤细的那颗迷了路，之后便落到我的肩上，静静地熟睡着……

阿尔勒姑娘

　　从我的磨坊下到村里去，要路过一座大路边的农舍，农庄大院的深处种着几株朴树。这是典型的普罗旺斯农舍，正面棕褐色的宽墙上，开着参差不齐的门洞，屋顶上是红色的瓦片，房顶谷仓的风向标上方，有一架吊草垛的滑车，上面还粘着几绺枯黄的干草……

　　这所农舍为什么会给我留下如此深刻的印象呢？这紧闭的大门为什么令我感到极其难受？这中间的原因我不清楚，但是这房子却令我感到毛骨悚然。四周实在是太安静了……我们路过的时候，狗不叫，珠鸡也一声不响地逃走……房子里什么声音也没有！一片死寂，甚至连骡子的铃铛声都没有听到……要不是窗上挂着白窗帘，屋顶上冒着炊烟，人们还会以为这里没人住呢。

　　昨天正午，我从村子里回来，为了避免炎炎烈日，我沿着农庄的围墙，走在朴树的树荫下……农庄门前的大道上，几个沉默的农场工人正把干草装在一辆车上……农舍的大门开着。我路过时，朝里面看了一眼，看到院子深处有一位个子高大、满头白发的老人，两肘撑在一张大石桌上，双手抱着头，身穿一条破破烂烂的裤子和一件短短的上衣……我将脚步放慢。一个工人小声和我说：

　　"嘘！这就是农场的主人……自从儿子受到不幸之后，他就一直这样了。"

这个时候，一个女人牵着一个小男孩，身着黑衣，手上拿着烫金的祈祷书，从我们身边走过，进了农庄。

工人又说道：

"……女主人和小儿子做完弥撒回来了。自从大儿子自杀之后，他们天天都去……唉！先生，真是可怜呀！……父亲到目前还一直穿着死人的衣服；没有人可以说服他将衣服换下来……驾！吁！畜生！……"

车子摇摇晃晃地出发了。我想知道更多的细节，于是请求赶车人让我上车坐在他旁边。就这样，我坐在他身边的草垛上，听到了下面这个让人痛苦的故事……

他名字叫让，是一个招人疼爱的农家孩子，二十岁，文静得像个姑娘，身体很壮实，相貌坦诚。由于他长得特别漂亮，因此很多女人都盯着他；可是他心中却只有一个姑娘——一个阿尔勒姑娘，她十分爱穿饰满花边的天鹅绒衣服；让是在阿尔勒的竞技场上碰巧遇到她的。刚开始，让的家人并不同意这门亲事。因为那姑娘风骚妖艳，而且她父母也不是本地人。

可是，让却坚持己见，非要娶他的阿尔勒姑娘。他说：

"如果不让我娶她，我就去死。"

没有办法。所以，家人同意他们在收获季节之后再完婚。

之后，一个星期天的傍晚，一家人在农庄的院子里吃晚饭，气氛就和婚宴一样。即使准新娘没有参加，但是大家都纷纷举杯为他庆祝……突然，一名男子出现在门前，用颤抖的声音要求和农庄主埃斯泰夫单独谈谈。埃斯泰夫站了起来，到了门外的大路上。

"庄主，"那个男子对他说，"您儿子让要娶的是一个轻浮的女子，她早就已经和我同居两年了。我说的这个可以拿出证据来；您看，这

264

是我俩的情书！……这事情她父母再清楚不过了，并且还答应把她嫁给我；可是，自从您儿子追求她之后，无论是她的父母，还是这美丽的姑娘，就再也瞧不上我了……但是我认为到这个地步她已经不能再做别人的妻子了。"

"很好，"埃斯泰夫庄主看过那些信，对来的人说，"请您进来喝杯麝香葡萄酒吧。"

那人答道：

"不用了，谢谢！我心里不好受，没有心情喝酒。"

说完，他便离开了。

父亲不动声色地回到院子，重新入了座；晚餐在愉快的气氛中结束了……

这天夜里，埃斯泰夫庄主和儿子一起去了田里。他们在外面待了很长一段时间；当他们回来的时候，孩子的母亲依旧在等他们。

"夫人，"庄主将儿子送到她面前对她说，"吻吻他！他真的很可怜……"

让再也不提起这位阿尔勒姑娘了。但是，他还是一直爱着她，甚至在他得知她曾经投入别人的怀抱之后，这种爱比以前更加强烈了。只是，他的自尊心太强了，从来不说什么。这就是他去世的原因，这不幸的孩子！……有的时候，他一天到晚一个人待在某个角落，一动也不动。时不时地，他会跑到地里，疯狂地干活，一个人比十个短工还要能干……

傍晚来临的时候，他常常顺着大路，向阿尔勒城走去，一直到能在夕阳下望见城里细高的钟楼。可是之后，他就往回走。他从来都不会走得更远。

看到他总是这样闷闷不乐，独来独往，农庄里的人都不知应该怎么办。大家都担心会发生不幸的事。

有一次，他母亲双眼含着泪，看着他说：

"好吧，让，听着，如果你还是那么想要那个女人，我们就允许你娶她……"

孩子的父亲惭愧得满脸通红，低下了头……

让做了一个回绝的手势，接着就出去了……

从那天开始，他变换了生活方式，总喜欢做出一副快快乐乐的样子，以此来让父母放心。人们又开始关注到他出入火印节和舞会、酒馆。在丰维埃耶的主保圣人节上，他还领跳了法兰多拉舞。

孩子的父亲说："他终于好了。"可是，孩子的母亲却依然担忧不已，而且比以前更加密切地关注她的孩子……让和弟弟睡在一起，离蚕房很近；这位不幸的老妇人就在他们卧室旁边的房间里，替自己搭了一张床……她借口说，蚕在夜里可能需要她……

圣埃卢瓦节到了——这是农场主保护神的节日。

农庄里到处洋溢着快乐的气氛……每个人都可以喝上新城堡的美酒，煮过的葡萄烧酒更是多得如同下雨，喝也喝不完。除此之外，夜空中烟花齐放，鞭炮齐鸣，打麦场上生起篝火，朴树上挂着彩灯……圣埃卢瓦万岁！人们用力地跳着法兰多拉舞。让的弟弟还把新罩衫烧坏了……让看上去也很愉快；他还邀请母亲跳舞；这不幸的妇人幸福地流下了眼泪。

午夜的时候，人们一个个都睡去。大家都很累了……可是让却没有睡。他弟弟后来追述说，让哭了足足一晚上……

啊！我跟您说，他这个人呀，是爱得太深了……

第二天早上，母亲听到有人奔跑着穿过她的卧室。她忽然有一种很不好的预感：

"让，是你吗？"

让没有说话；他已经走上楼梯了。

快！赶快！母亲赶快起床：

"让，你上哪儿去了？"

他爬上了顶楼的谷仓，母亲跟在他身后：

"我的儿子，看在上帝的面子上！"

他关上门，拴上了门闩。

"让，我的孩子，告诉我。你想干什么？"

母亲衰老的双手颤抖着，思考着寻找门闩！……谷仓的一扇窗打开了，院子里响起了身体撞击石地板的声音，完了……

临死之前，这不幸的孩子对自己说："我太爱她了……我去了……"啊！我们的心情是怎么的悲痛啊！可是，世俗的偏见居然不能扼杀爱，这难免有些太过分了……

那天早上，村子里的人都在相互打探，是谁在埃斯泰夫农庄那里喊叫……

原来是没有穿好衣服的母亲，在农庄的院子里，在沾满鲜血和露水的石桌前，抱着已经死去的儿子，正在悲伤地号哭。

居居雷昂的神甫

每逢圣蜡节的时候，普罗旺斯的诗人们都会在阿维尼翁发行一本欢快轻松的文集，里面写满了美好的诗歌和动听的故事。今年出版的这本我才刚拿到，在里面我看到一篇有很多教义的故事，现在，就让我稍加改动一下，讲给大家听吧……巴黎人啊，请把你们的柳条筐给我。这次，我要给你们品尝的，那是普罗旺斯的精白面粉……

居居雷昂的本堂神甫……

马丁教士是一个神甫。他善良得好像是羊羔，坦诚得仿佛清水，还深深地爱着居居雷昂的居民，就如同个母亲一样；对他来说，如果这里的人能稍稍再让他满意一些，那么居居雷昂就是人间天堂了。但是可怜的是，他的忏悔室好久没有人去已经蛛网密布，而且，哪怕是在复活节这样盛大的节日，圣体饼也会原样地留在圣体盒中。善良的神甫也因为这个而伤透了心，所以，他总是企求上帝大发慈悲，让他在死之前，把这群迷失的羊羔召回羊圈。下面，您将会知道，上帝听到了他的声音。

一个星期天，念过福音以后，马丁先生走上了讲道台。"我亲爱的孩子们，"他讲道，"不管你们相信还是不相信：有一天晚上，我这个不幸的罪人来到了天堂的门口。

"我敲了一下门，叫道：'圣·彼得先生，开开门！'

"'天哪！是您，我忠厚的马丁先生，'他对我说，'是什么风把您给吹来了？有能为您效劳的吗?'

"'神圣的圣·彼得，您掌管着天堂的名册和钥匙，假如您不嫌我太过奇怪的话，是否能给我说说天堂里有多少居居雷昂人啊?'

"'马丁先生，我没什么理由拒绝您；您请坐，我们一起来看看。'

"因此，圣·彼得拿出了一沓名册，打开它；又戴上了他的圆框眼镜。

"'让我们看看：居居雷昂，是吗? 居……居……居居雷昂。居居雷昂查到了。……我好奇的马丁先生，居居雷昂这页是空白的。没有一个灵魂升入天堂……这里没有一个居居雷昂人，就像火鸡里没有一根鱼骨头一样。'

"'什么！一个也没有? 天堂里没有居居雷昂人? 不可能！您再仔细查查……'

"'的确一个也没有，我的先生。假若您以为我在开玩笑，那就请您自己看看吧。'

"我啊，不幸的我啊！我又是拱手、又是跺脚，高声喊着求他发发慈悲。圣·彼得见我这样，便对我说：'马丁先生，请相信我，您可不要太过于难过，要不然您会为此生气的。无论怎么说，这不是您的错。您看，您那些居居雷昂的孩子们，一定要在炼狱里受一段时间的苦呢。'

"'啊！神圣的圣·彼得，发发慈悲吧！您至少让我去看看他们，安慰他们一下。'

"'我很乐意，我的朋友……拿着，穿上这双便鞋，去那里的路可不好走……这样就行了……现在，一直朝前走。您瞧见路的尽头有个转弯的地方了吗? 那里有一个银色的大门，上面密密麻麻的全是黑色

的十字架……在您的右面……您敲门，有人会给您开门的……再见
了！请注意安全，多多保重．'

　　"我走啊……走啊！多么崎岖的路啊！只要一回忆起那个时候的
场景，我全身的鸡皮疙瘩就都起来了。那条长满荆棘的小路，地上满
是熠熠生辉的红宝石和咝咝吐着芯子的毒蛇，一直通到那扇银色大
门前。

　　"'砰！砰！'

　　"'是谁在敲门？'一个阴沉、沙哑的声音问。

　　"'居居雷昂的神甫。'

　　"'哪里的……'

　　"'居居雷昂的。'

　　"'啊！……进来吧。'

　　"我走了进去。一位魁梧威武的天神，长着黑夜一般的漆黑翅膀，
穿着白昼一样的闪亮长袍，腰带上挂着一串镶着钻石的钥匙，正在一
本册子上快速地写着东西，那本册子比圣·彼得的那本还大……

　　"'那么，您想了解什么？您想要什么？'天神问我。

　　"'上帝啊，天神啊，我想知道——可能我的好奇心太大了——您
这里是否有居居雷昂人啊。'

　　"'哪儿的人……'

　　"'居居雷昂人，居住在居居雷昂的人……我是他们那儿的教堂的
神甫。'

　　"'啊！您是马丁教士，是吗？'

　　"'正是，天神先生。'

　　"'您是问居居雷昂人？……'

　　"之后，天神打开名册，查阅起来，为了翻得更快一些，他还在

手指上蘸了点口水……

"'居居雷昂，'他慢慢地叹了口气说，'在我们炼狱里没有一个居居雷昂人，马丁先生。'

"'圣母玛丽亚！耶稣基督啊！圣父约瑟夫啊！没有居居雷昂人在炼狱里！哦！神圣的主啊！那么，他们在什么地方呢？'

"'哎！圣人啊，您还让他们去哪个地方呢？他们在天堂里呀。'

"'但是，我恰恰是从那边来的，从天堂那边来……'

"'您是从那边来的！……怎么样？'

"'他们不在那里！到底怎么回事啊？……啊！伟大的圣母啊！……'

"'您还想如何呢，神甫先生！如果他们既不在炼狱，也不在天堂，那就没有其他什么地方了，他们在……'

"'神圣的十字架啊！耶稣基督，大卫的圣子啊！唉！唉！唉！怎么会这样呢？……难道伟大的圣·彼得没告诉我真相？……但是，我刚刚没有听到公鸡叫，应该不会弄错的啊！……唉！我们这些不幸的人啊！如果居居雷昂人都不在天堂，我日后又怎么能升入天堂呢？'

"'您听我说，亲爱的马丁先生，假如您不惜一切代价，非要把这件事弄清楚，想亲眼看看这究竟是怎么一回事，那您就向前跑吧，沿着这条小径，假如您能跑步的话……您将会看到，在您的左边，有一扇大门。在那里，您会将所有的事情都弄个水落石出的。愿上帝庇护您！'

"说完，天神关上了门。

"那是一条漫长的小路，路上处处都散落着烧得通红的火炭。我蹒跚地朝前走着，如同喝醉酒一般；每走一步，都要摔一跤；我累的汗如雨下，身上的每个毛孔都被汗水打湿了，还口渴得直喘气……还好，好心的圣·彼得给了我一双便鞋，我的双脚这才没有被灼伤到。

"我一瘸一拐地走了很久，才发现左手边有一扇门……不，是一扇大门，一扇高大的门，门半开着，就如同一座大火炉的炉门。哦！我的孩子们，多么神奇的场面啊！那里没有人问我叫什么，也不用登记签到。人们三五成群地从半开的大门进去，我的兄弟姐妹们啊，就跟你们礼拜天进小酒馆一样。

"我热得汗流浃背，可与此同时也吓得全身都发僵了，一直打寒战，头发都竖起来了。我闻到一股焦味，一种肉被烤焦的气味，就好像我们居居雷昂的铁匠埃鲁瓦给老驴烙铁掌时散发的味道。这种味道灼热难闻，令我憋得喘不过气；我还听到一阵阵恐怖的喧嚣，有号叫，有呻吟，还有咒骂。

"'喂，我说你呢？你进还是不进。'一个头上长角的魔鬼用铁叉戳着我问。

"'我？我是上帝的朋友。我不进去。'

"'你是上帝的朋友……好吧！……你这个头上长癣的人！你到这里来干什么呢？'

"'我来……啊！请您别这样说，我怕得连腿都弯了……我从……我从很远的地方来……斗胆问您一声……您这儿……您这儿，是不是碰巧……有……居居雷昂人……'

"'啊！上帝啊！你是在存心装傻吧，难道你不知道全部的居居雷昂人都在这里吗？喏，你这只丑陋的乌鸦，你瞧瞧吧，在这儿你会看到，我们是如何惩治他们的，你那些遗臭万年的居居雷昂人……'

"紧接着，在一团烈火中，我看到了所有的人：我看到了高个子克克·加里内——你们大家都认得他，我的同乡们——这个克克·加里内，他老是酗酒，发了酒疯之后就打骂他不幸的老婆克来日。

"我发现了卡特利莱……这个小荡妇……她总喜欢把头昂得高高

的……一个人住在谷仓里……你们还记得她吧，男孩子们！……我们
还是不提她吧，她的事我已经说得太多了。

"我发现了帕斯卡·杜瓦·德·布瓦，他总偷朱利安的橄榄为自
己榨油。

"我注意到了拾麦穗的女人芭蓓，为了把麦穗扎成捆扎得更快，
她在拾麦穗的时候，老爱从麦垛里成把地偷麦子。

"我看到了格勒布齐师傅，他老爱把自己独轮车的轮子擦得油光
锃亮。

"另外多斐讷，她把自己家的井水卖掉，价钱还总是那么贵。

"还有托尔蒂亚，每当他发现我胸前佩着基督像，就马上扬长而
去；他头戴三角帽，嘴里叼着大烟斗……一副傲慢的样子，如同阿尔
达班国王……似乎他遇见的是一条狗一样。

"还有泽德和库罗这两口子，另外雅克和阿尔勒，托尼……"

大家听了大吃一惊，一个个吓得面无人色，唉声叹气起来，大家
就好像在敞开着大门的地狱里，发现了某人的祖母和姐妹，某人的父
亲和母亲……

"我的孩子们，你们都感受到了吧，"马丁教士接着说道，"你们
都知道不能这样继续下去了吧。我对你们的灵魂负有责任。我想把你
们从深渊里拉出来，而你们却脑袋朝下，正在往里面堕落。明天我就
要开始拯救你们，不能再耽误了。这项工作一定要按时完成！我准备
这么做：为了把事情完成，所有的事情都必须有条不紊。我们一排一
排地来，就像在荣凯尔跳舞的时候一样。

"明天星期一，我先给上了年纪的先生、太太们做祷告。这并不
辛苦。

"星期二，我为孩子们做祷告。这也会很快完成。

"星期三，为年轻男女们做祷告。这费的时间也许会长一些。

"星期四，为男人们做祷告。我们会长话短说。

"星期五，为女人们做祷告。我会说：安分点！

"星期六，我为磨坊老板做祷告！……光他一个人，花一天的时间都不够……

"这样，如果星期天能为所有的人都做完忏悔的话，我们将会变得很幸福。

"你们发现了吗，孩子们？麦子熟了就要收割，酒瓶开了就要喝掉。有这么多脏衣服，我们就要去洗，而且要将它洗得干干净净。

"我希望你们得到宽恕。阿门！"

说干就干。于是大家都开始洗衣服。自从这个值得珍藏的礼拜天以后，居居雷昂人的美德远近驰名。

善良的牧羊人马丁先生十分高兴，感觉十分幸福。有一天晚上，他梦到自己身后跟着他的羊群，排成了长队，被一种神奇的光芒给笼罩着；他在散发着芬芳的烟雾、燃烧的烛光，和高唱着感恩歌的孩子们中央，登上了前往天国的阳光大道。

居居雷昂神甫的故事就是这样的，是鲁玛尼耶这个老淘气鬼让我讲给你们听的，他也是从另一位同伴那里听来的。

戈歇神甫的药酒

"您先尝尝这酒，我的邻居，接着再听我说说有什么新鲜事儿。"说着，格拉夫松的本堂神甫，一滴一滴地，就好像是宝石商数珍珠那样认真地为我斟了些甜酒，这酒是温热的，呈金黄色，香醇可口，晶莹透亮……我喝下去之后，整个胃马上变得暖烘烘的，就如同沐浴在阳光中一样。

"这是我们普罗旺斯的快乐与幸福，是戈歇神甫的药酒，"这位好心人骄傲地对我说，"它是在普莱蒙特利修会的修道院里酿的，那里离您的磨坊不过两法里路程……这酒的品质能够和世界上任何查尔特勒甜酒相媲美，不是吗？关于这药酒的故事，假如您知道它多有意思就好了！那就听我来讲讲吧……"接着，在他家那间幽静而简朴的饭厅，挂着耶稣受难小幅组图、洗得像白色法衣一样美丽的浅色窗帘的饭厅里，神甫极其郑重，但是却带着一丝阿苏西或埃拉斯姆的幽默和讥讽的语气，为我讲述了这个稍欠谦恭、略带怀疑的小故事：

"二十年前，普莱蒙特利修会的教士们，也就是被我们普罗旺斯人称为白衣神甫的人，陷入了极端潦倒的境地。要是您看到当时他们住的房子，保证心里也会感到难受。

"皮克姆塔和高高的围墙都倒塌成了碎片，隐修院里爬满了杂草，四周的小廊柱全都裂开了，圣像石雕也倒在神龛里。没有一块彩绘玻璃还竖着，也没有一扇门幸免。从罗讷河上吹来的风，就如同在卡玛尔格那样，在小教堂和院子里呼啸而过，吹灭了蜡烛，吹折了彩绘玻璃的铅条框，吹干了水盆里的圣水。最凄凉的要数修道院里的钟楼，它就像一只空鸟笼般寂寥；神父们没有钱买钟，只得敲打杏木做成的响板，来代替宣告晨经的钟鸣！……

"可怜的白衣神甫们啊！至今我对他们的样子还记忆犹新：他们一个个穿着钉满补丁的短大衣，悲惨地走在圣体瞻礼的队伍里，由于整天只能用瓜果充饥，他们脸色苍白，瘦骨嶙峋；修道院院长低着头走在最后面，他那褪去金色的拐杖和被虫蛀了的白色羊毛主教冠暴露在阳光底下，令他羞愧难当。善良的妇女们在队列中流下了同情的泪水，而胖胖的旗手们却指着那些可怜的僧侣，压低嗓门嘲笑道：'结队的椋鸟越飞越瘦。'

"事实上，这些不幸的白衣神甫们也开始思索，如果他们各奔东西、自谋生路，是不是可以生活得更好些。

"一天，正当修道院的教务会议在讨论这个严肃的问题时，有人向院长报告，说戈歇修士请求在会上发言……顺便说一句，这个戈歇修士是修道院里的放牛人；也就是说，他每天在修道院的拱廊里，赶着两头枯瘦如柴的母牛来回地走，让它们在石板路的细缝里觅草吃。莱博村一个叫作贝贡大婶的老婆婆收养他到十二岁，后来修道院的修士们收留了他。除了会驾驭牲畜和背诵天主经以外，这个可怜的放牛娃从来就没学会过别的什么；另外，他只会用普罗旺斯方言背诵，由于他头脑笨拙，反应迟钝，却又自作聪明。他倒是一名虔诚的基督教徒，即使有点想入非非，但是却可以身着苦衣而自得其乐，怀着无比坚定的信念，以自己的臂膀去承受苦鞭的抽打！……

"看着他呆头呆脑、笨手笨脚地走入教务会议议事厅，朝着大家屈膝致敬，院长、议事司铎、司库，全部人都笑了起来。他长着一副傻乎乎的脸孔、花白的头发、山羊胡子，还有一双疯子一般的眼睛，无论走到哪里，都会产生这样的效果，所以戈歇并没有生气。

"'敬爱的神甫们，'他一面捻着用橄榄核串成的念珠，一面用傻乎乎的声音说，'俗话说得好：空桶敲起来最好听。大家不妨想一想，我不停地挖掘自己本来就已经空空如也的可怜的脑袋，如今我相信我已经找到办法能够让我们大家摆脱困境。'

"'事情是这样的。贝贡大婶，大家都明白是这个善良的妇人抚养我长大，可是，敬爱的神甫们，你们或许还不大清楚，贝贡大婶活着的时候，比科西嘉岛的老乌鸦还熟知山间的草木。她临死之前，竟然还用五六种药草，调配出一种无与伦比的药酒，这些药草都是我和她一起去阿尔卑斯山采来的。这都是发生在好多年前的事情了；可是我相信，在圣·奥古斯都的保佑和院长大人的恩许之下，只要用心寻找，我确信能重新找到这奇妙药酒的配方。那个时候，我们只需把酒装进瓶子里，再以稍稍贵一点的价钱卖出去，就能慢慢地让修道院富裕起来，正如我们在德拉普和格兰特的兄弟们一样。'

"还没等他把话说完，院长就跳起来抱住了他的脖子，议事司铎们紧握他的手，司库则比其他人更为激动，满怀崇敬地亲吻了他那早已起了毛的风帽帽檐……之后，每个人回到自己的位置，投票表决；最后，教务会议当场敲定，把母牛转交给特拉斯布尔修士畜养，以便让戈歇修士用尽全力配制药酒。

"最终这位可怜的修士是怎样重新找到贝贡大婶的配方的？他付出了多少艰辛？熬过了多少个不眠之夜？故事没有完全提到。唯一能够确信的是，仅仅过了六个月，白衣神甫们酿制的药酒就已家喻户晓了。在整个孔达地区、整个阿尔勒地区，没有一家农舍、一个谷仓不在食品储藏室里的煮酒瓶子和腌橄榄坛子之间，放上一点这种药酒的。它装在褐色的陶土小瓶里，封盖是普罗旺斯的纹章，一位凝神苦思的修士头像印在银色的标签上。

　　"依靠这畅销的药酒，普莱蒙特利修会修道院很快就富裕了起来。他们重新修复了皮克姆塔。院长拥有了一顶崭新的主教冠，教堂也镶上了精致而漂亮的彩绘玻璃窗；还有，在复活节那个晴朗的清晨，一整套大小编钟，在雕满精致花纹的钟楼里敲响，响亮的叮当声连绵不绝，直冲云霄。

　　"至于戈歇修士——以往，这位面相丑陋的可怜修士由于他的粗俗而被教务会议嘲讽，但是如今他在修道院里再也不是那样了。大家只知道他是尊敬的戈歇神甫，是一个有头脑、知识渊博的人；他彻底摆脱了修道院里的繁杂琐事，一天到晚关在他的药酒蒸馏室里；此外还有三十名修士翻山越岭，为他寻觅药草……

　　"什么人都不可以进到这间蒸馏室，连院长也包括在其中。那是一间废弃的破旧小教堂，坐落在议事司铎的花园里。修道院里老实的修士们头脑简单，都认为那里边有什么神秘而让人害怕的东西。假如突然有一个胆大而好奇的年轻修士，沿着攀缘的葡萄藤，一直爬到蒸馏室大门上的大花圆窗边，也会很快被看到的景象给吓得滚落下来：戈歇神甫挂着巫师般的胡子，弯腰倾向火炉，手里还拿着酒精比重计；他的周围，玫瑰色的陶土蒸馏罐、巨大无比的蒸馏器，还有水晶蛇形管到处都有，所有这一切奇怪的东西，都在透过彩绘玻璃窗的淡淡红光的照耀下，发出妖艳的光芒……

"每当夕阳西下，最后一遍诵读的钟声响起的时候，这个神秘之地的大门才会轻轻地打开，尊敬的戈歇神甫要去教堂做晚祈祷。您真应该看看当他经过修道院的时候，受到的是何等的礼遇！只要是他经过的地方，修士们都会夹道欢迎。大家说：'嘘！……他知道秘方！……'

"司库紧跟其后，俯首帖耳地和他说着话……在这一片阿谀奉承之中，神甫一面走，一面拭去额头上的汗珠；他那顶宽边三角帽就像是一个光环，扣在后脑勺上；他自鸣得意地看着周围的一切：宽敞的院落里种满了橘树，崭新的风信标在蓝色的屋顶上转动着，还有，在白色的修道院里，在清幽、开满鲜花的廊柱之间，衣着光鲜的议事司铎们容光焕发，两人一排地从他面前走过。

"'他们有这一切，还不都是因为有我！'可怜的神甫暗自思忖着。

"每当他想到这里，得意之情就油然而生。这可怜的人还不知道将会因为这个而受到严酷的惩罚。您等着看好戏吧……

"您试想一下，一天傍晚，正当晚祈祷的时候，他十分着急地来到教堂：满面红光，气喘吁吁，头上的风帽歪戴着，用手蘸圣水时，竟然糊里糊涂地把袖子也伸了进去，一直湿到了臂肘那里。开始，大家以为是他迟到的原因；但是，他们看到他不向主祭坛致敬，却对着管风琴台和讲经台行了个大大的屈膝礼；接着，他就像一阵风一般穿过教堂，在祭坛那里徘徊了足足五分钟，才找到自己的祈祷座位；之后，刚一坐下，他便东倒西歪，还怡然自得地微笑着。于是，三个殿堂里一阵惊奇的窃窃私语声传开了。人们一面念日课经，一面小声底嘀道：'我们的戈歇神甫怎么了？……怎么了，我们的戈歇神甫？'

"院长再也忍不住了，用权杖两次敲打地面的石板，让大家安静下来……那边，祭台的尽头，圣歌一直在唱，而应答轮唱的歌声却显得无精打采……"

"忽然，在唱到《圣体颂》的时候，我们的戈歇神甫猛然倒在祈祷座位上，用洪亮的声音唱了起来：

在巴黎，有一位白衣神甫，

嘟里个嘟，嘟里个嘟……

……

"教堂里一片哗然。大家站了起来。有人嚷道：'把他拖出去……他着魔了！'

"议事司铎们画着十字，院长则舞动着他的权杖……但是，戈歇神甫却仿佛没看见，也没听到；两个身强力壮的修士没办法只好将他拖出祭坛的小门，而他却跟中了魔似的奋力挣扎，而且还变本加厉地接着高唱他的'嘟里个嘟，嘟里个嘟'。

"第二天一早，天刚蒙蒙亮，这个可怜的人就跪在了院长的祈祷室里，为他的罪孽而忏悔，泪流满面地说：'院长大人，是药酒，是药酒害了我。'他捶胸顿足地说。见到他如此后悔，如此愧疚，好心的院长被他所感动了。

"'好了，好了，安静下来，戈歇神甫，这一切就好像阳光下的露水，都会烟消云散的……毕竟，这件事的后果并没有您想得如此严重。就是那首歌您唱得有点……嗯！嗯！……总之，希望那些初学的修士们没有听到……好吧，现在，认真告诉我您昨天为何会那样的……是不是因为品尝药酒啊？或许您是手脚笨拙了一点……是的，是的，我知道……您就像发明了火药的施瓦兹修士一样，也成了自己

发明的牺牲品……那么，请告诉我，忠诚的朋友，这可怕的药酒，您真的有必要亲口品尝它吗?'

"'很不幸，是的，院长先生……试管能精确地告诉我酒的烈度和度数；可它是否尽善尽美、香醇可口，我基本上只能靠着我的舌头去品尝……'

"'啊！很好……不过请再听我说上几句……当您迫不得已品尝药酒的时候，是不是感到酒的味道好极了? 是不是觉得饮酒其乐无穷?'

"'唉！是的，院长大人，'这位可怜的神甫真诚地回答道，脸涨得通红，'近来两个夜晚，我领略到了这酒的醇香和芬芳！……这一定是魔鬼跟我玩的一个恶作剧……所以，我决定从今以后只拿试管测试药酒了。如果酒味不那么醇美，泡沫不那么丰富，那我也没有办法了……'

"'在这方面您可不能这样，'院长粗暴地打断他的话，'不可以让顾客不满意……既然您已经受到了警告，那么现在要做的，就是保持好警惕……您看，您需要品尝多少酒才能分辨它的好坏呢? 十五滴或二十滴，够吗? 就算是二十滴吧……如果魔鬼用二十滴酒就能把您给迷惑了，那他也太狡猾了……还有，为了防止意外再次发生，我允许您从今往后不必到教堂里来了。您就留在蒸馏酒室里做晚祈祷吧……尊敬的神甫，现在，您就放心地回去吧，要特别警惕……数好酒的滴数。'

"唉！可怜的神甫，不管他再怎么数酒的滴数，也于事无补……他已经让魔鬼给控制了，他再也不会逃脱魔鬼的掌控了。因此，老是会有稀奇古怪的祈祷声从蒸馏室里传来！

"白天，一切还算正常。神甫看起来十分平静：他准备火炉和蒸馏器，认真挑选药草，这是不同种类的普罗旺斯药草，有细长的，有灰白的，有锯齿状的，弥漫着迷人的芳香与阳光的气息……但是，一到晚上，当浸泡过这些药草的药酒开始在一个个烧得通红的大铜盆里慢慢升温的时候，这可怜人的苦难就揭开序幕了。

"'……十七……十八……十九……二十！……'一滴一滴的酒从麦秆管里滴到镀金的平底大口杯里。神甫将这二十滴酒，一饮而尽，可差不多连一点痛快的感觉都没有。他还是渴望着第二十一滴酒。哦！这第二十一滴酒啊！……为了远离诱惑，他跑到蒸馏室的最里面，跪在那里，虔诚地做祈祷。但是，一丝浓郁醇厚的酒香，从依然滚烫的药酒那里飘升过来，在他的周围萦绕，即使他内心里不乐意，但是还是硬将他带回到装酒的铜盆边……酒的色彩特别美丽，金中泛绿……神甫俯下身去，张大鼻孔，轻轻地用麦秆管搅动着，于是，酒的波纹中荡漾起片片粼光，在这美丽的酒纹中，神甫仿佛看到了贝贡大婶那充满笑意的眼睛，它们正充满期待地看着他……

"'喝吧！再来一滴！'

"接着，一滴接着一滴，一直到滴满平底大口杯，这可怜的人才停手。这个时候，他筋疲力尽地瘫在一张大扶手椅上，懒洋洋地躺在那儿，微闭着眼睛，一小口一小口地品味着他的罪过，又是满足又是内疚，喃喃低语道：'啊！我该下地狱……我该下地狱……'

"最可怕的是，他不知道被什么东西给诱惑住了，在这恶魔般的药酒里，竟然重新忆起了贝贡大婶所有的下流小调：'三个长舌妇，准备宴宾客……'或者是：'安德烈主人的牧羊女，一个人溜进了树林里……'当然，以及赫赫有名的白衣神甫歌：'嘟里个嘟，嘟里个嘟。'

"您想象一下吧，第二天，当他隔壁住着的修士们满怀恶意地问他的时候，他是多么羞愧难堪啊！'嘿！嘿！戈歇神甫，昨晚睡觉的时候，您脑子里都是知了在叫吧。'听到这种话，他总是悔恨得流下了眼泪。他决定要斋戒，要穿苦衣，还要受苦鞭。然而，他还是抵抗不住药酒这个恶魔；每天一到晚上，相同的时刻，他就又开始着魔了。

"这段日子，药酒的订单就好像雨点一般飞来修道院，这真是上帝的恩惠。订单来自尼姆、艾克斯、阿维尼翁，还有马赛……随着日子的流逝，修道院似乎变成酿酒厂了。有的修士负责包装，有的负责账目，有的负责贴标签，还有的负责马车运送；上帝的仆人常常会忘记敲响祈祷的钟声；可我敢确定，周围那些可怜的乡亲们却不会因此而错失什么……

"就这样，一个风和日丽的星期天早晨，司库在教务会议上宣布年终盘点的结果，而好心的司铎们正听得双眼发光、面带微笑；此时，戈歇神甫忽然闯进会议厅，大声叫嚷道：'够了……我不要再酿酒了……还是让我去放牛吧。'

"'出什么事了，戈歇神甫？'院长问，他隐约猜到了事情的来龙去脉。

"'出什么事了，院长大人？出的事就是我正在为自己找来万劫不复的火刑和铁叉的折磨……出的事就是我喝酒，像一个酒疯子一般喝酒……'

"'但是，我告诉过您要数着滴数喝。'

"'啊！话虽如此，我知道要数着滴数喝！但现在我要数着杯数喝了！是的，我敬爱的神甫们，我已然到了这个地步了。一晚上要喝三小瓶……你们大家都明白，我不能再这样继续下去了……所以，你们找谁酿制药酒都可以……假如要我这样下去，我会被上帝之火烧死的!'

"教务会议的成员再也笑不出来了。

"'可是，可怜的人，您会毁了我们!'司库挥动着手中的订单，喊道。

"'难道您乐意我下地狱吗?'这时，院长站起身来。

"'敬爱的神甫们，'他一边说一边伸出白净优美的手，主教的指环在手指上闪闪发光，'所有这些问题都是有解决办法的……我亲爱的孩子，魔鬼是不是每到夜晚，才会诱惑您啊?'

"'院长先生，是的，每天晚上，他准时来到……因此，当夜幕降临，请您别感到奇怪，我就浑身冒冷汗，好似卡比杜的驴子见到驮鞍一般。'

"'好吧，您不用担心……至此之后，每晚做祷告的时候，我们都会替您背诵圣·奥古斯都的祈祷词，只要这祷告词一念，您就能够获得永远的宽恕……所以，无论您发生什么事，都可以得到保佑……这即是赦罪。'

"'哦，太好了! 那么，院长先生! 谢谢您了!'戈歇神甫再没有多问什么，马上如同一只云雀般轻盈地奔向了他的蒸馏室。

"果然，从那天起，每天晚上结束祈祷之时，主祭总不会忘记念上这么一段:

"'为我们可怜的戈歇神甫祈祷吧，他为了修道院的利益牺牲了自己的灵魂……望上帝保佑……'当这祈祷声像北风簌簌地刮过雪地，从匍匐在殿堂阴影里的一片白色风帽上慢慢飘过的时候，在修道院的尽头，在蒸馏室透着红光的玻璃窗后，人们听到戈歇神甫正在歇斯底里地欢唱：

'在巴黎，有一位白衣神甫，

嘟里个嘟，嘟里个嘟；

有一位白衣神甫，在巴黎，

领着小修女，全场舞飞扬，

嘟里个嘟，跳在花园中央；

全场舞飞扬……'

"唱到这里，善心的本堂神甫惊慌失措，截然而止：

"'天哪！要是我唱的这小曲被本堂区的教民听到，那就完了！'"

在卡玛尔格

出发

城堡里面人声鼎沸。信使刚送来一张便笺，便签是一半用法语、一半用普罗旺斯方言写成的，通知说早已有两三批玩笑鸟和塍鹬飞过那里，而且其他的珍贵鸟类也不少。

"您和我们是一家人！"我那些亲爱的邻居们在便笺上写道。这天清晨五点，天刚刚蒙亮，他们的马车就来山下接我了，还带着猎枪、猎狗和食物。我们行进在通往阿尔勒的公路上，公路有点干燥，路边的树木光秃秃的，在这十二月的早晨，橄榄树的嫩绿已经依稀可见，而胭脂虫栎的绿色却极其刺眼，使人感到太过阴冷和凋零。围栏里牲口已经逐渐有了响动。

阳光还没有照到农庄的窗户上，而有些农夫却早已醒来了；在蒙玛诺尔修道院纵横交错的石块废墟中，刚刚醒过来还有些迷糊的白尾海雕拍打着翅膀。我们在水沟边遇到许多上了年纪的农妇，骑着小驴，一路小跑地忙着去赶集。她们来自波城，需要赶六法里路，才能在圣特罗菲姆教堂的台阶上坐上一小时，售出她们从山里捡来的小草药包……

我们现在看见阿尔勒的城墙了：城墙不是很高，上面有雉堞，就像在旧版画上看到的那样，手握标枪的武士，站在比他们还要矮的斜坡上。我们快速地穿过这座神奇的小城，它是法国最美丽的城市之一：圆形的雕花阳台就如同装着阿拉伯风格的遮窗格栅，一直延伸到狭窄街道的中央；黑色的老屋那摩尔式的尖拱形小矮门敞开着，仿佛将您带回短鼻子纪尧姆和撒拉逊人的年代。现在还早了，街上空无一人，只有罗讷河岸显得热闹非凡，来往于卡玛尔格的蒸汽渡船在石阶尽头蓄火待发。身着棕红色斜纹粗呢上衣的管家，还有去农庄干活打工的拉罗盖特的姑娘们，和我们一起有说有笑地上了船。在清晨的寒风之中，长长的褐色大衣被他们翻下；大衣下面，一张张脸庞因为高高的阿尔勒发饰而显得既雅致又小巧，还稍微带着一点美丽的放纵，好像是想仰起头来，好让笑声和俏皮话向更远的地方传去……钟声敲响，我们起程了。在罗讷河水流、螺旋桨和密斯脱拉风的三重推动之下，两岸的景色不断在我们的眼前移动。河的一边是克罗平原，那里有很多石块，但是显得很干燥；另一边是卡玛尔格，那里满是绿意，低矮的青草和满是芦苇的沼泽一直延伸到海边。

　　渡船经常停泊在码头，不是在左岸，就是在右岸——或者说，要么在王国这一边，要么在帝国那一边，就像中世纪生活在阿尔勒王国时代的人们说的一般，罗讷河上的一些老水手就算到今天也是这么说的。每个码头上都有一个白色的农庄和一簇茂密的树林。雇农们带着工具下船，妇女们则挎着篮子，径直走上跳板。随着渡船停靠帝国或停靠王国，船上的乘客渐渐地少了，当我们在玛德吉罗码头上岸的时候，船上差不多已经没有人了。

　　玛德吉罗是属于巴尔帮塔纳领主们的一座旧农庄，我们走进去，等着警卫来接我们。农庄里所有的男人——包括种田的、种葡萄的、放羊的和放牛的，都在楼上的厨房里，全部都围坐在餐桌旁，神情严肃，不说一句话，慢吞吞地吃着饭；女人们要给他们上菜，而且只有等到他们用完了餐之后才能吃。不一会儿，推着小篷车的警卫来了。这是费尼莫笔下一个典型的人物，一个地上和水下的猎手，不仅是渔警而且是猎警，他被当地人称为"游荡人"，因为人们老是看到他在晨雾中或在夕阳里，匍匐在芦苇丛中，或者纹丝不动地待在小船里，全神贯注地注视着水塘上和灌溉渠里的捕鱼篓。也许是因为长期从事监视职业的缘故，他话说得很少，也很认真。当他推着载满猎枪和篮子的小篷车走过我们前面的时候，给我们讲述了有关猎区的情况，例如飞过的鸟群数量，候鸟容易被击落的区域等。我们聊着天，进入了猎区的深处。

穿过耕地之后，我们抵达了卡玛尔格的荒野地带。牧场上，一望无际的沼泽和灌溉渠在盐角草丛中熠熠生辉。一簇一簇的红柳和芦苇仿佛是平静海面上的小岛。没有参天的大树。平原坦荡而又广阔，一派井然有序的景象。远处，有时可以看见一些牲畜围栏，低矮的顶棚敞开着，甚至快要碰到了地面。

有些羊群散开着躺在盐草丛中，有些则拥在披着棕红色大衣的牧羊人周围行走，在由蓝色地平线和晴朗天空组成的无边的世界里，它们变得如此渺小，根本不能够打断这宏伟而匀称的风景线。就像大海即使波涛汹涌，却依旧平展无边一样，这片平原给人一种孤独、寂寞而又辽阔的感觉；加之毫无阻碍的密斯脱拉风不断地吹着，它那猛烈的喘息好像将这片土地吹得更加平坦、更加阔大。在它面前，任何东西都俯下了身。它所到的地方，就算是最小的灌木也会留下痕迹，被吹得向南倒伏，每一刻都做出一副要逃跑的样子……

茅屋

芦苇做的屋顶，枯萎的干芦苇墙壁，这就是茅屋，也是我们打猎归来的会集处。这座茅屋有着典型的卡玛尔格风格，只有一间高大而宽敞的房间，没有窗户，靠着一扇玻璃门采光，晚上用褶盖板把这道门关死。很多架子沿着涂过灰泥、刷过石灰的白墙放着，用来放猎枪、猎物袋和靴子。在屋子的尽头，一根橡梁被五六只摇篮围着，橡梁的下端插在地里，上端直达屋顶，起着支撑作用。

夜晚，密斯脱拉风吹过，屋子周围发出嘎吱嘎吱的声响，远处就是大海，海浪的声音从风中传来，绵延不绝、越来越洪亮，让大海显得更近了，让人觉得像是躺在船舱里一般。不过，茅屋在下午的时候是最迷人的。在南方晴朗的冬日里我喜欢独自坐在高大的壁炉旁，壁炉里燃烧着几株红柳。吹过一阵阵密斯脱拉风或西北风，吹得屋门抖动、芦苇呼啸，所有这些摆动只是对我周围剧烈震荡的自然界的一点点回响。冬季的阳光在狂风中洒落下来，光线一会儿聚拢，一会儿分散。蓝色的天空下大片大片的乌云在迅速地移动。阳光斑斑驳驳地照射过来，声音也是一样；羊群的铃铛声忽然传入耳朵，马上便消逝在风中，被遗忘得干干净净，可这声音现在却又在摇摇摆摆的屋门下重新唱响，就好像一首动听的副歌……

猎手们回来之前的黄昏是最美妙的一刻。这时候风已经静下来了。我出去逛了一会儿。一轮大大的红日安静地落下，燃烧着，但一点都不炙热。夜幕降临，经过时它那黑暗潮湿的翅膀还从您身边擦过。远方的地平线上划过一道枪弹的光痕，就如同一颗红星迸射出的光芒，在茫茫的夜色中显得尤为耀眼。在最后的落日余晖里，万物变得越来越匆忙。野鸭排着长长的人字形队伍，飞得很低，似乎想要着陆一样；但是，茅屋里的灯突然亮了起来，吓跑了它们：领队的野鸭伸长脖子，向高处飞去，跟在它后面的其他野鸭也尖叫着，向更高的地方飞去。

过了一会儿，一阵如同暴雨般巨大的脚步声走近。在牧人的呼唤声中，在牧羊犬的追赶之下，成百上千只羊儿惊恐而杂乱地向羊圈挤去，响起杂乱的奔跑声和呼呼的喘息声。卷曲的羊毛和咩咩的羊叫好像一阵旋风，跟我擦身而过，把我占满，将我卷入其中；羊群的确就是名副其实的海浪，涌起的波涛将牧人跟他们的影子一起卷走……

羊群后面，是熟知的脚步声和欢快的说话声。茅屋一下子挤满了人，变得异常热闹，喧哗嘈杂。树枝燃烧着，虽然所有的人都感到很累，但是大家还是开怀大笑。人们沉醉在劳累后的幸福之中，猎枪放在墙角，靴子被扔得四处都是，而且乱七八糟的，装猎物的袋子倒空了，各种颜色的羽毛洒落在身旁：棕红色、金黄色、绿色、银色，所有这些羽毛都沾满了鲜血。餐桌已经摆好了；美味的鳝鱼汤飘散着热气，大家马上安静下来，不吭声地狼吞虎咽起来，仅仅剩下在门前摸索着舔着盘子的猎狗，偶尔才会发出几声凶狠的吼叫，打破这一片死寂……饭后只聊了一小会儿天。

不一会儿，就只剩下了我和警卫在眨着眼睛的炉火旁。我们聊着天，也就是说我们和农民一样，不时地相互冒出几句极其简短的话语，说几个感觉只有当地人才会使用的感叹词，并且就如同树枝燃烧后遗留下的火星那样，很快又消逝了。最后，警卫站起身来，点亮了灯笼，我听见他沉重的脚步声在漆黑的夜色中逐渐消失……

守望！潜伏！

"守望！"多么美丽的字眼呀，用它来表示狩猎者的潜伏和等待，表示他们在等候、盼望和徘徊中度过的无法预测的白天和黑夜的时光。潜伏，在太阳将要升起之前叫晨伏，在黄昏时分叫被伏。我则更喜爱后者，特别是由于在这沼泽地带，晚霞会停留在池塘的水面上，久久不愿意离去……

有的时候，猎人潜伏在一种没有龙骨的狭窄小船上，只要稍稍划动一下这种船就会前进。猎人藏在芦苇丛中，从小船的深处监视着野鸭们，只有他们的帽檐、枪管，还有猎狗的脑袋从船帮里露出来；猎狗时而闻着风中的味道，时而捕捉着苍蝇，时而四肢展开，弄得船身歪向一边，使很多水灌了进去。对于和我一样缺少经验的人来说，这种潜伏实在是太复杂了。因此，我经常步行去潜伏狩猎，身着用整块兽皮制成的特大皮靴在沼泽中央走着，弄得自己浑身是泥；我由于小心走得很慢，害怕陷进淤泥。我用手分开带着海腥味的芦苇，无数只青蛙从芦苇里跳出……

最后，我来到一块长着红柳的小洲上，在这一小片干硬的地方安营扎寨。警卫为了表现出对我的尊敬和重视，把他的猎狗留给了我：这是一条高大的比利牛斯猎犬，浑身都是浓密的白毛，一眼就能看出是打猎和捕鱼的一流高手，它在我身边，一定不会让我感到丝毫局促。要是我的射程内有一只水鸡进入，它就会揶揄地看着我，好像艺术家般一甩头，把两只耷拉在眼睛上的松软的长耳朵往脑袋后面一甩，随即摆出猎犬见到猎物马上停滞不前的姿势，摇着尾巴，做出一副厌倦的表情，就像是在对我说："开枪……开枪呀！"

我开了枪，却没有射中。因此，它俯下身体，又是打哈欠、又是伸懒腰，一副疲倦、失望和高傲的样子……是呀，是呀，我必须得承认我是一个很糟糕的猎手。对于我而言，潜伏表明西下的夕阳，躲在水中的微弱的日光，以及闪闪发光、把暗淡的天空打磨成纯银色调的池塘。我喜欢这水的气息，喜欢芦苇丛中昆虫那神秘的沙沙声，喜欢长长的叶子在颤动时发出的细语声。有的时候，一个忧愁的音符划过天际，就好像海螺的呜呜。那是鹈鹕正把它那用于捕鱼的大喙伸进水里吹气……咕噜咕噜！一群群鹤鸟从我头上飞过。我听到大风中羽毛的摩擦声，凌乱的绒毛声，甚至还有劳累过度的弱小的骨架发出的咯吱声。之后，所有的一切又再次重回寂静。夜幕降临了，深沉的夜色，只有几丝光亮浮在水面上……

猛然，我感受到一阵心惊肉跳，神经极度紧缩，就仿佛有什么人在身后监视一般。我转身过去，看到的却是美丽黑夜的伙伴——月亮：又大又圆的一轮明月正在冉冉升起，起先上升得很快，可随着距离地平线越来越远，它上升的速度就渐渐慢下来了。

第一缕清朗的月光已经洒在我的身上，之后又有一丝照到更远一些的地方……现在，整个沼泽都已经被照得亮亮的。就连最小的草丛也投下了自己的影子。潜伏结束了，因为鸟儿已经能够看见我们；该回家了。我们在轻盈迷蒙的蓝色月光中走着；每在水洼和沟渠里走一步，都会惊扰无数倒映在水中的星星，和一直照射到水底的月光。

红与白

在离我们住处不远的地方，差不多就是离我们茅屋一个猎枪射程的距离，有另外一间茅屋，它和我们那间很相像，但是却更加简陋。

我们的警卫和他的妻子还有两个年长的孩子就住在那里；做饭和修补渔网由女儿负责；儿子则不仅帮助父亲取鱼篓，还要负责检查池塘的闸门。其余两个幼小的孩子和祖母一起住在阿尔勒，因为这里距离教堂和学校实在是太远了，他们将一直待在教堂和学校里，直到学会念书识字，还要领完第一次圣体，再说，卡玛尔格的空气对孩子的身体不好。事实上，每当夏季来临，沼泽干涸，沟道的白色河床在炎热下龟裂开来的时候，小岛上完全不适宜住人。

我曾经看到过这样一次情景，那是在八月，我到那里打猎，我一辈子也忘不了这片燃烧着的土地的凄凉而残酷的景象。烈日下到处可见的池塘在热气蒸腾，好像一个个巨大的酿酒桶；残存的生命在池塘底部躁动着，成群的蝾螈、蜘蛛和水蝇拥挤在一起，找寻着潮湿的角落。周围弥漫着瘟疫的气息，沉重的废气如同雾霭一样悬浮在空中，无数蚊子在其中飞上飞下，使得这雾霭更加的厚重。警卫一家全部都在发烧颤抖，看见这些不幸的人面黄肌瘦，凹陷的双眼大得可怕，我的怜悯之情油然而生；他们一定要在这一点都不容情的烈日下挣扎三个月，烈日灼烧着他们，但是不能给他们带来任何温暖……卡玛尔格猎警的生活是那么的悲惨和艰难！我们这一位还算和妻子、孩子在一起生活；在离这里两法里远的沼泽地里，有一位看守马匹的猎警，他一直都是一个人住，过着名副其实的鲁滨逊的生活。在他自己搭建起来的芦苇茅屋里，每一件物品都是出自他本人之手：吊床是用柳条编成的，炉灶是用三块黑色石头砌成的，矮凳是用红柳树根雕成的，并且还有用来锁这间特殊住所的白木门锁和钥匙。

至少，这位猎警和他的住所一样奇特。他如同是一名寡言少语的隐士哲学家，蓬松的浓眉下藏匿着一双农民多疑的眼睛。假如他不去牧场，就会在门前坐着，带着孩童一样令人感动的认真，细细地阅读着那些粉红色、蓝色或黄色的说明书，平日里这些说明书总是放在用于医治马匹的药瓶周围。这可怜的家伙除了阅读之外再也没有其他的娱乐了，而且除了这些说明书也没有其他的书籍可阅读了。即使他和我们的警卫住在相邻的茅屋里，可是两人却不相往来，甚至说是避免见面。有一天，我问"游荡人"他们为什么会彼此厌恶，他认认真真地回答我：

"因为我们的立场不一样……他是红党，我是白党。"

就这样，在这种人迹罕至的地方，孤单本来就能够让他们更加的亲密，可是这两位野人同样天真、同样淳朴，就好像忒奥克里托斯笔下的两位牧人，似乎一年才进一次城，对于他们而言，就算是阿尔勒城的小咖啡馆，或者是它们镀金和玻璃的咖啡具，也会如同托勒密王宫一样让他们眼花缭乱；可就是这样的人，却也由于政治信仰的不同而学会了相互憎恨！

瓦卡利斯湖

瓦卡利斯湖应该是卡玛尔格最美丽的景观了。我常常不去打猎，而是坐在这个咸水湖畔；它就好像是从大海里分划出来的一片小小的海域，被陆地所包围，也正是因为地形它很为人所熟知。这里同一般的海滨不一样，显得干燥、荒芜、让人悲伤，在略高于瓦卡利斯湖的湖岸上，到处都是天鹅绒般细腻的绿草，到处是奇特而迷人的植物：矢车菊、睡莱、龙胆草，和冬蓝夏红以及会随着气候的变化而改变色彩的生菜，在四季常开的花丛中，它们用不同的色彩展现不同的季节。

傍晚大约五点的时候，太阳开始西斜，湖面上方圆三里没有一艘小船和一影风帆，一望无边，异常奇妙。这里的景色已经不再像池塘和沟渠那样神秘，后者每隔一段距离，都会在泥灰土层的褶皱之间出现，您可以感受到水在地下往四周渗透，只要地面稍微有一丝凹陷，就会马上涌现出来。这里的景色给人一种宏伟、广阔的感觉。

　　远处，闪闪的波光引来了成群结队的海番鸭、鹭鸶、鹈鹕和白肚粉翅的火烈鸟，它们排成一条直线，在湖的沿岸捕鱼，在平坦而漫长的沙滩上展现着五彩斑斓的颜色；还有白鹮，这些真正的埃及白鹮，在明媚的阳光和安静的景致中，就像回到了自己的家乡一样。确实，坐在那里，我什么也听不见，只能听见拍岸的水声，及猎警召唤散在湖边马匹的叫喊声。这些马匹都有自己响亮的名字：斯费尔！……（鲁斯费尔）……蕾斯德洛！……蕾斯托美罗！……不管是哪一匹马，只要听到别人叫它的名字，就会飞驰而来，马鬃迎风飘舞，来到猎警前面，把他手中的燕麦吃掉。

　　在远处的同一岸边，有一大群牛好像马儿一样自由自在地啃着草。透过一簇簇红柳的树梢，我经常可以看到它们弯曲的脊梁，和朝天仰着的月牙形小犄角。这些卡玛尔格牛大多数是由于乡村节日火印节而饲养的；其中有几头已经在普罗旺斯和朗格多克地区的竞技场上名声大振了。在邻近的这个牛群中有一头斗士让人望而生畏，它名字叫作罗曼，他在阿尔勒、尼姆、达拉斯贡等地的奔牛节上，不知道已经顶破了多少人或马的肚子。所以它的伙伴们都拥护它为首领；这些特别的牛群都会自我管理，它们会会集在一头年老的公牛领袖旁边。在卡玛尔格，碰到飓风袭击是一件极其可怕的事情，因为在这片辽阔的平原上，要使它停止或者转向是不可能做到的；这个时候，您可以看到首领身后的牛群紧紧地挤一起，低着头，将凝结着它们全部力量的宽大前额迎着风向。这种办法被我们普罗旺斯的牧人称为"转角顶风"。那些不会这样做的牛群便不幸运了！它们在暴雨中迷失了方向，被飓风卷着到处乱窜，混乱的牛群狼奔豕突，惊慌失策；那些为了逃避暴风雨的发狂的牛儿，只顾向前奔跑，却没有想到一头冲进了罗讷河、瓦卡利斯湖，或是大海。

旗手

一

　　士兵们正在铁路的斜坡上排列成战斗队形，集合在对面树林下的普鲁士军队朝他们扫射着所有的火力。双方仅仅是隔着八十米的距离在交战。军官们大声喊着："趴下！……"但是没有人听从命令，高傲的团队挺立着，会集在军旗四周。

　　西下的夕阳照射着青青的牧草和抽穗的麦子，在一望无垠的地平线上，这群饱受战火摧残的士兵被混沌的硝烟笼罩着，就如同是旷野上的羊群，忽然遭到了特大暴风雨的头一轮狂风的袭击。

　　这个时候，落在斜坡上的却是弹雨啊！传到人们耳朵里的只是排枪齐射的嗒嗒声、军用饭盒滚到战壕里沉重的碰撞声，和子弹从战场的这一头飞到那一头时所传来的长长的呼啸声，就好像是一件琴弦紧绷的乐器发出的声响，阴森而又宏大。一面军旗在战士们的头顶上方飘扬，迎着枪林弹雨，不时沉没在硝烟里；这个时候，一个庄严而又高傲的声音就会传出来，它压住了所有的枪炮声、伤员的呻吟声和诅咒声：

　　"保护军旗，士兵们，保护军旗！……"

话音刚落，一名军官就像一个模糊的影子一般跳了出来，奔向红色的烟雾中，就这样，那面英雄的旗帜重新活了，仍然高高地飘扬在战场之上。

它已经倒下二十二次了！旗杆还保留着士兵身体的余温，从垂死的双手倒下！……可是，它又被重新抓住、举起了二十二次。到了夕阳西下的时候，存活的士兵——全团人马就只幸存几个人了——开始慢慢撤退的时候，旗子已经在当天的第二十三名旗手奥尔尼中士手里成了一块破布。

二

这个奥尔尼中士是个有着三个人字形条纹的老兵，他只懂写自己的名字，服役二十年才得到一个士官的军衔。他是一个被捡来的孩子，经历了各种各样的苦难，而军营生活却又使得他变得有些迟钝、木讷，这一切都可以从他那低窄而执拗的额头、被行军袋压弯的脊背，和老兵在行列中养成的无意识的木然的步伐中看出来。另外，他还有点口吃，可是，做一名旗手是不需要口才的。战斗结束之后的当晚，上校对他说："军旗既然在你的手里，勇敢的人；好吧，那就好好保护它吧。"因此，随军女商贩马上在他那件饱受战火和风雨的破旧军大衣上，缝上一条少尉军衔的金条丝带。

这是他卑贱的一生中唯一的骄傲。这名老兵的腰杆子忽然直了。这个可怜的人一直习惯弯着腰走路，两眼只盯着地面；从那之后，他的脸上充满了骄傲，他总是抬起眼睛，凝视着这面褴褛的军旗在风中飘动，尽可能将它举得直直的、高高的，高过了溃逃，高过了背叛，高过了死亡。您从来没见过像战场上的奥尔尼那么幸福的人。他双手举着旗杆，将它牢牢地套在皮套中。

他一声都没有吭，巍然不动，严肃得就好像神甫一样，似乎手里拿的是一件圣物。他的所有生命、全部力量，都汇聚在他的手指上和眼睛里：他的手指紧紧地握着这面美丽的红色破旗；他的眼睛则挑衅地直视着普鲁士人，好像是在说："你们倒是给我试试看，从我手里来将它夺走呀！……"

没有人尝试，就连死神都没有。在经过了波尔尼之战的洗礼之后，经过格拉夫洛特战斗，和其他伤亡最惨重的战斗之后，军旗早已经伤痕累累、千疮百孔了，但是即使这样，它依旧在转战南北；而扛着这军旗的，从头至尾一直都是这位老奥尔尼。

三

九月来临，部队撤到了梅斯，普军包围了城市。在这漫长的等待之中，大炮在泥淖里生锈，世界上最优秀的军队因为没有行动、缺乏给养、失去联络而士气低落，他们在自己的枪架下厌倦不安，着急烦躁，因热病而死去。无论是长官还是士兵，所有的人都悲观失望，唯有奥尔尼一个人依旧是满怀希望的。那面破烂的三色旗在他心里代表了一切，只要他感到了它的存在，就会坚信任何东西都没有失去。但是可悲的是，因为仗不再打了，上校把军旗存放在梅斯郊区他自己的家里了。正直的奥尔尼就像一个有着嗷嗷待哺的孩子的母亲，一直对军旗念念不忘。因此，每当想念得过于厉害的时候，他就会跑到梅斯去，仅仅是为了看看军旗是不是还依旧在原地，平平安安地靠在墙边。回来之后，他耐心十足，勇气倍增；并且他还将梦想带入了被雨淋得湿漉漉的帐篷里，在这个美梦里，他们战斗，前进，舒展的三色旗飘扬在普鲁士军队的战壕上空。

可是，一道由巴赞元帅下达的命令让这些梦想全部都消失了。一天清晨，奥尔尼醒来的时候，看见整个营地都乱成一片；士兵们三三两两地聚集在一起，极其激动，他们一边怒吼着，一边向着城里的方向舞动着拳头，好像他们的怒火在对着一个罪人发泄。

他们高声喊道："把他抓起来！……枪毙了他！……"军官们放任士兵的行为……他们闪到一边，低着头，在自己的部下面前十分惭愧。这实实在在是一个奇耻大辱。有人刚对十五万装备精良、还有战斗力的士兵们宣读了元帅的命令，命令他们乖乖地向敌人投降。

"那军旗呢？"奥尔尼脸色煞白地问。军旗和剩下的枪支、辎重以及所有的东西都在内，全部都交出去……

"天……天……天杀的！"不幸的人吞吞吐吐地说道，"他们想抢走我的军旗，想都不要想……"说着就朝城里跑去。

四

城里也混乱不堪。国民自卫队、有产者，还有国民别动队都在叫嚣、骚动。一些代表团走过，他们激动得浑身发抖，去质问元帅。奥尔尼则对身边的一切都不闻不问。他走在去郊区的路上，一面走，一面自言自语道：

"抢走我的军旗！……得了！你认为这是有可能的吗？他有这个权力吗？让他把自己的一切交给普鲁士人好了：他那些华丽的镀金四轮马车，甚至从墨西哥运回来的美丽的贵重金属餐具！但是，那面军旗，它是属于我的……它是我的荣誉。我不会让别人抢走它的。"

奔跑加上口吃，所有这些短小的词句，也变得断断续续；可是，这老家伙的内心深处却打好了主意！这主意既坚决又明确：取回军旗，带回部队，和全部愿意跟随他的士兵一道，踏着普鲁士人的身体向前进。

可是当他来到上校家的时候，门卫连门都不让他进去。上校也很生气，不想再见任何人……可奥尔尼却坚持到底。

他咒骂着，高喊着，推勤务兵："我的军旗……我要我的军旗……"之后，终于有一扇窗户打开了：

"是你吗，奥尔尼？"

"上校，是我，我……"

"所有的军旗都在军械库里……你只要到那里去就行了，他们会将一张收据交给你……"

"收据？……要收据有什么作用？"

"这是元帅的命令……"

"可是，上校……"

"别再来烦我了！……"

窗户又被关上了。

老奥尔尼踉踉跄跄仿佛喝醉了酒一样。"一张收据，一张收据……"他不由自主地不断念叨着……紧接着，他又继续向前走，脑海里只有一个念头，就是军旗在军械库里，必须不惜一切代价将它拿回来。

五

军械库的所有大门都敞着，以便让列队等待在院子里的普鲁士军车通过。奥尔尼冲进去的时候感到一阵阵发抖。全部的旗手，五六十名军官，都在这里；大家神情都十分悲哀，一言不发；灰暗的军车停在雨中，军车后面站着列队的旗手们，所有的人都光着脑袋：看上去仿佛在举行葬礼。

巴赞部队的所有军旗都存放在一个角落里，杂乱地堆在满是泥浆的石板路上。这些做工精致、镶着金丝流苏的旗杆碎片，这些色泽鲜艳、褴褛不堪的丝质军旗，所有的这些荣誉象征都被丢弃在地上，被溅上了污泥和雨水，没有什么比他们更加凄惨的了。

一名行政军官在一面一面地清点军旗，每点到一个部队，部队的旗手就走上前去，领走一张收据。两个普鲁士军官身体僵硬、面无表情地监督着物资装车。

光荣、圣洁的军旗啊，你们就这么走了吗？你们露出破裂的伤口，悲哀地扫过路面，就如同被折断翅膀的鸟儿！你们带着神圣的事物悲惨地遭到玷污的耻辱而去，但是随着你们中间每一面消失的，都是一小部分法兰西。在你们褪了色的褶痕之间，还保留着长途征战的阳光。在累累的弹痕之中，你们还保留着对碰巧倒在被瞄准的军旗下的那些不知名的死者的记忆……

"轮到你了，奥尔尼……赶快去领取收据吧……他们在叫你……"

真的要去领收据！

军旗就在他面前，的确在他的面前。这正是他的那面军旗，是所有旗帜中最残破不堪的，也是最漂亮的一面……看到它，他感觉自己还在那座斜坡上面。他好像又听见了破碎的饭盒声、呼啸的子弹声，还有上校的命令："士兵们，保护军旗！……"接着他的二十二名战友倒下来了，他是第二十三个冲上前去再次扶起军旗的人。他扛上了这面因失去旗手的臂膀而摇摇晃晃的可怜的旗帜。啊！那一天，他曾发誓要保护它，要捍卫它，直到自己牺牲。可是现在……

想到这里，他浑身的热血仿佛沸腾了起来。他就如同喝醉了酒一般，疯狂地冲向普鲁士军官，从他手里夺过神圣的军旗，死命地攥在手中；紧接着，他试着再次把它举起来，举得又直又高，一面高声叫道："保护军……"但是，他的话却哽在了喉咙里。他感觉旗杆在颤动，从他手中慢慢滑落下来。死亡和令人窒息的气氛沉重地压在这个被征服的城市上空，在这样的环境之下，军旗不可能再飘扬；一切高尚的东西都不能活下去……老奥尼尔就好像是被雷击中一般倒在地上死了。

怀念兵营

这天早晨，天刚蒙蒙亮，我就被一阵巨大的鼓声给吵醒了……

咚咚咚……咚咚咚……

在这个时间里，我的松林里竟然会有鼓声！……实在是太怪异了。

赶紧，赶紧，我赶紧从床上爬起，跑去开门。

门外没有任何人！鼓声也停止了……只有两三只杓鹬拍着翅膀，从湿漉漉的野葡萄丛中飞出来……树丛中微风在轻柔地歌唱着……向东看去，一团金色的云彩笼罩在阿尔卑斯山的山脊上，太阳正从那里冉冉升起……第一缕阳光早爬上了磨坊的屋顶。这个时间，那面看不见的鼓，又开始在田野间的树荫下敲了起来……

咚……咚……咚！咚！咚！

这驴皮鼓真是该死！我早已经不记得了。可是，究竟是哪个坏蛋，一大清早就到树林深处来打鼓，迎接晨曦呢？我徒劳地四处张望，可是什么都没有看到……四处都是一簇一簇的薰衣草，还有松林，一大片地沿着山坡往下一直延伸到大路，也许在那边的矮树丛中，躲藏着某个淘气鬼，正在讥笑我呢……或许是奥利埃尔，也或许是皮克尔师傅。可能从我磨坊前经过的时候，这个淘气鬼在心中想着：

"这个巴黎人在磨坊里待着太沉闷了，需要给他奏一段晨曲来听听。"

就这样，他带着他的大鼓，之后……咚咚咚！……咚咚咚！

皮克尔，别再敲了，你这个浑蛋！知了都被你吵醒了。

可是不是皮克尔。

那是古盖·伏兰索瓦，绰号"手枪"，第三十一步兵团的鼓手，现在正在休半年一次的假期。"手枪"在这个地方感到无聊，不禁思念起兵营来；人们把镇上的鼓借给了他，因此这位鼓手就钻进树林里，一边激动地打着鼓，一边想象着欧仁亲王的兵营。

现在，他爬上我这个绿色的小山丘，以此来缓解他的思念之情……只见他站在那儿，背靠着松树，两腿之间夹着鼓，忘乎所以地敲打着……几只受惊的小山鹬飞过他的脚下，他居然没有任何察觉。百里香在他身边吐露着芬芳，他都一点也没有闻到。

他更没有留意，一张张细密的蜘蛛网在阳光下的松枝间微微颤动，他的鼓面上松树的针叶在欢腾跳跃。他完全陶醉在自己的思念与音乐中，柔情满怀地望着鼓槌上下飞扬，每一次敲打，都使他忠厚的胖脸笑开了花。

咚咚咚！咚咚咚！……

"那庞大的兵营，是那么的壮观啊，铺着大块石板的院子里，一排排窗户整整齐齐的，士兵们都戴着橄榄帽，低矮的拱廊下，军用饭盒的叮当声到处都能听见！……"

咚咚咚！咚咚咚！……

"哦！那吱吱作响的楼梯，涂抹石灰的走廊，芬芳四溢的寝室，擦得锃亮的皮带，和那鞋油罐，切面包板，铺着灰色被单的小铁床，在枪架上闪闪发光的步枪！"

咚咚咚！咚咚咚！……

"哦！在警卫队里那些美好的日子！破旧的纸牌，面目可憎的饰着羽毛的黑桃皇后，破旧不全的比高·伦勃朗的作品集，被胡乱地丢在行军床上！……"

咚咚咚！咚咚咚！……

"哦！那些在部长门前站岗的漫漫长夜啊！破烂的岗亭遮挡不住风雨，哨兵的双脚冻得很是麻木！……在赴宴的马车经过的时候，你被经过的马车溅了一身泥污！……哦！还有那些附加的劳役，关禁闭的日子，发臭的便桶，木质的枕头，多雨的清晨，冰凉的起床号，掌灯的时候浓雾中的归营号，还有大家气喘吁吁赶到的晚间集合！"

咚咚咚！咚咚咚！……

"哦！万森耐树林，戴着白色的棉质大手套，漫步在巴黎的城墙上……噢！训练场的栅栏，士兵们的姑娘，战斗之神大厅里的短号，下等酒店里的苦艾酒，两个酒嗝之间倾吐出的知心话，拔出剑鞘的短军刀，抚着胸口唱出的悲伤的浪漫曲！……"

想象吧，想象吧，可怜的人！我不会阻止你的……鼓起你的勇气敲鼓吧，用力地敲吧。我没有任何权利来讥讽你。

假如你怀念你的军营，难道我就没有什么可以用来想念的吗？

我和我的巴黎是形影不离的，跟我一直来到这里，就像是你的军营一般。你在松树下击鼓，而我在这里写作……啊！我们将自己变成了两个友好的普罗旺斯人！在那里，在巴黎的兵营里，我们思念蓝蓝的阿尔卑斯山和野性薰衣草的芬芳；现在，在这里，在普罗旺斯，我们又怀念起巴黎的兵营，让我们回忆起的东西全部都变得如此珍贵！……

村子里八点的钟声已经敲响了。"手枪"踏上了回去的路途，手里的鼓槌却丝毫没有停下来的样子……只听到他穿过了树林，向山下走去，鼓声依然响个不停……而我，则平卧在草坪上，也开始想起以往；伴随着鼓声的渐渐远去，我的整个巴黎似乎在松树之间一幕幕呈现……

啊！巴黎……巴黎！……我永恒的巴黎！